KB046843

안희수

장편 자전소설

꿈길에서 만나보는 형제자매들

운명의 길

청어

꿈길에서 만나보는 형제자매들

운명의 길

안희수 장편 자전소설

작가의 말

　나는 1951년 1월 초. 아버지를 따라 끊어진 대동강철교 난간의 상판을 기어서 강을 건넜다. 내 나이 10살이었다. 소위 1·4후퇴라고 부르는 유엔군의 후퇴 때 평양을 탈출한 것이다. 폭격에 끊어진 철교는 끝부분이 얼어붙은 물속에 잠겼으나 잠기지 않은 부분도 아직 높이가 십 미터 이상은 되었다. 철교는 정월의 추위로 얼음보다도 더 차갑고 철판에 닿은 손바닥은 쩍쩍 달라붙어 억지로 떼어내자 손바닥 피부가 떨어져 나가고 철판 위는 피로 범벅이 되었다.

　뒤에서 올라오는 아버지가 재촉하는 바람에 앞으로 나아가며 아래를 내려다보니 얼음위에 머리가 깨져 죽은 사람들의 시체가 질펀하였다. 나는 공포에 밀려 고통도 추위도 잊은 채 그냥 손발을 놀려 몸의 중심을 잡고 앞으로 나아가는데만 열중했다. 마침내 건너편 아직도 불타고 있는 잔교 위로 올라섰다. 아버지와 나는 드디어 강을 건넜다는 기쁨에 잠시 서로 얼굴을 보고 웃음을 주고받았다. 그러나 기쁨도 잠시 아버지 입에서 두고 온 누나를 걱정하는 탄식 섞인 말이 나왔다.

　"아니 내 정신 좀 보아라. 명순이를 남기고 왔으니 이를 어떡하지?"

우리 외에도 수많은 사람들이 무사히 건너온 것을 기뻐하며 아직도 멀리 건너편에서 철교로 몰려드는 수많은 인파를 바라보며 거기서 빠져나온 행운을 기뻐하였다. 그러나 그들도 사정은 우리와 마찬가지였다. 막상 강을 건너고 보니 남기고 온 가족이 걱정이 되었다. 멀리 평양시내 하늘에는 어디라고 할 것 없이 검은 연기가 피어올라 하늘을 가리고 연기 사이로 한두 대의 전투기가 지나가는 것이 보일뿐이었다. 서로 걱정을 털어놓다 누군지도 모르게 자포자기하고 위로하는 말을 했다.

"걱정할 필요 없수다. 유엔군과 국방군이 평양을 내어주기야 하갔습네까? 어디 시골에 가서 한 일주일 기다리다 돌아오면 되갔지요."

사람들은 이구동성으로 그 말에 맞장구를 쳤다.

"그렇고 말구요. 너무 걱정들 말고 잠시 쉬었다 옵시다."

하기야 그 상황에서 걱정하여 해결될 일이 아니었다. 우리는 이렇게 해서 남으로 남으로 조금씩 피난길을 걸어 결국 부산까지 내려갔고 이산가족으로 70년의 세월을 보낸 것이다. 어머니가 돌아가시기 전까지 누나(명순), 나(상수), 남동생(은수), 막내 여동생(옥순)이 이렇게 4남매의 행복한 가족이었다. 경황 중에 형제들 사진 한 장 건사하지 못하여 이제는 얼굴 모습도 희미하여졌다.

아버지와 내가 떠난 후에 누나가 혼자 남아 어떻게 어려운 전쟁 속에 살아남았을까? 아니 누나의 처지를 상상하는 것이 두렵고 미안하여 생각하는 것을 피하려 했다. 나는 애써 누나가 '어떻게든 살아남았겠지.' 하고 위안하려 했지만 북한이란 사회에서 반동분자라는 판정을 받고 재산까지 몰수당한 집안이 살아갈 수 있는 방법은 없다는 것을 너무도 잘 알고 있었다.

나는 1983년 KBS에서 주재한 이산가족찾기 행사에 혹시나 형제들 중의 누구든 월남하여 어디선가 살고 있지 않을까 하는 생각으로 방송국 광장과 주변의 담벼락이나 게시판 등 여러 곳에 쪽지도 붙여보고 방송국에 신청도 해 보았다.

그러나 최근의 이산가족 상봉행사에는 신청할 생각도 안 했다. 왜냐하면 우리 집안은 북한 사회에서 반동분자로서 쫓겨 난 계급이기 때문이다. 이제 조부님과 아버님이 모두 돌아가시고 내 나이도 80 가까이 되어 북에 남은 형제들에게 속죄하는 마음으로 이글을 쓸 것이다. 글의 방향은 내가 상상할 수 있는 좋은 방향으로 엮을 것이다. 이런 멋진 생각을 왜 이제야 하게 되었을까 늦은 후회를 하면서.

2018. 9. 24.
추석날 쓰다

차례

작가의 말　　　　　　　　　　　4

1. 생각지도 못한 이별　　　　　　9
2. 아버지와 상수의 피난길　　　　25
3. 외로운 귀향　　　　　　　　　47
4. 은수의 운명　　　　　　　　　77
5. 명순이 간호원이 되다　　　　　98
6. 외갓집의 피난　　　　　　　　128
7. 명순이, 능력을 인정받다　　　142
8. 독일 파견　　　　　　　　　　156
9. 외갓집 중국으로 탈출　　　　183
10. 옥순이　　　　　　　　　　　206
11. 정창호의 이야기　　　　　　228
12. 홍동무의 귀국　　　　　　　247
13. 문화혁명　　　　　　　　　　261
14. 옥순이와 상수의 상봉　　　　279
15. 명순의 결혼　　　　　　　　296
16. 명순이와 은수의 만남　　　　315
17. 4남매의 만남　　　　　　　　333

에필로그　　　　　　　　　　　350

1. 생각지도 못한 이별

명순의 아버지와 동생 상수는 저녁이 되어도 돌아오지 않았다. 명순이는 이제나저제나 하며 불안한 마음을 달래며 밤새도록 잠들지 못하고 기다렸다. 다음날 새벽이 되어서도 아버지와 상수는 돌아오지 않았다.

1950년 12월 중순의 어느 날도 명순이는 아버지가 매일 대동강변으로 나가는 것을 보았다. 피난민이 너무 많이 몰려 강을 건널 수 없어 힘없이 돌아오는 아버지를 보며 남으로 피난하는 것은 매우 어려운 모양이라고 생각했다. 강을 건너는 것이 가능해지면 이집의 모든 사람들이 함께 강을 건너 남으로 피난을 가게 될 것이라 생각했다. 이곳에 함께 있는 사람들 중 유일하게 변변한 남자인 명순의 아버지는 정찰병처럼 밖으로 나다니며 상황을 살피는 역할을 하고 있는 셈이었다. 그렇게 날짜를 보내는 사이에도 멀리서 들려오는 대포소리는 쿵쿵 지축을 울리며 점점 더 가깝고 크게 들려왔다.

사람들 마음은 그럴수록 더욱 불안해져 대동강변 인도와

철교에는 발디딜 틈 없이 인파가 몰리고 그 인파는 밤이라고 해도 흩어지지 않았다. 그렇게 매일 강변에 나가보기를 4, 5일, 다시 아버지가 강변으로 가보겠다고 륙색을 둘러메자 눈치를 챈 상수가 달라붙었다. 다른 날은 상수가 다른 곳에 정신이 팔려 놀고 있는 틈을 타서 살금살금 나가곤 했는데 그날은 들키고 만 것이었다.

평소 상수는 아버지를 무척 따랐다. 남매들 중에서도 아버지가 출근하거나 잠시 외출만 하여도 유난히 울면서 따라나서는 상수를 아버지는 어르고 달래고 하여 떼어놓고 나가곤 했던 것이다. 그날은 조금도 떨어지려고 하지 않자 할 수 없이 손을 잡고 나갈 수밖에 없었다. 명순이도 마음속으로야 따라가고 싶지만 철없는 남동생처럼 보챌 수도 없고 엄마를 잃은 동생들을 돌봐야 하는 맏딸인 까닭에 늘 철 든 어른처럼 자제할 줄 알았다. 당연히 오늘도 강변 철교다리에 나가보고 일행을 모두 데리고 강을 건널 수 있을지 알아보고 가능할 것 같으면 다시 돌아와 함께 떠날 것이기 때문이었다.

그러나 그날은 저녁이 지나고 밤이 되어도 아버지와 상수는 돌아오지 않았다. 불안한 마음이 일어나기 시작했으나 참고 기다릴 수밖에 없었다. 그 집에 남아있는 사람들은 모두 걱정과 두려움이 얼굴에 나타났으나 아무 말도 하지 않았다. 안방에는 명순이네 세 식구와 강서에서 온 가족이 함께 있고, 건넌방에는 개천아주머니네 가족들이 임시로 한 울타리 집에 모여있는 것이다. 이 사람들은 외가 쪽의 친척으로서 며칠 같이 있는 사이에 낯도 익어 서로 의지가 되기도 하였다. 명순이 아버지도 그런 점에서 명순이를 남겨놓고 나간 것이다. 그렇게 불안하게 다음날도 지나고 셋째 날이 되는 날 잠시 주변을 돌아보러 나갔던 여자가 뛰어 들어오며,

"왔시오, 왔시오. 인민군이 땅크를 몰고 거리로 들어 왔시오."

그 소리에 방에 있던 사람들이 우루루 뛰쳐나오며 입을 손으로 막는 사람이 있는가 하면,

"아이고 이젠 죽었수다. 이걸 어떻게 하지요?"

하며 우는 여자들도 있었지만 이내 조용해졌다. 곧 다가올 인민군과 내무서원, 청년동맹원, 여성동맹원들이 들이닥칠 텐데 함부로 떠들고 울고불고 했다간 어떤 일이 벌어질 줄을 너무나 잘 알기 때문이었다.

그들은 전쟁 전에 잠시 체험한 공산사회에서 이웃끼리도 서로 감시하고 고발하던 공포분위기를 잘 알고 있었다. 마당에 있던 사람들은 멍하니 하늘을 쳐다보거나 부엌으로 들어가 무엇을 하는 시늉을 하는 듯 움직이지만 한결같이 입들은 다물고 있었다. 그 침묵이 무서웠던지 평소 낙천적이고 우스갯소리 잘하는 개천아주머니가 말했다.

"까짓꺼 뭐 걱정할 거 있가시요? 빨리 공화국 국기를 내다 겁시다. 인민군대는 여자들과 아이들에게 아무 짓도 안할 테니까 걱정할 것 없시오."

그 말에 기분을 조금 위로받은 여자들은 피난 보따리 속에서 공화국 깃발을 찾아 우선 대문 밖에 걸었다. 피난민들은 대부분 인민공화국 국기와 태극기를 지니고 있었다. 그것은 전선이 자주 이동하면서 언제 어느 쪽 군대가 밀려올지 알 수 없기 때문이었다. 명순이도 다른 사람들의 눈치를 보며 조용히 앉아 다가올 운명을 기다렸다. 마음속으로는 자신만을 남겨놓고 떠난 아버지와 상수가 원망스럽기도 하고 보고 싶기도 하여 엉엉 소리 내어 울고 싶었지만 남들 앞에서 그러지도 못하고 가만히 있었다.

얼마가 지났을까. 무겁게 짓누르던 적막을 깨고 멀지않은 곳에서 사람소리와 함께 골목길의 얼음을 밟아 깨는 저벅저벅 발자국소리가 들리고 이어서 이웃집 대문을 두드리는 소리가 들렸다. '그 집은 비어있는 집인데' 하며 귀를 기울이고 있는 사이 대문 여닫는 소리가 마치 저승사자가 찾아온 듯 듣는 여자들을 파랗게 질리게 하였다. 수군거리는 소리가 한동안 들린 후 발자국 소리는 이집 쪽으로 다가왔고 이윽고 대문을 쾅쾅 두드렸다. 화들짝 놀란 여자들이 서로 얼굴을 쳐다보다 결국 개천 아주머니가 평정을 가장하고 머리를 쓸어 올리며 대문을 열었다. 인민군 두 명과 완장을

찬 청년동맹원 등 세 사람이 마당으로 들어섰다. 개천아주머니는 얼굴에 웃음을 띠고 반색하는 표정을 지으며

"어서 오시라요. 우리는 벌써부터 인민군 동무들을 기다리고 있었습네다."

그들은 인사를 받는 둥 마는 둥 마당과 각 방의 구석구석을 둘러본 뒤,

"아주마니들 고생 많았습네다. 이제 우리 인민군대가 평양뿐만 아니라 저 남쪽 경성까지도 해방시킬 테니 염려들 마시라요. 혹시 국방군이나 미군을 숨기거나 하면 용서 없이 처벌할 것이니 보는 즉시 신고하라우요."

그리고 그들은 다음 집으로 옮겨 갔다. 날은 이미 어두웠는데 두려움은 가시지 않아 모두들 안방에 모여 앉아 불을 뜨뜻이 때고 밤이 깊도록 바람소리에 섞여 멀리서 들려오는 소리에 귀를 기울이며 조용히 앉아있었다. 밤공기를 가르며 들리던 따-쿵 하는 총소리는 이미 들리지 않게 되고 멀리서 들려오던 대포소리의 울림도 훨씬 뜸해졌다. 그 대신 가끔씩 비교적 가까운 곳에서 쿵하고 대포소리가 나면 이어서 새-색색 하며 귀를 찢는 듯하는 소리가 머리 위로 길게 지나가는 소리가 이어졌다.

이젠 그런 소리가 어떤 상황인지 묻지 않아도 알 수 있었다. 그것은 인민군과 중공군의 진격이 평양을 지나 남쪽으로 내려가고 있음을 암시해 주었다. 후퇴가 시작된 이후로

국방군이나 미군의 모습은 사라지고 매일 새벽마다 들려오던 쌕쌕이 전투기의 소리도 요즈음은 거의 들리지 않게 되었다. 명순이는 어른들 옆에 앉아서 밀려오는 잠을 쫓으며 앞으로의 할 일을 머릿속에 생각하면서 한편 졸다 한편 부엌에 아궁이불이 꺼지지 않았는지 들락거리며 밤을 새웠다.

명순이는 밤이 깊어가며 밀려오는 잠을 참으면서도 아버지와 상수 생각이 마음을 떠나지 않았다. 다리를 건너러 나갔지만 그 많은 사람들을 뚫고 다리를 건널 수 있었을까? 끊어진 다리는 어떤 상태일까? 아버지와 상수는 정말로 다리를 건너 어디로 피했을까? 혹시 내일이라도 돌아오는 것은 아닐까? 해가 뜨면 나 혼자라도 대동강 다리로 가봐야 하나? 대동강 가에 모여 있던 사람들이 폭격으로 많이 죽었다던데 아버지와 상수도 혹시 무슨 일이 일어난 것은 아닐까?

여러 가지 생각으로 걱정과 두려움과 아버지에 대한 그리움이 겹쳐 금방이라고 울음이 나올 것 같은 마음을 억누르고 있다가 모르는 사이에 깜박 잠이 들었다. 명순이는 동생들과 마당 한가운데의 향나무그늘 밑에서 놀았다. 막내동생 옥순이가 위태로운 걸음걸이로 뛰어오다가 나무뿌리에 걸려 넘어졌다. 명순이는 깜짝 놀라 옥순이를 붙잡으려다 화들짝 잠에서 깼었다.

잠이 깨었을 때에는 다른 사람들도 벽에 기대거나 방바

닥에 쓰러져 잠이 들어있었다. 날은 조금씩 밝아 오는지 캄캄한 방안으로 밖의 흰한 빛이 조금씩 새어 들어와 방안의 윤곽을 흐릿하게나마 알아볼 수 있었다. 지난밤에 달궈놓은 방구들은 이미 식어 방바닥에 온기라고는 없었다. 조금 지나자 여기저기서 부스럭거리는 움직임과 함께 소곤소곤 말소리가 들려왔다.

"앞으로 어떻게 하지요? 인민군이 평양을 점령하고 국방군은 어디로 갔는지도 모르는데……."

"이제 먹을 것도 거의 다 떨어지고 땔감도 없는데 이곳에서 누구를 기다린답니까?"

명순이는 가만히 듣고 있다가 옆의 아주머니를 쳐다보았다. 문간방을 차지하고 있던 먼 친척 아주머니는 이 집에 와서 처음 만났는데 강서에서 딸아이 둘을 데리고 온 사람이었다. 이제 아버지도 없는데 의지할 사람이라곤 정은 없지만 이 여자뿐이라는 생각이 들었다. 그 여자는 나이는 젊은 측에 속하지만 그다지 수다스럽지 않았다. 다만 그 여자의 외형으로 보아 임신한 티가 났다. 이미 상황이 막다른 골목에 다다르고 이젠 피난이라는 말도 꺼내서는 안 된다는 사실을 모두 알고 있었다.

아버지와 상수가 있을 때, 명순이는 밖으로 나다니질 않아서 동네지리도 이웃집에 누가 있는지도 알지 못하였다.

아버지가 주로 출입하며 듣고 온 상황을 들려준 것과 상수가 동네 골목길에 나가서 놀다 뛰어 들어와서 알려준 것이 전부였다. 알기로는 이 동네는 오래된 한옥이 가득한 비교적 부유한 사람들이 살던 곳인 것 같다. 지금 있는 집만 하여도 대문을 들어오면 작은 마당을 중심으로 안방과 건넌방이 같이 쓰는 대청마루와 대문 옆에 딸린 작은방 두 개가 있는 비교적 깨끗한 집으로 하늘을 올려다보면 기와지붕 위 용마루가 보였다.

이웃집들도 비슷한 구조인데 며칠간 머물면서 느낀 점으로는 대부분 주인들이 피난 떠나고 빈집이 많이 있는 것 같았다. 드문드문 사람들이 남아있어 서로 정보를 교환하는 사이로 알고 지내던 사람들도 이제 서로 왕래가 뜸해졌다. 이집에 있는 사람들도 명순이와 강서에서 온 젊은 여자와 딸 둘, 그리고 건넌방에 개천댁아주머니와 어린 딸이 전부였다. 모든 집에서 사내들은 일찌감치 군대로 끌려갔거나 어딘가로 피신한 것이다. 개천댁아주머니 식구들과는 어떻게 함께 이집에 있게 되었는지 명순이는 잘 몰랐다.

본래 명순이네처럼 평양보다 북쪽 지역으로부터 내려온 많은 피난민들은 적어도 평양만은 국방군이 지켜주기를 바랐다. 어떻게 수복한 평양인데 허무하게 인민군에게 다시 내어줄 수 있겠는가? 지금 후퇴하며 내놓는 것은 북쪽의 일부이고 평양은 절대로 뺏기지 않을 것이라는 것이 피난민들의 확고한 믿음이었다.

　그렇게 기다리던 어느 날 저녁 평양역 광장에서 큰 불길이 솟았다. 명순이네가 있는 곳에서 평양역은 그리 멀지 않았기 때문에 어두운 밤하늘이 타오르는 불꽃에 온 하늘이 붉은 빛으로 환하게 보였다. 소문은 빠르게 퍼졌다. 유엔군이 후퇴하며 많은 물건을 광장에 쌓아놓고 불을 놓았다고 하며 물건 중에는 먹을 수 있는 레이션 박스도 산같이 쌓여 있다고 하였다.

　아버지, 상수, 명순이 뿐만 아니라 집안의 다른 가족들도 함께 역광장으로 달려갔다. 과연 광장에는 작은 산처럼 상자들이 쌓여있고 불길이 타오르고 있었다. 벌떼같이 모여든 사람들은 불붙는 상자들을 헤치고 속에 쌓여있는 아직 불붙지 않은 상자들을 꺼내어 날랐다. 밀고 밀치는 북새통에 많은 사람들이 다치거나 죽기도 했다. 그러나 식량을 차지하려는 아귀다툼 속에 누가 죽었는지는 큰 관심을 끌지 못했다. 내용물이 무엇인지 알 수 없지만 유엔군이 먹는 군대식량인 것을 알았다.

　명순이네도 밤새도록 상자 여러 개를 날라 왔다. 집에 와서 상자를 열어보니 각종 통조림과 잼, 비스킷, 커피, 껌, 드롭스 등 각종 먹을 것들이 들어있었다. 통조림 중에는 소고기 통조림, 콩 통조림 등이 있어 당분간의 식량이 될 수 있었다. 특히 모양이 떡가래처럼 기다란 고기는 맛이 기가 막힐 정도로 좋았다. 상자 안에서 나온 것들은 어른이고 아이이고 모두 어느 것도 지금까지 먹어 본 적이 없는 희한한 것들이었다.

모두 상자를 뜯어놓고 이것저것 맛을 보며 즐거워하였다. 다만 얇고 작은 봉지에 들어있는 검은 색깔의 가루는 손가락으로 찍어 먹어 보았지만 쓴맛이 날 뿐 그 용도를 알 수가 없었다. 여럿이 이리저리 궁리하는데 누군가 미군들이 물에 타서 마시는 것을 보았다고 말했다. 결국 무쇠솥에 물을 붓고 검은 가루를 털어 넣고 끓여보았으나 맛은 별로 달라지지 않아 결국 손도 대지 않고 남겨 두었다.

아버지와 상수가 떠난 후 그렇게 가져왔던 식량도 날짜가 지나며 점점 바닥이 나고 새로 먹을 것을 구해오지 않으면 안 되었다. 그렇다고는 해도 이 전쟁판에 어디서 식량을 구한단 말인가. 한 동네에 모여있던 사람들은 하나둘씩 슬그머니 사라지거나 서로 눈치를 보며 어디론가 떠나버렸다. 결국 명순이도 아주머니의 식구들도 그곳을 떠나지 않으면 안 되었다. 아버지와 상수가 다시 돌아올 가능성은 없어 보였고 기다리는 것도 이제 포기했다. 그 아주머니가 명순이에게 말했다.

"이제 우리도 여기 이대로 있다가는 굶어 죽게 되었구나. 애야, 너 혼자 너네 집에 갈 수 있겠니?"

명순이는 생각은 하고 있었지만 지금 이 사람들과 떨어져서 어디를 간단 말인가. 송성 집으로 가보았자 아무도 없을 것이다. 설사 있다 하여도 그들이 명순이를 얼마나 반가워할까? 명순이는 마음속으로 이 사람들과 함께 가는 수밖에 없다고 생각하고 말했다.

"아주머니 이제 고향에 가도 아는 사람도 없고 어떻게 살아나가야 할지 모르갔이요. 아주머니네는 어떻게 하실 생각이야요?"

"글쎄다. 우리도 이제 딱히 갈 곳이 없구나. 더구나 내가 이렇게 무거운 몸으로 어떻게 멀리 갈 수 있겠니? 나는 일단 우리 친정집이 있는 강서로 가보련다. 혹시 어머니나 식구가 남아있으면 좋으련만. 너도 갈 곳이 없으면 우선 나와 같이 가자."

명순이에게 다른 방도가 있을 턱이 없었다. 이제 겨우 열두 살의 명순이는 나이에 비해 속이 깊고 성숙하여 어른들로부터 칭찬을 들어왔지만 세상천지에 홀로 남겨진 지금 상황에선 그저 보호자 없는 어린 아이에 지나지 않았다. 더욱이 아직도 전쟁이 한창이고 인민군이 피난 떠났던 사람들을 어떻게 할지 걱정과 두려움을 무언중에 서로 감추고 있는 상황이었다.

결국 강서에 있는 그 여자의 친정집으로 따라가기로 하고 길 떠날 준비를 했다. 강서는 평양의 서쪽에 있는 오랜 도시로 경치가 좋다고 알고 있었다. 짐이랄 것도 없지만 아직도 1월의 맹추위가 바깥 골목길을 윙윙 소리치며 휩쓸고 있어서 주인 없는 집을 뒤져서 입을 만한 것과 덮고 잘만한 것을 모두 꺼내어 보따리를 꾸렸다. 명순이는 작은 보따리를 만들고 입을 옷이 있으면 가능한 한 여러 겹을 껴 입었다.

조금 추위가 누그러진 날 그 식구들과 명순이는 보따리를 하나씩 이고 대문을 나섰다. 불타고 부서진 건물들 사이의 거리에는 인적이 드물었으나 가끔 팔에 완장을 찬 사람들이 눈빛을 번득이며 지나가는 사람들을 살펴보고 있었다. 명순이 일행은 황급한 걸음걸이로 눈 쌓인 골목을 빠져나와 큰길로 들어섰다. 부서진 트럭과 풀어진 보따리들이 널브러진 큰길에는 인민군복을 입은 사람들 주위에 많은 사람들이 모여서 큰소리로 무언가를 외치고 있었다.

어제까지만 하여도 온통 피난민으로 가득하던 큰길과 넓은 광장에는 피난민은 간 곳이 없고 대신 어디에서 나왔는지 수많은 군중들이 플래카드와 인민공화국 깃발들을 들고 미군과 남조선을 쳐부수고 통일을 시키자고 목소리를 높이고 있었다. 명순이와 일행들은 되도록 다른 사람들의 주목을 받지 않으려고 길옆으로 걸으며 발걸음을 더욱 빨리하였다. 한참을 걸어가니 그 추위에도 긴장과 서두름으로 온몸에 땀이 배어나왔다.

그렇게 평양역 광장 방향으로 열심히 걸어갔지만 어느

길로 가야 강서 방향인지 알 수가 없었다. 결국 길가에서 총을 들고 서있는 순진해 보이는 인민군 병사에게 명순이가 다가가 미소를 띠며 공손하게 물었다. 다행히 그 병사는 평양의 거리와 강서방향을 알고 있어 별 의심 없이 시원스레 가르쳐주었다.

"광장에서 남쪽으로 가시라요. 가다가 왼쪽으로 가면 진남포 방향이요. 강서는 진남포로 가다가 다시 북쪽으로 가면 되오."

그들은 너무도 고맙고 순간적으로 두려움이 조금 가시는 것을 느끼며 무릎까지 굽히며 인사했다. 그 여자는 병사의 말에서 방향감각이 살아난 듯 두말없이 앞장 서서 걸었다. 그들은 이제 알 수 없는 연대감으로 서로 의지하게 되었다.

명순이는 그들과 떨어져서는 이 추운 겨울에 도저히 살아남을 것같지 않아 모든 힘을 다 내어 그 여자를 부축하기도 하고 짐을 바꾸어 이기도 하였다. 명순이의 작은 몸뚱어리가 애처롭게 보일 정도로 열심히 하니 그 여자와 아이들도 오히려 명순이를 따르는 것같았다. 명순이는 어느 순간에 자신이 세상에 의지할 데 없는 천애의 고아가 된 것을 생각하며 아버지와 상수가 대동강으로 나가던 날 명순이도 떼를 써서라도 함께 나가지 못한 것을 지금도 후회할 뿐이다.

이제 당분간은 이 식구들과 어떻게든 살아야 한다. 고향인 송성으로 가는 것도 앞으로 시간이 지나면서 정세를 보아 결정할 것이다. 강서로 가는 길은 춥고 험했다. 신작로를 따라 가는 것이 편하기는 하지만 길 곳곳에서 인민군이나 청년동맹원들이 지나가는 사람들을 꼬치꼬치 캐묻는 것을 피하느라 산길을 골라 걸었다. 다행히 명순이는 그 식구들 사이에서 큰딸 정도로 보여 의심을 덜 샀다. 그 여자가 힘들어하면 아무데서나 쉬면서 인가가 있는 곳을 찾아 명순이가 먹을 것을 구걸하기도 하였다.

평양을 떠날 때 입고 온 치마와 저고리도 추위를 막는데 큰 도움이 되지 못했지만 그마저도 찢어지고 헤어져 맨살이 드러날 정도였다. 명순이도 오랜 굶주림과 추위로 살이 빠지고 눈동자가 퀭하니 들어갔다. 어느 마을에도 먹을 것이 남아있는 곳이 없고 인심도 사나워졌을 뿐만 아니라 후퇴하다 남겨진 국방군 낙오자들이 숨어들어온다고 단속하여 외부 사람이 들어오는 것을 꺼렸다.

그렇게 걸은 지 열흘 가까이 되어 그들은 거의 탈진한 상태로 그 여자의 고향 강서에 도착하였다. 그 여자의 말에 의하면 강서의 중심인 약수거리는 폭격을 맞지 않았는지 대부분 집들이 남아있었다.

강서는 예부터 경치가 아름다운 것은 물론 약수로도 유명한 곳이다. 강서의 중심지 약수골에는 몸이 허약하거나 병든 사람들이 모여들어 약수터 주변에는 사람들이 머물 일본식 여관이나 여인숙 같은 숙박업소들로 번화한 거리를 만들었다. 유엔군과 국방군이 후퇴하고 얼마 지나지 않았지만 벌써 전쟁에서 다친 부상병들을 치료하기 위해 약수터에는 많은 사람들이 몰려들었다. 오랜만에 많은 사람들을 보니 마치 오래 전에 전쟁이 끝난 듯했다.

그녀의 집에 도착해 보니 식구들은 그림자도 볼 수 없고 집도 그동안 돌보지 않아 바람벽도 사방이 떨어져 나가고 바람이 오락가락하였다. 지붕이 그나마 남아있는 것을 다행으로 생각하며 우선 안방부엌 아궁이에 마당에 남아있는 마른 나뭇가지를 주워다 불을 지폈다. 그녀는 그동안의 영양부족과 노고로 쇠약해졌지만 그 상태에서도 도착한 지 얼마 되지 않아 진통이 시작되었다. 명순이는 낯선 동네에 이웃 사람들이 모두 떠나고 없어 누구의 도움도 받을 수가 없었다.

결국 명순이 혼자서 처음 당하는 일이라 겁도 나고 했지만 마음을 단단히 먹고 간호를 열심히 했다. 이 년 전에 친어머니가 동생을 낳다가 돌아가신 것을 겪은 명순이는 여자가 아이를 낳는다는 일은 십중팔구 죽음을 각오해야만 한다고 생각하고 있었다. 더구나 산모가 튼튼해야 출산도 쉬울 텐데 당장 먹을 것도 없고 약도 없으니 그냥 서서 발만 동동거리고 있을 뿐이었다. 그렇게 이삼일 그녀는 거의 실신할 듯이 기절한 상태에서 핏덩이를 쏟아내었다. 결국 아이는 죽은 상태로 태어났다.

명순이는 침착해지자고 스스로 다짐하며 누군가 도와줄

사람이 없을까 생각해 보았다. 아주머니의 형제들은 남동생들과 여동생이 있는데 모두 전쟁통에 군대에 끌려갈 적령기라 무사하길 바라기는 무리인 듯했다. 그나마 아직도 고향을 지키고 있는 나이 많은 이웃 할아버지 할머니를 만나 사정을 말하고 도움을 받을 수 있었다. 노인들은 오랜만에 보는 어린 아이들을 귀여워하였다. 추위가 물러가고 날씨가 조금씩 따뜻해지는 것이 그나마 다행이지만 쌀은 고사하고 잡곡조차도 구할 수가 없었다.

명순이는 가까운 산으로 들어가 도토리를 줍거나 소나무 껍질을 벗겨왔다. 그것도 이미 다른 사람들이 벗겨갔으므로 남은 것이 거의 없었다. 소나무 껍질과 도토리를 오래 먹은 사람들은 얼굴이 붓고 몸은 야위어 갔다. 명순이가 하루 종일 긁어 모은 것들에 의지하던 그녀의 목숨은 오래 버티지 못하고 초여름의 보릿고개를 앞에 두고 맥없이 숨을 거두고 말았다. 애통해하는 그녀의 딸들을 노인들에게 맡기고 명순이는 자기를 그나마 평양에서 그곳까지 데리고와 함께 고생하며 돌보아주었던 그 가족들과의 인연을 거기까지라고 생각하고 그곳을 혼자서라도 떠날 준비를 했다.

2. 아버지와 상수의 피난길

대동강 철교를 건넌 후 아버지와 상수는 매일 걸었다. 도로는 피난민으로 넘쳐났고, 날씨는 혹독하게 추웠다. 낮 동안에는 미군 전투기들이 쉬지 않고 기총소사와 폭격을 한 탓에 길가에는 많은 시체들이 널려있었다. 이제 두고 온 명순이를 걱정할 틈도 없이 살아남기 위해 쉴 틈 없이 걸을 뿐이었다.

미군은 피난민 속에 인민군이나 중공군이 섞여 있다고 믿는다는 말이 돌았다. 인민군이나 중공군은 겨울철에 흰옷을 입거나 민간인처럼 가장하고 섞여 내려온다고 했다. 기총소사가 끝나고 전투기들이 돌아가면 보통 앞, 뒤, 옆 사람들이 총에 맞아 일어나지 못했다. 하지만 아버지와 상수는 다행히 총알을 피해 다시 발길을 재촉했다. 신작로 주변은 시체들로 즐비하였다. 들판을 걷다가 바위를 발견하고는 앉아서 쉴 생각에 눈을 털면, 죽은 사람의 옷이 드러나곤 했다. 이제는 시체를 봐도 무섭기는커녕 아무런 느낌이 없었다.

어떤 날은 아침부터 전투기의 기총소사에 쫓겨 하루 종일 뛰는 날도 있었다. 잠시 전투기가 나타나지 않으면, 그것만으로도 안도의 한숨을 쉬곤 했다.

　피난길에서 인정이나 인간성이라는 것은 한갓 사치스러운 것일 수밖에 없었다. 어느 골짜기에 문도 다 떨어져나간 집이 한 채 있었다. 지나가다 무심코 안을 들여다보니 아기들이 방 안 가득 앉아 있었다. 아이를 이불에 둘둘 말아 그곳에 버린 것이었다. 소리도 못 내고 울다 지친 아기들의 얼굴에는 얼어 버린 밥알이 붙어 있었다. 차마 눈 뜨고 볼 수 없는 광경이었다. 하지만 어느 누구도 그 어린 아이들을 보살피려고 하지 않았다. 찬바람이 휭휭 들락날락하는 방에는 울음소리도 잦아들고 있었다. 모두들 자기네 살길을 찾아 남으로, 남으로 발길을 옮기고 있었다.

　살기 위해 필사적으로 도망치던 사람들도 전투기가 폭격을 하지 않는 밤이면 마을이나 빈집을 찾아 들어갔다. 엄동설한의 밤에 노천에서 잘 수는 없었다. 어떤 날은 가도 가도 인가를 발견할 수 없는 날도 있었다. 밤새 걷다가 빈집이라도 나타나면 많은 피난민들이 모여 마당에는 커다란 모닥불을 피우고 둘레에 앉아 꾸벅꾸벅 졸았다. 요행히 방안에 들어가도 10분을 앉아 있을 수 없었다. 저마다 밥을 하려고 아궁이에 불을 때서 방바닥은 그야말로 불덩어리였다. 짚단을 들여다 깔고 앉아도 잠시를 버티지 못하였다. 밖에서 모닥불 주위를 이리저리 옮겨 다니며 졸면서 밤이 밝기를 기다렸다.

낮에는 전투기가 공포의 대상이라면 밤에는 어디서 나타날지 모르는 공산군들이 무서웠다. 가끔 가까운 산에서 총소리가 들려왔다. 그러면 모두 상황을 확인하느라고 우왕좌왕했다. 총소리에 익숙해짐에 따라 소리만 듣고도 인민군인지 국군이나 유엔군인지 알 수 있었다. 특히 인민군의 다발총이나 따꿍총 소리는 공포의 대상이었다. 총소리가 "땅" 하고 울리면 조금 후 반대쪽에서 "꿍"하여 소리만으로도 정신을 빼어 놓았다. 신기한 것은 총소리만으로도 군인인지 경찰인지까지도 구별되었다.

황망 중에도 낮에 기총소사로 죽은 소에게서 살점을 베어내 먹기도 했다. 소달구지를 타고 가던 노인들이나 아이들은 미처 도망을 가지 못해 전투기의 목표물이 되었다. 전투기가 한 번 지나가면 수많은 사람들이 죽었다. 달구지에는 불이 붙고, 달구지에 타고 있던 사람도 죽고, 소도 총을 맞아 쓰러졌다. 전투기가 사라지면, 살아남은 사람들이 쓰러진 소에게로 우르르 몰려들었다. 아직도 눈을 끔벅이며 꿈틀거리는 소를 넓적다리부터 잘라냈다. 모락모락 김이 오르는 소의 살덩어리를 모두 허겁지겁 입에 넣기에 바빴다. 아버지와 상수도 한 점씩 얻어먹은 적이 있다. 정말 꿀맛이었다. 소 주인은 고기값을 받으려고 안간힘을 쓰지만 헛일이었다. 공습은 하루에도 여러 차례 계속되었다.

아버지와 상수는 날마다 신작로를 따라 부지런히 걸었다. 어느 쪽으로 가면 안전하다든가 어느 곳에는 이미 중공군이 들어왔다는 여러 가지 소문을 들으며 둘이는 무작정 걷고 또 걸었다. 아버지는 상수 하나라도 데리고 피난 떠난 것을 무엇보다도 다행스럽게 여겼다. 길을 걸으면서도 상수에게 온갖 정성을 쏟았다. 상수가 다리가 아프다고 투정을 부리면 배낭 위에 앉히기도 하고, 밤이 되면 품에 꼭 껴안고 잤다. 상수는 아버지의 까칠까칠한 턱이 한없이 좋았다. 피난길은 고달팠지만, 밤에 빈집의 찬 방바닥에서나마 아버지와 함께 자는 것이 그에게는 크나큰 위로가 되었다.

피난길에서 그들은 수시로 나타나는 전투기의 폭격을 피해 땅에 엎드리거나 뛰어야만 했다. 전투기도 어느 새엔가 무스탕전투기에서 쌕쌕이로 변해갔다. 쌕쌕이는 훨씬 빨랐다. 날개 양쪽 끝에 길쭉한 통(나중에 기름통이라고 들었다)을 붙인 쌕쌕이 모양이 멋있었다. 쌕쌕이는 새로 나온 신식전투기로 프로펠러 없이 쌕~하며 재빨리 날았다. 그러나 기총소사에서는 무스탕전투기가 훨씬 무서웠다. 무스탕전투기는 속도가 느린 반면 피난민들을 이 잡듯이 쏘았다. 하루 종일 전투기에 쫓기는 날도 있었다.

무스탕전투기가 나타나면, 피난민들은 본능적으로 길가 도랑이나 밭고랑으로 몸을 숨겼다. 상수는 호기심에 고랑에 엎드려 있으면서도 고개를 살짝 들고 전투기가 날아가는 모습을 살피곤 했다. 어느 방향으로 몇 대가 멀어져 가고, 다시 몇 대가 그들 쪽으로 오고 있는지, 또 어떤 전투기가 폭격을 멈추고 돌아가려고 하는지 등을 전투기들의 움직임을 보면 금방 알 수 있었다. 기총소사 소리가 조금 떨어진 곳에서 들릴 때는 그 짧은 순간에도 느긋한 마음으로 구경하곤 했다. 하루가 멀다 하고 접하게 되는 그 수많은 위기의 순간들 중에서도 잊지 못할 몇 장면이 있었다.

어느 날, 그들은 사리원을 조금 지나 논과 논이 이어진 넓은 벌판 한가운데로 곧게 난 신작로를 걷게 되었다. 신작로에는 눈이 하얗게 쌓여 있었다. 들판에 들어서는 순간 이런 들판에서 기총소사를 받으면, 숨을 곳도 없고 위험하겠다는 생각이 들었다. 그 것은 경험에 의한 것이었다. 저절로 걸음걸이가 빨라졌다. 전투기들은 초기에는 일단 한 바퀴 돌며 목표물 상황을 판단한 뒤, 기총소사를 했지만, 지금은 산을 넘자마자 곧바로 사격을 했다. 그럴 경우, 피난민들은 미처 피할 새도 없이 선 채로 총알받이가 되었다.

아니나 다를까 기총소사 소리가 귀를 찢는 순간, 그들은 길옆 도랑으로 후닥닥 뛰어들었다. 어찌나 다급했던지 그곳에 어떻게 뛰어들었는지도 몰랐다. 그들은 그저 머리를 땅에 틀어박고 있었다. 총소리가 잦아들었다. 전투기들이 돌아갔나 보다 하고 상수가 고개를 들어 바라보는 순간, 무스탕전투기 한 대가 바로 눈앞에서 밭고랑을 따라 낮게 날아오면서 기관총을 쏴 대기 시작했다. 총알이 땅에 박히면서 땅에 쌓인 눈이 가루처럼 포르르 날렸다. 멀리서부터 그 눈가루가 팍팍팍 상수 쪽으로 가까이 왔다. 그러고는 휙 지나가 버렸다.

아침부터 시작된 전투기의 공습은 오후까지 이어졌다. 다른 날보다 폭격이 심했다. 한 편대의 전투기 네 대가 교대로 오르락내리락하며 퍼붓는 모습을 보며 상수는 절망했다.

'오늘은 우리도 죽는구나.'

아버지도 상수처럼 생각한 듯했다. 아버지는 지고 있던 배낭에서 무언가를 서둘러 꺼내 펼쳤다. 그건 태극기였다. 아버지는 태극기를 하늘에서 잘 보이도록 배낭 위에 펼치더니 상수 손목을 꽉 잡고 길로 냅다 뛰어 나갔다. 상수는 너무나 무섭고 두려워 가지 않으려고 버텼다. 하지만 아버지의 힘에 끌려 길 위로 나가고 말았다.

"뒤돌아보지 말아라!"

아버지는 단호하게 말하며 성큼성큼 걸었다. 상수는 끌려가면서도 뒤를 돌아보았다. 전투기들이 어떻게 하고 있는지 두려웠던 것이다.

그 때 전투기 한 대가 바로 뒤에서 그들을 목표로 급강하하고 있었다. 전투기 날개모양이 일직선이라는 것은 전투기의 총구가 그들을 겨냥하고 있다는 뜻이다. 조종사가 상수를 조준하고 있다는 느낌이 온몸에 전율을 일으켰다. 그 순간은 너무나 길고 무서운 시간이었다. 아버지는 뒤를 돌아보지 않고 상수 손목을 꽉 쥔 채 꿋꿋하게 앞만 보고 걸었다. 전투기 조종사가 아버지 등에 있는 태극기를 본 건지, 아니면 총알이 없었던 것인지 모르지만, 아무튼 전투기는 그들 머리 위를 아슬아슬하게 스치며 그냥 앞으로 지나가 버렸다. 뒤따르던 전투기들도 차례로 먼 하늘로 사라져 버렸다.

아버지와 상수는 살았다는 희열을 느끼며 신작로를 단둘이서 걸었다. 신작로가 갑자기 아무도 없는 것처럼 넓게 느껴졌다. 아무 소리도 들리지 않았다. 그들은 넋이 거의 나간 상태로 걸었다. 이 세상 사람들이 모두 죽고 아버지와 상수, 둘만 살아남은 것 같았다. 얼마가 지났을까, 길 양쪽에 흩어져있는 시체들 사이에서 부시럭거리는 소리가 났다. 총을 맞지 않은 사람들이 일어나 그들 뒤를 따라오기 시작했다. 그 날의 공습은 그렇게 끝났다.

상수는 아버지가 한없이 훌륭하게 보였다. 언제 태극기를 짐 속에 넣고 그 위험한 피난길을 떠났는지 지금도 알 수 없다.

고생스럽기만 한 피난길에서도 운수 좋은 날도 운수 나

쁜 날도 있었다. 그들은 빈 집을 발견하면 이곳저곳 뒤져보았다. 쌀독에 쌀이 남아있으면 정말 운 좋은 날이었다. 어떤 때는 빈 집에 황급히 피난을 떠난 흔적이 고스란히 남아 있는 경우도 있었다. 피난민들은 세간은 물론, 식품도 미처 챙겨 가지 못했다. 김칫독에 김치가 그득한 집도 있었고, 된장이며 고추장을 비롯해 말려 놓은 시래기까지 그대로 두고 간 집도 있었다. 그러나 대부분은 아무것도 남아있지 않았고 따라서 대부분은 굶주림의 연속이었다.

그들은 여러 날을 걸어 마침내 해주에 도착했다. 해주는 평양만큼은 못해도 깨끗하고 큰 도시였다. 사람들은 유엔군이 대도시인 해주를 인민군에게 내어 주지 않을 것이라고 생각하며 더 이상 가지 않고 그냥 해주에 있자고 했다. 상수네도 좋은 소식이 들리기만을 기대하며 며칠을 그 곳에서 묵었다. 어느 날 밤, 어른들이 모여 앉아 조용히 수군거리는 소리를 상수는 잠결에 들었다. 해주가 이미 공산군에게 포위되었다고 들려왔다.

이야기를 나누던 사람들이 뿔뿔이 흩어지며, 아버지는 황급히 상수를 깨웠다. 이미 잠이 깬 상수는 서둘러 옷을 입고 아버지를 따라 밖으로 나왔다. 밤하늘에는 온통 별이 가득했다. 여기저기에서 캄캄한 하늘에 붉은 줄을 그으며 총탄이 날아가고 있었다. 마치 별똥별이 떨어지는 것 같았다.

아버지와 상수는 되도록 멀리 가려고 미친 듯이 뛰었다. 살을 에는 겨울밤인데도 땀이 비 오듯 하고, 목덜미를 통해 흰 김이 올라갔다.

얼마를 뛰었을까? 어떤 고개에 이르자, 해주 시내를 벗어났다는 생각이 들었다. 그들은 잠시 멈추어 서서 숨을 돌렸다. 어느덧 날은 밝았다. 사람들도 고개 위에 멈추어 서서 반대편 고개 아래쪽을 내려다보았다. 그 곳에는 작은 건물이 하나 있었고, 인민군이 그 앞을 지나가는 피난민들을 일일이 세우고 조사를 하는 것 같았다. 위험을 느낀 아버지는 내려가기를 멈추고 사람들이 하는 이야기에 귀를 기울였다. 그 때 아래에서 고함 소리가 들렸다.

"서라!"

인민군 두 명이 그들 쪽으로 달려 올라오고 있었다. 고개 위에 있던 사람들은 혼비백산하여 사방으로 달아났다. 아버지도 상수의 손을 꽉 잡고 뛰었다. 상수는 발이 땅에 닿지도 않은 채 아버지 손에 들려서 날아가는 것만 같았다. 인민군들이 쏘아 대는 총알이 양옆으로 쌩쌩 소리를 내며 지나갔다. 그들이 뛰어 도달한 곳은 바닷가 넓은 갯벌이었다. 그곳에는 더 이상 숨을 곳이 없었다. 인민군들이 계속 그들 뒤를 따라오고 있는 것만 같았다. 너무 다급한 나머지, 상수는 바지에 똥과 오줌을 싸 버렸다.

'이제 우리는 죽나 보다.'

상수는 생각했다. 그런데 그 때 바다 건너편에서 전투기 편대가 날아오는 게 보였다. 그렇게도 무섭던 전투기가 어찌나 반갑고 고맙던지! 그들은 갯벌에 엎어졌다. 뒤를 돌아보니, 인민군들도 보이지 않았다. 갯벌에는 그들 둘만 있었다. 아버지와 상수는 갯벌에 벌렁 누운 채 하늘을 올려다보았다. 어느덧 해는 높이 떠 있었다. 겨울 햇살이지만, 제법 따스했다. 하늘에는 흰 구름도 두둥실 떠 있었다. 한숨 돌리고 난 뒤, 아버지는 상수 바지를 벗기고 말끔하게 씻어주었다. 그리고 그들은 가까운 야산으로 올라갔다. 그 곳에는 작은 푯말이 하나 있었고 푯말에는 '38선'이라고 쓰여 있었다. 그들은 마침내 38선을 넘은 것이다.

하지만 38선을 넘었다고 마음을 놓을 수는 없었다. 그 날 오후, 그들은 마침내 미군이 지키고 있는 곳에 이르렀다. 미군들은 피난민을 한 줄로 세워 놓고 입고 있는 옷 속에 하얀색 가루(DDT)를 뿌렸다. 피난길에 몸은 영양실조로 야위었는데도 몸에는 이가 우글거렸다. 가끔 몸이 근질근질해 옷 속에 손을 넣으면, 이가 한줌씩 잡혔다. 못 먹어서 뼈만 남은 앙상한 몸에 이들만 풍년을 이루고 있었던 것이다. 미군의 검문이 끝나자, 피난민들은 마치 모든 피난길이 끝난 것처럼 마음이 홀가분해졌다.

그 날 밤, 아버지와 상수는 인민군이 점령했을 것이라는 개성을 피하여 근처의 작은 마을에 잠자리를 정했다. 마침 작은 빈 방을 얻게 되어 오랜만에 온돌에 불을 땠다. 잠이 들 무렵, 밖에서 횃불이 일렁였다. 그러고는 장정 여럿이 우르르 몰려와 방문을 홱 열어젖히고는 아버지를 끌어냈다. 그들은 마을을 지키는 '대한청년단'이라고 하며, 아버지를 구둣발로 차고, 몽둥이로 마구 때렸다. 영문을 모르는 아버지는 무조건 살려 달라고 통사정을 했다. 개성은 해방 후 38선 남쪽지역이었고, 아버지와 상수는 북쪽에서 피란 왔으니 의심받은 모양이었다. 청년단원들은 총의 개머리판과 몽둥이로 사정없이 때렸다. 상수는 아버지에게 매달려 울부짖었다. 그들은 상수를 떼어내다 그가 쓴 모자를 보았다.

"어, 이놈이 인민군 모자를 쓰고 있네. 이놈들 빨갱이 아니야? 이거 어디서 난 거야? 빨리 대지 못해!"

그들은 상수 뺨을 후려쳤다. 어디론가 끌려가 총살당할 것 같은 두려움이 엄습해왔다. 아버지와 상수는 비명을 지르며 그저 빌기만 했다. 그들은 아버지의 배낭을 탈탈 털어 내용물을 확인해 보다가 밑바닥에 곱게 접어둔 태극기를 발견했다. 그들은 서로 눈짓을 주고받더니 아버지와 상수를 놓아 주고 돌아갔다. 단원들이 돌아간 뒤, 그들도 서둘러 그곳을 떠났다. 태어나서 처음으로 무자비하게 폭행을 당하고 나자, 아버지와 상수는 주위 사람들이 무서워졌다. 전쟁 중에는 특별한 이유가 없어도 언제, 어떻게 목숨을 잃을지 모른다는 공포에 사로잡히게 되었다. 그래서 그들은 그 때까지

도 몸에 지니고 있던 북한 돈을 길가에 버렸다. 산길에는 피
난민들이 버린 붉은색 북한 고액권이 발등이 덮일 정도로 수
북이 쌓여 있었다. 사람들은 돈을 발로 툭툭 차며 말했다.

"차라리 이 돈 몽땅 긁어서 북조선에 돌아갈까?"

그렇게 말하며 사람들은 웃었다.

38선을 넘기는 했지만, 결코 안전한 것은 아니라는 것을
그들은 그간의 경험으로 잘 알게 되었다. 신작로 곳곳에는
정체를 알 수 없는 지역 청년들이 길을 막고 지나가는 피난
민들을 검사하는 일이 많았다. 조금이라도 의심스럽게 보이
면 자기들 마음대로 총살시켜버렸다. 특히 인텔리로 보이는
사람들에게 꼬치꼬치 캐물었다. 한번은 어느 젊은 남녀가
검문을 받았다. 보기에도 도시에서 온 남녀들이 분명했다.
한참 조사하다가 그냥 가라고 했다. 그들을 보내고 얼마 지
났을까 뒤에서 총을 들어 쏘아버렸다. 치안 상태는 불안하
기 짝이 없었고, 어디에서 누구를 만날지 모르기 때문에, 날
이면 날마다 불안한 마음으로 걷고, 또 걸었다. 아버지는 고
향을 떠난 뒤부터는 수염을 깎지 않고, 밀짚모자를 깊게 눌
러 썼다. 그리고 조금이라도 나이 들어 보이게 하려고 느리
고 무식한 말투를 썼다. 또한 틈만 나면 손을 돌멩이에 문지
르거나 흙을 묻혀 농사꾼처럼 보이게 했다.

그들은 38선을 지나 예성강에 이르렀다. 예성강은 한강

보다 훨씬 작고, 이름도 알려지지 않은 강이지만, 서해안을 따라 내려오는 피난민에게는 꼭 건너야 할 장애물이었다. 남쪽이 가까워지자, 국군이나 유엔군이 길거리에서 검색하는 일이 잦아졌다. 피난민들은 검색을 피해 한밤중에 걷는 일이 많았다.

어느 날 밤, 아버지와 상수는 눈이 하얗게 쌓인 길을 말소리를 낮춘 채 걷고 있었다. 그런데 갑자기 큰 강에 맞닥뜨리게 되었다. 그 강은 '예성강'이라고 했다. 많은 사람들이 모여서 강 건너에는 미군이 피난민들을 검문하고 있다고 했다. 그들은 얼어붙은 강을 어떻게 해야 무사히 건널 수 있을까 여러 가지로 궁리했다.

피난민들 중에는 소달구지에 짐과 가족을 태우고 오는 사람도 많았다. 걱정은 예성강의 얼음이 얼마나 두꺼운지 알 수가 없다는 것이었다. 이미 따뜻한 남쪽으로 꽤 많이 내려왔고, 추운 날씨가 차츰 풀리기 시작해 얼음이 상당히 얇아졌을 것이라고 모두들 추측했다. 또한 많은 사람들이 한꺼번에 얼음 위를 걷다 보면, 얼음이 꺼져 물에 빠져 죽을 수가 있을 테니, 될 수 있는 한 가벼운 짐만 들고 한 사람씩 떨어져서 가야 한다고 서로 주의를 주었다.

더구나 건너편에는 미군이 있으므로 말소리를 내면 안 된다고 했다. 실제로 미군이 반드시 피난민에게 우호적인 것은 아니었기 때문에, 미군에게 들키지 않도록 조용히 지나가야 한다고 했다. 칠흑같이 어두운 밤에 가족이 서로 멀리 떨어져 빙판을 걷다 누군가가 위험을 당해도 큰 소리로 부를 수 없었다. 생각만 해도 무서운 일이었다. 짐이 얼마 없던 아버지와 상수는 함께 손잡고 걸어가기로 했다.

수많은 사람들이 몰려 있었기 때문에, 누가 먼저 강을 건널 것인지에 대한 순서와 간격을 정해야 했다. 어둠 속에 있을 때는 서로 먼저 가려고 밀치고 싸웠으면서도, 일단 얼음 위로 나오자, 사람들은 앞뒤 거리를 두며 걸었다. 그런대로 질서는 잡혀갔다. 그런데 달구지를 끌고 온 소들이 문제였다.

소는 너무 무거워서 도저히 강을 건널 수 없었다. 그 때문에 소 주인들은 달구지와 함께 소를 풀어 주었다. 소의 멍에를 벗겨 주기도 하고, 달구지 채로 놓아 둔 채 건너기도 했다. 하지만 소들은 주인과 헤어지는 게 싫은 눈치였다. 멍에를 풀어 주고 멀리 가라고 아무리 손짓발짓을 해도 얼마 뒤, 소는 다시금 주인 쪽으로 다가왔다. 충분히 멀리 쫓아 버렸다고 생각하고 소의 주인과 가족이 강을 건너기 시작해 중간쯤에 이르렀을 때, 아무 생각 없는 충직한 소가 어슬렁어슬렁 주인을 따라 오고 있었다.

우리는 다행히 그런 가족과 꽤 멀리 떨어져 있었기 때문에, 조마조마하면서도 무사히 강을 건널 수 있었다. 그러나 강 중간쯤에서 고함 소리가 들렸다.

"저리 가! 이놈아, 저리 가란 말이야!"

어두워서 보이지는 않아도 어떤 일이 일어난 것인지 미루어 짐작하고 있던 사람들은 모두 걱정스런 표정으로 어둠 속을 가만히 응시했다. 한동안 소를 쫓아 보내려고 소와 실랑이가 이어졌다. 하지만 결국 애처로운 비명이 들렸다.

"사람 살려!"

잠시 뒤, 주위는 조용해졌다. 어느 누구도 그들을 도와줄 수 없었다. 슬픈 밤이었다.

강을 건너 강변에 이르자, 군인들이 피난민을 넓은 곳에 모이게 했다. 피난민들은 해가 뜰 때까지 그대로 땅바닥에 앉아 꾸벅꾸벅 졸면서 기다렸다. 잠깐 눈을 붙인 사이에 주저앉았던 땅바닥의 눈과 얼음이 녹아 바지가 흥건히 젖어 있었다. 날이 밝자, 군인들은 피난민을 한 사람씩 검사하며 통과시켰다. 양쪽에서 감시하고 있던 미군들은 어린 아이들에게 껌이나 초콜릿을 주었다. 상수는 그제야 비로소 마음이 놓였다. 그들은 가벼운 발걸음으로 장단을 거쳐 동두천, 그리고 의정부에 이르렀다. 그들 앞쪽으로는 높은 산이 봄기운이 도는 햇빛을 받아 황홀한 자태를 뽐내고 있었다. 사람들이 저마다 '삼각산'이라고 외쳤다. 삼각산은 서울에 다온 증거라며 삼각산 남쪽이 바로 서울이라고 했다. 삼각산을 바라보고 있자니, 마치 별세계를 보는 것처럼 눈부셨다.

아버지와 이야기를 나누며 길동무가 된 한 아저씨도 기운이 나는지, 상수를 번쩍 들어 올려 어깨에 목말을 태워 줬다. 상수는 개선장군이라도 된 것처럼 날아갈 것 같은 기분이었다.

드디어 서울에 도착한 것이다. 아버지는 이제 고생은 다 끝난 것이라고 했다. 아버지는 서울에 할아버지가 있고, 할아버지는 남쪽에서 높은 사람이니 아무 걱정할 것이 없다고 했다. 그는 서울이 그들을 따뜻이 맞이해 주기라도 하는 것처럼 의기양양하게 걸었다. 그러나 서울에 첫발을 내디디면서 기대는 곧 실망으로 바뀌어 버렸다.

아버지와 상수는 수색을 거쳐 신촌으로 서울에 들어온 것 같다. 하지만 서울 시내에는 사람들이 별로 눈에 띄지 않았다. 한두 사람 마주칠 때가 있었지만, 사람들은 모두 뛰다시피 지나치곤 했다. 아버지는 'ㅇㅇ협회'가 어디쯤이냐고 만나는 사람마다 물어 보았다. 하지만 모두 고개를 저었다. 결국 아버지는 남대문 근처에 있다는 편지내용을 되살려 남대문으로 갔다.

남대문으로 가는 도중 다리 위에서 서울역을 내려다보았다. 시골뜨기 소년이 처음으로 큰 기차역과 높은 건물을 본 것이다. 아름다운 서울역을 내려다보며 그는 감탄했다. 역 건물 뒤로는 기차선로가 직선을 수없이 겹쳐 놓은 것처럼 보였다. 신안주역에서 한두 줄짜리 기찻길만 보고 자란 그에게는 그저 놀라운 광경이었다. 그러나 그곳에 멈추어 서 있는 기관차와 화물차들이 모두 새빨갛게 녹슬어 있는 게 이해가 되지 않았다. 자세히 보니, 이미 서울역에는 지키는 사람도 없고, 움직이는 기차도 없는 듯 했다.

그들은 서둘러 남대문으로 갔다. 남대문 옆에서 사람들에게 물어보고, 그들은 비로소 ○○협회 건물을 찾았다. 남대문 옆 2층 석조건물의 현관에 '○○독립협회' 간판이 걸려 있었다. 그 건물의 지붕이 서양 교회 지붕처럼 둥글면서도 끝이 뾰족해 멀리서도 얼른 눈에 들어왔다. 힘들게 찾아왔건만, 문은 굳게 잠겨 있어 아버지와 상수는 실망했다.

이튿날 아침, 며칠 전부터 아무것도 먹지 못한 허기진 몸으로 그들은 맥없이 광화문 거리를 지나갔다. 하늘은 티 하나 없이 맑고 추운데, 이렇다 할 목적지도 없지만 막연히 또다시 남으로 가야만 했던 것이다. 막 광화문 네거리를 지나려고 하는데, 누군가가 큰 소리로 외쳤다.

"여보, 여보!"

돌아보니 파출소 앞에 서 있던 경찰관이 아버지를 부르고 있었다. 상수는 섬뜩한 마음에 등에 식은땀이 났다. 아버지는 내키지 않은 걸음으로 느릿느릿 경찰관에게 다가갔다.

"어디 가는 사람이요?"

"저기….."

아버지가 머뭇거리자, 경찰관은 대뜸 안으로 들어오라고

했다. 아버지는 파출소 안으로 들어가 사정을 이야기하고, 상수를 가리키며 보내 달라고 통사정을 했다. 그러나 경찰은 보내 줄 수 없다고 잘라 말했다.

"지금 탄약 운반할 사람이 모자라 급히 노무대를 모집하고 있소. 다행히 한 이틀이면 돌아 올 거요. 아이는 우리가 맡아 줄 테니 걱정 마시오."

경찰관이 말했다.

아직 밥도 못 먹었다며 아버지가 또 한 차례 사정을 하자, 경찰관은 어딘가 전화를 걸어 국밥 두 그릇을 배달시켰다. 아버지와 헤어지는 것이 걱정이 되기는 했지만, 서울에서 처음 먹어보는 국밥은 정말 꿀맛이었다. 허겁지겁 먹고 나자, 트럭 한 대가 파출소 앞에 멈추었다. 트럭에는 이미 많은 사람들이 타고 있었다. 아버지는 엉엉 울며 떨어지지 않으려는 상수에게 절대로 다른 곳에 가지 말고 이곳에 꼭 있으라고 신신당부를 하고는 그 곳을 떠났다. 홀로 남은 상수는 한참이 지나서야 겨우 울음을 그쳤다. 마음 한편으로는 불안하면서도 난로불이 활활 타고 있는 파출소 안에서 이 책상 저 책상 뛰어 다니며 놀았다. 경찰관 아저씨들도 심심했던지, 상수를 위로해 주며 함께 놀아 주기도 하고, 밖으로 순찰을 나갈 때도 가끔씩은 상수를 데리고 갔다.

이틀이 금방 지나갔다. 상수가 아침에 일어나 놀고 있는

데, 아버지가 파출소 안으로 황급히 뛰어 들어와 와락 끌어 안았다. 그들은 재회의 기쁨으로 눈물을 흘리며 경찰관들에 게 감사하다고 거듭 인사를 하고 서둘러 서울역을 지나 남 쪽으로 걸었다. 거리는 텅 비어 있었다. 서울 지리를 모르는 그들은 오로지 남쪽만 바라보며 걸었다. 한강에 도착한 그 들은 많은 사람들 틈에 끼어 임시 다리를 건넜다.

한강을 건넌 뒤, 그들은 저녁 무렵에 영등포역에 도착했 다. 선로에는 객차, 화물차가 여러 칸 있었는데, 칸마다 피 난민이 만원을 이루고 있었다. 그들은 빈 곳을 찾았지만, 좀 처럼 빈 곳이 보이지 않았다. 궁여지책으로 한쪽 구석에 버 려져 있다시피 한 빈 화물칸(무개화차)에 올랐다. 그 화물칸 에는 지붕도 없고 벽도 없었다. 바람막이도 없는 화물칸에 는 그들만이 할 수 없이 앉아 있었다. 그러나 밤이 깊어지 자, 그들이 탄 화물칸도 만원이 되었다.

서로가 모르는 사람들이지만 몸을 밀착하여 따뜻한 체온 을 나누는 것이 추위를 피하는 유일한 방법이었다. 처음에 는 서먹하여 서로 떨어져 앉아 있다가 몸이 서로 닿으면 누 가 먼저랄 것도 없이 꼭 다가앉았다. 남녀의 구별도 없었 다. 피난열차에서 서로 등을 대고 앉아 추위를 피한 처녀와 총각이 서로 정이 들어 물 한 사발 떠놓고 혼례를 치렀다는 이야기는 피난민들 사이에서 흔한 이야기였다. 피난민이 가 득 찬 화물칸은 떠날 기약도, 희망도 없었지만, 사람들은 모두 운명을 하늘에 맡긴 채 꾸벅꾸벅 졸았다.

동이 틀 무렵, 운 좋게도 그들이 탄 화물칸에 기관차가 연결되었다. 화물칸은 천천히, 아주 천천히 움직였다. 새벽 공기를 가르고 달리는 화물칸에서 추위를 못 이겨 그만 얼어 죽는 사람도 있었다고 했다. 그러나 화물칸은 수원역에서 정차한 뒤, 다시 움직일 생각을 하지 않았다. 아버지는 눈치를 보다가 먼저 출발할 듯한 칸으로 자리를 옮겼다. 이번에 옮긴 곳은 객차 지붕 위였다. 객차 안은 발 디딜 틈 없이 사람이 꽉 차서 지붕만이 유일한 장소였다. 그 곳도 금방 만원이 되고, 저마다 더 올라오려고 아귀다툼이 벌어졌다. 아버지는 주워온 새끼줄로 당신의 허리와 상수의 허리를 한데 묶었다. 혹시 상수가 졸다가 밑으로 굴러 떨어질까 걱정해서였다. 자리를 잡고 앉자, 아버지는 아래로 지나가는 김밥 장사에게 돈을 던져 주고 김밥을 샀다. 김밥은 꿀맛 같았다. 이제 객차만 움직이면 되는 것이다. 또다시 하늘에 빌며 상수는 까무룩 잠이 들었다.

얼마나 지났을까, 쿵 하는 충격에 눈을 뜨니, 그들이 타고 있는 객차가 드디어 움직이기 시작했다. 대전까지 가는 데 이삼일 걸렸다. 객차가 굴을 지날 때, 사람들이 굴천장에 부딪쳐 죽었다는 소리를 들었다. 그들은 몸서리쳤다. 기차에서 떨어진 사람도 많았다. 대전을 출발하여 추풍령 가까이 가는 도중, 사람들이 수군거렸다. 추풍령 고개에서 공비들이 열차를 습격한다는 무서운 이야기였다. 추풍령은 우리나라에서 가장 높은 열차고개이다. 황간역을 지나자, 기차속도는 한층 느려졌다. 고개가 무척이나 가파르기 때문이다. 기차는 검은 연기를 마구 내뿜으며 숨이 가쁜 듯 치—익 치—익, 퍼—억 퍼—억 힘겹게 올라갔다. 이제 기차는 사람이 보통 걷는 속도보다도 느린 속도로, 조금씩 나아갈 뿐이었다. 드디어 앞쪽에 추풍령 굴이 기다리고 있었다. 그 곳에서 공비의 습격을 받으면, 살아남을 사람이 거의 없을 것이다. 공비의 습격도 무섭지만, 굴속에서 기관차가 내뿜은 연기로 숨이 막혀 죽는 사람이 많을 것이다. 기차는 더 이상 전진하지 못하고 결국 뒤로 물러났다. 몇 번 앞으로 갔다 뒤로 물러났다를 되풀이하다가 결국 무사히 추풍령을 넘어 대구에 도착했다.

대구에서 며칠 묵는 동안, 피난민들 사이를 오가며 할아버지 소식을 수소문하던 아버지는 부산으로 더 내려가야겠다는 결론을 내렸다. 다행히 부산가는 화물 트럭을 얻어 탈수 있는 기회를 얻었다. 비록 산더미같이 쌓아올린 화물 위에 아슬아슬하게 앉아 간신히 몸의 균형을 잡고 가야 했지만, 그것은 지금까지의 피난길에 비하면 무척이나 호사스러운 것이었다. 남쪽 지방의 바람은 북한에서 내려온 그들에게는 따뜻하기가 비할 데 없었다. 계절은 이미 초봄으로 접어든 것이다. 아버지는 배낭 속에 간직하고 있던 태극기—피난길에서 몇 번이나 그들 목숨을 구해준—를 꺼내어 나뭇가지에 매어 높이 들었다. 달리는 바람을 맞아 태극기가 힘차게 펄럭이는 것을 보며 그들 부자는 오랜만에 통쾌하게 웃었다.

3. 외로운 귀향

이제 명순이가 갈 곳은 아무 데도 없었다. 그래도 생소한 타지를 목적 없이 헤맬 수도 없어 본능적으로 발걸음은 고향 송성으로 향했다. 결국 명순이는 먼 길을 조금씩 걸어 송성에 가까워졌다. 강서에서 석 달 가량 보냈으므로 벌써 초봄이 되었다. 전쟁은 언제 끝날지 모르게 계속되고 있어 노인이나 여자들까지도 인민군이나 의용군으로 뽑혀나가는 상황이었다. 명순이는 아버지와 상수의 행방에 대해서는 알 수도 없었지만 앞으로 혼자서 북조선에서 살아가는 앞길에는 아버지와 상수의 행방에 따라서 중요한 결점이 될 수도 있다는 생각이 들었다.

다 헤진 옷차림에 오랫동안의 굶주림으로 초췌해진 명순이를 알아볼 사람은 아무도 없을 것이다. 그렇지만 고향이 가까워 올수록 발걸음은 오히려 무거워져 갔다. 평양에서 대동강 다리를 건너려는 인파가 끊어진 철교로 몰려 수많은 피난민들이 아우성을 칠 때 미군전투기들이 무자비한 기총소사를 퍼부었다는 소문을 들은 적이 있었다. 명순이는 아버지와 상수가 대동강변에서 미군의 기총소사로 죽은 것으로 믿기로 했다. 명순이는 옛날을 생각하면 참 세상이 변해도 너무 갑자기 변한다고 생각했다.

해방이 되고 조금 지나 어느날 낯선 소련군과 김일성 장군이 군용트럭을 타고 들어온 뒤 동네 분위기가 한순간에 변했다. 길거리에서 흔히 보이던 상점이나 가게들은 문을 닫아버리고 그 대신 협동조합이라는 것이 생겼다. 모든 필수품은 협동조합에서 사야만 했다. 아이들이 구멍가게에서 사먹던 눈깔사탕이라든가 질겅질겅 씹고 다니던 송진껌도 살 수가 없게 되고 대신 두툼하고 먹음직스러운 빵이 조합 상점에 진열되었다.

화폐개혁이 실시되어 이전에 사용하던 일본돈 대신 노동자 농민이 망치와 낫을 메고 사이좋게 어깨동무하고 웃고 있는 새 돈이 나왔다. 아버지가 헌 돈과 바꾸어 가지고 온 새 돈을 보고 어린마음에도 세상이 새롭게 변했구나 생각했다. 학교에서는 교과서를 무상으로 나누어주고 월사금 같은 것은 없어졌다. 교과서는 예전 책들보다 크고 그림은 모두 총천연색으로 그려져 아이들을 흥분시켰다. 동화이야기에서는 학과 여우가 서로 잔치에 초청하여 식사를 대접하는 이야기, 수탉이 닭벼슬을 높이 들고 교활한 여우를 혼내주는 이야기들은 어린 마음에도 나쁜 사람들은 혼내주어야 한다는 생각을 하게 했다. 사회는 밝아지고 인민이 모든 것의 주인이 되고 국가는 모든 비용을 모두 책임진다고 했다. 그러는 사이 사회는 조직화되고 개인 활동은 금지되었다. 학교에 등하교할 때도 같은 방향의 학생들이 논두렁길을 걸어가면서도 줄을 서서 다니게 했다. 옛날처럼 교회도 마음대로 다닐 수 없었다.

명순이는 비록 나이가 어렸지만 철이 들고 셈이 훤하여 무슨 일이 일어났었는지 잘 알고 있었다. 명순이는 신안주 인민학교 5학년 때 전 학년의 총대장이 되었다. 아버지와 어머니는 총명한 명순이를 자랑스럽게 여겼다. 인민학교에서는 학생들의 조직을 소년단으로 편성하고 열살 이상의 모든 학생들은 자동적으로 소년단에 입단시켰다. 소년단단원이 되면 목에 빨간 수건(스카프)을 두르고 가슴에는 꽃잎이 다섯 개인 무궁화 배지를 달고 손을 들어 소년단식 거수경례를 하도록 했다.

학생들은 소년단이 된 것을 대단히 자랑으로 생각하였고 단체로 행진할 때는 "빛나오는 새 조선에… 소년단 만만세."로 끝나는 소년단노래를 부르며 힘차게 발을 맞추어 걸었다. 명순이는 소년단의 총대장이었다. 반에서 제일 똑똑한 학생은 '급장'이 되고, 그 아래로 '부급장'이 되었다. 급장은 붉고 굵은 줄 두 개를, 부급장은 굵은 줄과 가는 줄 한 개를 팔에 계급장처럼 달았다. 전 학교에서 제일 똑똑한 학생인 명순이는 총대장으로서 붉고 굵은 줄 세 개를 팔뚝에

달고 다녔다. 보통은 남학생이 총대장이 되었지만 이번만은 여학생이 되었다.

적어도 신안주에서는 명순이보다 똑똑한 아이는 없었다. 학교에서 봄과 가을 운동회가 열리면 명순이는 상으로 주는 공책과 연필을 여러 벌씩 받아왔다. 어머니는 운동회 날 명순이가 학생들을 지휘하는 것과 운동장에서 큰아들 상수가 뛰는 것을 보려고 고구마와 달걀을 삶아가지고 가서 자랑스런 얼굴로 아이들을 응원했다. 그때가 명순이와 가족이 가장 행복하고 단란했던 시기였다.

명순이는 공부만 잘한 것이 아니라 운동도, 노래도, 무용도 학교에서 배우는 것은 모두 1등이었다. 학교에서 돌아와 저녁밥을 먹은 후에는 근처에 사는 동네아이들이 명순이네 집에 모여 함께 공부를 했다. 공부가 끝나면 서로가 그날의 단체행동이나 활동에 대해 자아비판을 해야만 했다. 매일 매일 자아비판을 반드시 해야만 그날의 일과가 끝났다. 자아비판은 개인적인 감정이 개입되지 않은 가혹한 비판이었다. 사이좋게 놀던 친구들도 서로의 잘못에 대해 냉혹하게 비판하였다. 자아비판에서는 아이들이라고 생각할 수 없을 정도의 지적이 있었고, 그 아이는 자기의 잘못을 시인하고 눈물을 흘리곤 했다. 그러다가도 비판시간이 끝나면 비로소 어린아이들다운 분위기로 돌아왔다.

명순이네 집에서는 모든 일과가 끝나면 비로소 즐거운

일이 기다리고 있었다. 명순의 어머니가 흥부전, 심청전, 장화홍련전 같은 재미난 옛날이야기를 해주었기 때문에 아이들은 공부가 끝난 후에도 조금이라도 더 놀다 가려고 했다. 일요일 저녁이면 명순이는 예배당에 다녔다. 이미 사회적으로 예배당은 철거되고 종교를 믿는 것은 옳지 않다는 분위기가 생겼다. 그러나 신앙심이 깊었던 명순이는 혼자 다녔다. 일제시대에도 있던 예배당은 해방이 되고 나서 거리에서 사라지고 대신 먼 외진 산속의 조그만 건물이나 초가에서 숨어서 예배를 보았다.

산길을 밤중에 걷는 것이 무서워서 늘 남동생 상수를 데리고 다녔다. 상수는 세 살 아래였지만 그래도 혼자 가는 것보다는 마음이 든든했다. 예배당에서 예배를 드리는 동안 상수는 밖에서 혼자 놀며 기다려 주었다. 산으로 둘러싸인 논과 밭뿐인 어둡고 추운 바깥에서 무섭다고도 하지 않고 기다렸다. 이렇게 오빠처럼 든든하던 상수도 명순이가 운동회나 학예회에서 상품을 타오면 늘 탐을 내면서 떼를 쓰곤 했다. 생각하면 참 그리운 시절이었다.

고향이 가까워질수록 송성에 가면 아버지와 상수가 기다리고 있을 것만 같아 가슴이 뛰었다. 그렇지만 주변에 공습과 전쟁으로 불에 타고 무너진 동네를 지나면서 송성도 마찬가지일 것이라는 불안감이 커져갔다. 가는 도중에는 오히려 마음이 편안하였다. 고향이 멀리 떨어져 있으므로 아는 사람을 만날 일은 거의 없을 것이고 무엇보다도 부서진 길가 집들에는 잠시 쉬려는 사람들이 들어차서 그 틈에 섞여 먹을 것을 조금이라도 동냥하여 먹을 수 있는 것이 다행이었다.

처음에 두렵던 낯선 남자들에게도 오히려 당당하게 말을 할 수 있게 되었다. 길을 가는 행인들 중에는 북으로 걸어가는 부상당한 인민군들이 많아 그들로부터 전선의 형편을 소문으로라도 들을 수 있었다. 명순이는 귀를 바짝 세우고 인민군이 어디까지 갔으며 남쪽 미군과 국방군은 어디까지 도망을 갔는지에 관심을 가졌다. 혹시 그들의 말 속에 남조선에 관한 말이 나오면 안 듣는 척하면서도 바짝 다가앉아 그들의 대화에 귀를 기울였다. 마음속으로는 아버지와 상수가 폭격으로 죽었다는 것은 도저히 인정할 수가 없었기 때문이었다.

비록 마음 속에 작정은 하고 있지만 어디에선가 살아 있다가 다시 유엔군과 국방군이 북쪽으로 올라오면 아버지와 상수도 만날 수 있으리라는 희망을 버릴 수 없었다. 그렇게 매일 배고픔을 참으며 십리 이십리씩 북으로 가는 신작로를 따라 걷던 명순이는 많은 부상병과 민간인들이 섞인 한 떼의 부대를 만났다. 규율도 없고 대오도 맞지 않았지만 그들은 절뚝거리며 느리게 북으로 이동하는 중이었다.

그들 중에는 젊은 여자들, 명순이 또래의 어린 여자들도 있어서 명순이도 자연스럽게 그들 속에 섞여 들어가 같이 걷고 같이 자며 갈 수 있었다. 큰 집단으로 움직이는 그들은 어떻게 하는지는 모르겠지만 쌀이나 잡곡 아니면 감자나 고구마 같은 것들을 나누어 먹는 틈에 섞여 혼자있을 때처럼 팡팡 굶는 일은 피할 수 있게 되었다. 그야말로 절에 가도 요령만 있으면 새우젓도 얻어먹을 수 있다는 말이 맞았다. 명순이는 이제 자신의 삶을 위해서라면 웬만한 고통은 참을 수 있었다.

그들은 낮에는 주로 빈집이나 나무숲에 들어가 잠을 자거나 쉬다가 밤시간에 이동하였다. 아직도 남쪽에서 날아오는 B29와 쌕색이들이 아무 때나 나타나 움직이는 모든 대상에 폭격을 퍼부었기 때문이었다.

나중에 알게 되었지만 그들은 청천강 너머에 있는 야전병원까지 갈 것이라고 하였다. 그들 중에는 남쪽에서 자진해서 인민군에 협조하여 북으로 온 남쪽 동무들도 있다고 했다. 명순이는 부쩍 호기심이 생겨 그들 속에 있는 젊은 여자아이들에게 적극적으로 접근하여 그들과 친해지려고 노력했다. 그들은 대부분 인민군부대 소속이었으나 특별한 부대명칭이나 계급 같은 것은 없는 것 같았다.

모두 명순이 같이 시골에서 농사 짓다가 전쟁 막바지에 의용군으로 참가하게 되었다. 그들은 심성이 착하고 순수

하여 금방 친해지고 명순이의 외로운 처지를 불쌍하게 여겨 그들 속에 끼워주었다. 명순이는 혼자서 강서를 떠나올 때 가졌던 외로움과 두려움이 한결 위로가 되어 마음속으로 그들을 따라 어디까지든지 가야되겠다고 마음먹었다.

그럴수록 명순이는 더욱 열심히 일했고 부상자들을 찾아 다니며 그들의 불편한 점을 찾아 도와주었다. 마침 군의관 같은 사람들에게도 눈에 띄게 되어 자신도 모르는 사이에 열심히 일하는 여성일꾼으로 인정받게 되었다. 무슨 급한 일이 있으면 명순이를 찾게 되고 명순이의 배경이나 그들을 따라오게 된 사연 등에 구태여 자세히 알려고 하지 않았다. 일행은 느린 움직임에도 조금씩 이동하여 명순이가 그리던 고향 송성에 가까워지고 있었다. 송성마을이 점점 가까워지자 제일 먼저 멀리서도 송림산이 보였다. 명순의 마음은 뜨거워져 갔다.

송성과 송림산이 눈에 들어오자 명순이는 어머니가 죽기 전까지 사남매가 함께 살았던 신안주의 그 정다운 집이 그리워졌다. 명순이 보다 세 살 아래 남동생 상수와 상수보다 두 살 아래 남동생 은수, 그리고 막내 여동생 옥순이를 한시도 잊은 적이 없었다. 어머니가 다섯 번째 동생을 낳다가 돌아가신 후 명순의 가족은 모두 뿔뿔이 흩어졌다. 둘째동생 은수는 외갓집으로 막내 옥순이는 송성의 일가친척집에 양녀로 맡겨졌다. 아버지 말로는 노부부가 아이가 없어서 옥순이를 잘 키우겠다고 했다고 했다. 공습이 시작되기 전 아버지와 상수가 평양으로 떠났을 때 명순이는 송성의 큰집에 남았다.

송성은 모두 변 씨 집성촌이고 마을의 맨 가운데 큰 기와집에는 큰 할아버지가 계셨다. 큰할아버지는 명순이 할아버지의 큰형님으로 마을의 제일 웃어른이었다. 명순이 할아버지는 큰할아버지보다 이십 년이나 어리고 다섯 남매 중 막내 동생인데 그 사이에 누님이 세 분 있었다. 세 누님들은 박천, 영변 등 이웃 고을로 시집을 갔다고 들었다. 어머니가 산고로 돌아가실 때 집에 와서 아이들을 돌보아 주시던 돌모루 할머니가 그 누님 중 한 분이었다.

큰할아버지는 막내 동생이 3·1만세운동 후 중국으로 망명하여 독립운동을 하고 있는 것을 겉으로는 반대하는 척하였지만 그 아들 홍옥이와 가족을 조용히 돌보아주었다. 어디에서도 불령선인(不逞鮮人)으로 지목받아 집안에서 따돌림을 하려는 젊은이들을 타이르며 음으로 양으로 보살펴 주었던 것이다. 명순이는 네다섯 살 무렵 큰할아버지가 대청마루에 아이들을 모아놓고 한문을 가르치시던 기억이 난다. 언제나 총명한 명순이를 귀여워 해주며 제 할애비 닮았다고 칭찬인지 무언지 중얼거리시기도 하였다. 그런 추억이 있어 명순에게 송성의 큰할아버지댁은 먼 추억의 안식처였다.

명순의 아버지는 재산을 몰수당한 후 명순이를 큰할아버지에게 맡기고 떠났다. 큰집에 있는 동안 명순이가 마을 가운데 넓은 마당에 나가면 어린 아이들이 나와 놀곤 했다. 어느 날, 명순이는 아이들 사이에서 막내 동생 옥순이가 섞여 노는 것을 보았다. 아버지가 남의 집에 맡겼다고 하던 옥순이를 본 것이다. 눈물이 쏟아지는 것을 가까스로 참으며 가까이 다가가서 "옥순아!" 하고 불렀다. 옥순이는 그리워하던 언니를 보자 소리치며 달려와 매달리며 울었다. 그러나 어떻게 할 수도 없는 지금 처지에서 옥순이와 헤어지지 않을 수가 없었다. 울고불고하는 옥순이를 떼어 놓으려고 애를 태웠었다.

그렇게 큰집에서 몇 달을 지내는 사이 남쪽에서 날아오는 전투기와 B29폭격기의 폭격은 점점 심해지던 어느 날 아버지가 상수를 데리고 송성에 왔다. 명순이는 몇 달 만에 보는 상수를 우물가로 데리고 가 먼지로 까맣게 탄 얼굴을 씻겨 주었다. 그때 소리죽여 울며 흘린 눈물로 치마가 다 젖을 정도였다.

아버지가 온 후부터는 큰집 옆 덕수네 집 사랑방에서 아버지와 상수와 세 식구가 오랜만에 행복한 날을 보냈다. 폭격은 매일 계속되었고 보통 새벽 동 트기 전에 지붕위로 새-앵하고 전투기가 날아가는 소리에 잠을 깨곤 했다. 전투기 소리가 멀어질 때쯤 쾅하는 폭발음과 따따따 하는 기총소사 소리를 들으면서 아침이 시작되는 나날이었지만 명순에게는 어버지와 떨어져 있던 날들에 비해 얼마나 행복한지 몰랐다.

그렇게 가을이 되고 전쟁의 소식이 점점 불리하게 들려오더니 산속으로 피난을 가야한다고 사람들이 웅성거리기 시작했다. 명순이네도 세 식구가 송성보다 더 깊은 산 속으로 피난을 갔다. 그곳에서 불안한 소문에 의지하며 일주일 가량 있던 어느 날 아이들이 뛰어들어오며 하늘을 보라고 소리쳤다. 모두 밖으로 나와 하늘을 보니 과연 하늘에는 알 수 없는 하얀 꽃들이 하늘 가득 채워져 있었다.

파란 하늘에 흰 목화 솜처럼 퍼져서 아름답기도 하였지만 한편 무섭기도 하였다. 그러나 가만히 바라보니 점점 커지는 솜 아래에 매달린 군인의 모습이 보였다. 믿을 수 없는 일이지만 하늘에서 군인들이 쏟아져 내려왔다. 쌍둥이 비행기가 날아가며 마치 새벽거미줄에 이슬 매달리듯 가느다란 실 같은 것을 뽑으면서 가면 그것이 넓게 꽃처럼 퍼지며 떨어지는 것이었다. 그날 마을에서는 큰 박수와 환호성이 일어났다.

하늘에서 내려온 것은 유엔군과 국방군이었다. 산골마을 이었지만 사람들은 어디에서 들고 나왔는지 태극기를 흔드는 사람들도 있었다. 건장한 군인들이 손을 흔들며 들어오고 마을사람들은 오히려 반가워하며 만세를 불렀다. 하늘에서 내려온 군인들 중에는 흰 피부의 군인도 있었고 얼굴이 까만 군인도 있었고 그들은 뭐라고 떠들었지만 하나도 알아 들을 수 없었다. 나중에 그들 중에 섞여서 내려온 국방군들 이 그들은 유엔군이며 북조선을 해방시키러 왔다고 설명하 였다.

전쟁은 끝났다. 사람들은 저마다 짐을 둘러메고 집으로 돌아갔다. 명순이네도 송성으로 돌아왔다. 그런데 대문을 열고 들어서는 순간 놀라지 않을 수 없었다. 마당 한가득 빨 강 파랑 노랑색의 헝겊들이 어지럽게 널려있고 옷장 문들은 모두 열려있었다. 어찌된 영문인지 몰라 한참을 마당과 방 안을 둘러본 후에야 사태를 대충 짐작할 수 있었다. 누군가 집안을 온통 뒤지고 장롱안의 곱게 간직해두었던 색동천들 을 끄집어낸 것이다.

누가 그랬을까 어리벙벙해 있을 때, 대문을 쾅 차며 들어 서는 사람이 있었다. 그것은 빨강 노랑 헝겊을 목 주위에 감 은 거구의 까만 피부의 군인이었다. 그는 들어서다 말고 멋 쩍은 웃음을 띠고 한 손을 들어 보이고는 나가 버렸다. 비로 소 상황을 파악한 아버지와 명순이는 마당과 마루에 흩어진 헝겊들을 주워 차곡차곡 정리하였다.

그 후 송성 마을에도 미군이 주둔했다. 명순이가 있는 방 건넌방들에 유엔군 몇 명이 들었고 그중의 한 명은 하얀 피 부의 백인 장교로 아버지에게 다가와 일본말로 말을 걸었다. 그들은 일본에 주둔하고 있다가 한국전쟁에 참전한 것이라고 했다. 한참 아버지와 이야기를 나누던 미군은 상수를 향해 "보이상?" 하고 부르더니 주머니에서 무엇인가를 꺼내어 주었다. 상수는 무서워하면서도 그것을 받아들고 뒤돌아서 명순에게 보였다. 나중에 안 것이지만 그것은 껌과 초콜릿이라는 것이었다.

껌은 몇 년 전 명순네가 행복하던 시절 아버지가 평양에 다녀오면서 사다준 적이 있어 낯설지 않았다. 그때는 명순이 또래의 아이들은 나무송진을 껌처럼 씹으며 놀았었다. 아버지가 사다 준 껌은 시골에서는 처음 본 것으로 씹을수록 입안에서 달콤한 물이 빠져 나와 그야말로 환상적이었다. 미군이 준 껌도 그것과 같은 것이었으나 예쁜 포장에 싸인 까맣고 딱딱한 것은 무엇인지 알 수가 없었다. 둘이는 방안에서 그것을 꺼내 조금 입에 넣어보았다. 둘이는 입을 딱 벌렸다. 이렇게 맛있는 것을 먹어본 적이 없었던 것이다. 얼른 아버지에게 한 조각 드렸더니 아버지도 그 맛에 놀랐다.

그날 이후 그 장교는 아버지와 자주 이야기를 나누었고 하루는 권총 한 자루를 가져와 구경시켜주었다. 아버지가 신기하게 이리저리 보고 있으려니 소련장교를 죽이고 뺏은 것이라며 으쓱 자랑하였다. 송성마을에 주둔하는 미군과 유엔군은 점점 늘었다. 군인 숫자가 많아 대부분이 야외에 진을 쳤다. 이미 첫서리가 내리고 기온이 빨리 내려가자 새벽에는 군인들이 마당에 큰 모닥불을 피우고 둘러서서 커피를 마셨다.

눈이 하얗게 내린 새벽, 마을 앞 들판에서는 흰 눈이 덮인 논밭에서 병사들이 눈을 툭툭 털고 일어나는 신기한 현상을 볼 수 있었다. 군인들은 한 사람씩 자루 속에서 잠을 자고 일어나는 것이었다. 기상한 군인들은 주인 없는 집들의 대문을 통째로 들어다 마당 한가운데에 모닥불을 피워놓고 커피를 끓여 마셨다. 또 집집마다 돌아다니며 닭장에서 닭을 꺼내 끓는 솥에 던져서 삶아 먹었다.

그리고 며칠 후 유엔군 병사들이 더 북쪽으로 진군할 때 그 장교도 마을을 떠났다. 그리고 마을에는 영원한 평화가 오는 듯했다. 얼마 후 우리나라가 통일이 되고 평양에는 남조선의 이승만 대통령이 와서 연설을 했다는 소식도 들려왔다. 이제 통일이 되었으니 남조선으로 월남했던 할아버지도 돌아올 것이고 북조선에서 반동분자의 집안이라고 쫓겨났던 명순이네도 당당하게 신안주 집으로 돌아갈 수 있게 될 것이다.

그러나 유엔군과 국방군이 북진한 날로부터 한 달여 지날 때쯤 불길한 소식들이 들려오기 시작했다. 압록강까지 진군했던 유엔군과 국방군에게 북쪽의 중공군이 인해전술로 밀고 내려온다는 소식이었다. 그들은 한밤중에 병사들에게 독주를 먹이고 피리를 불며 변변한 무기도 없이 죽어도 죽어도 끊임없이 밀고 온다는 것이었다. 사람들은 불길한 소식을 전하면서도 유엔군과 국방군은 절대로 후퇴하지 않을 것이라고 굳게 믿고 있었다.

유엔군 사령관 맥아더 장군이란 위대한 장군은 불리하면 만주에 원자폭탄을 터뜨릴 수도 있다고 했다. 중공군은 무기도 모자라 열 명에 한 명 꼴로 총을 들었을 뿐 대부분의 병사가 죽창이나 맨주먹으로 오고 있으므로 겁날 것이 없다고 했다. 그러나 마을 앞을 지나는 신작로에는 남쪽으로 이동하는 인파가 점점 늘어났고 마을 사람들의 불안도 커져만 갔다. 동지도 지난 어느 날 어두운 저녁하늘을 붉게 밝히는 불덩어리가 북쪽하늘로 올라 갔다. 뒤이어 쿵쿵 울리는 천지를 울리는 포성이 멀리서 들려왔다. 유엔군의 총 퇴각이 시작된 것이다.

송성의 마을 사람들도 거의 남김없이 보따리 짐을 싸고 피난을 나섰다. 몇 달 전 산속으로 피난했을 때처럼 가까운 곳에서 며칠 지나면 된다는 사람, 그보다 멀리 유엔군을 따라 가야만 한다는 사람 등등 의견이 분분했다. 명순이네도 보따리를 하나씩 들고 집을 떠났다. 본래 신안주 집에서 쫓겨난 이후 짐이란 것이 없이 몸만 움직였다. 처음 출발할 때만 하여도 여러 집 식구들이 한데 어울려 걷기 시작했지만 길을 가다 갈래 길을 만나면 각자 가려고 하는 방향이 달라 하나둘 헤어져 결국 명순네만 남으로 남으로 걸어서 평양에

도달한 것이다.

명순이는 송성이 가까워옴에 따라 산과 들이 낯이 익어 갔다. 마음속에 송성마을에 들르면 이곳 저곳을 찾아보고 싶었지만 혹시 아는 얼굴을 만나면 어떻게 하지 하는 두려움도 있었다. '옥순이는 어떻게 되었을까? 그 양부모들은 나이가 들어 멀리 움직이려 하지 않았을 것이므로 혹시 송성에 그대로 남아 있을지도 모르지' 하고 생각하자 갑자기 옥순이를 보고 싶은 마음이 생겨 복받쳐 오르는 슬픔을 참기가 어려웠다.

송성에 거의 접근하며 낯익은 송림산 기슭을 걸으며 그 너머 먼 신작로 끝자락에 신안주 시내의 집들이 아련하게 보이기 시작했다. 명순이는 고향을 보는 것만으로도 눈물이 주르륵 흘러내렸다. 그렇게 사랑하던 어머니, 지금은 찬 땅 속에 묻혀 계시겠지만 어머니가 돌아가시고 명순이 가족에게 세상은 너무도 냉정하게 변하였다.

1949년 명순이가 인민학교를 졸업하고 집에서 어머니를 도와 집안일을 도맡다시피 했다. 그해 동짓달 가을 햇볕이 따뜻한 날을 받아 마당에 짚불 재를 넓게 펼쳐놓고 그 위에 풀 먹인 무명을 말리는 일을 했다. 돌모루에서 오신 고모할머니의 도움을 받아 산달이 가까워 몸이 무거웠지만 어머니는 쉬지 않고 일을 하였다. 그러나 그날 저녁부터 산기를 느끼고 결국 다섯째 아이를 낳던 중 돌아가시고 말았다.

명순이는 송성에 가면 어떻게 틈을 내서라도 옥순이를 찾아보고 가능하면 어머니 산소도 찾아보리라 생각했다. 송성마을은 멀리서 바라보아도 그다지 파괴된 것 같지 않았다. 신안주의 인민군부대와 노동당 당사 등 주요 시설은 북쪽 청천강 가에 있고, 남쪽의 송성 근처에는 논과 밭밖에 있을 뿐이어서 미군의 폭격을 거의 받지 않았을 것이다. 명순이는 누구에게도 신안주나 송성에 대해 내 고향이라는 말을 하지 않았다. 여느 낯선 마을처럼 덤덤한 얼굴로 지나치기로 했다.

아마 앞으로 어떤 기회가 있을지 몰라도 고향을 다시 보기는 어려울 것이다. 명순이는 고향의 산과 들과 마을을 한눈에 담을 듯이 마을 입구에서부터 부지런히 눈을 움직였다. 들리는 말에 의하면 부상병들의 피로도가 심하여 송성 같은 큰 마을에서 이삼일은 쉬어갈 것 같다는 것이 인솔대장 동무의 생각이라고 했다. 명순이는 다행이라고 생각했다. 그 정도라면 옥순이의 행방도 알아보고 어머니 산소도 찾아볼 수 있을 것이다. 이미 5월도 중순경이 되어 산과 들에는 전쟁 중임에도 자연은 봄 준비를 하고 새싹이 움트고 있었다.

아침부터 미군 전투기와 폭격기가 규칙적으로 날아왔지

만 그런 것에는 이미 적응이 되어 폭격이 없는 짧은 틈에도 젊은 군인들은 역시 감상적이 되지 않을 수 없었다. 조금이라도 휴식시간이 주어지면 길가 풀밭에 아무렇게나 모여앉아 하늘에 뜬 흰구름을 바라보며 가느다란 한숨을 쉬곤 했다. 송성마을에 들어서는 빈집을 골라 숙소를 배치하고 집집의 곳간이나 뒤주를 뒤져 남아있는 곡식을 찾아내었다. 이미 전선이 여러 번 휩쓸고 지나간 뒤라 부촌이라 소문난 송성마을에도 배를 채울만한 식량을 구하기가 어려웠다.

명순이는 어린 여자군인들과 함께 큰집에서 두서너 채 떨어진 집에 숙소배당을 받고 뛰는 가슴을 억누르며 마을을 둘러보았다. 큰집에도 큰할아버지를 위시하여 아무도 없었지만 그래도 혹시 알아보는 사람이 있을까 일행 속에서 얻어 쓴 모자를 깊이 눌러쓰고 머리를 늘어뜨려 얼른 알아볼 수 없게 가렸다. 하얗던 얼굴은 검게 그을리고 살이 빠져 옛날의 동그스름하고 복스럽던 모습은 어디에도 남아있지 않았다. 옥순이가 살고 있던 집은 반쯤 타다말고 거의 허물어진 채 남아있었다.

눈물이 줄줄 흐르고 가슴이 떨려오는 것을 겨우 억누르며 마을을 한 바퀴 돌고 와서는 방에 들어가 누워서 혼자 울었다. 여군병사들은 마을 앞 넓은 마당에 모여 남자 군인들과 전선에서 전해온 전쟁 상황 보고를 듣고 각 병사들의 전투에 대한 각오를 새롭게 하는 훈시를 오랫동안 들었다. 다행히 명순이는 정식 군인이 아니어서 그들의 정신강화집회에 불려가지는 않았다. 명순이가 그들과 함께 움직인 것도 여러 날이 되었다. 눈치 빠르게 그들의 어려운 일이나 힘들어 하는 일에 힘을 보태고 부상자들의 불편함도 적극적으로 도운 것이 그들의 신뢰를 얻게 된 것이다.

그중에 명순에게 특히 관심을 가지고 따뜻이 대해주는 강선옥이라는 여자군인이 있었다. 그녀는 명순이보다 세 살 정도 위인 듯 한데 다른 여자군인들보다 훨씬 너그럽고 남을 포용해주는 마음씨를 가지고 있었다. 어느 날 다리에 총상을 입고 상처가 덧나 걸음을 걷지 못하는 부상병의 상처 부위를 맑은 물로 깨끗이 씻고 낡은 헝겊으로나마 정성스럽게 감싸주고 있는 명순이를 물끄러미 바라보던 선옥이는 부드러운 목소리로 물었다.

"동무는 이런 것을 어디서 배웠오?"

명순이는 헝겊 붕대 감던 손을 잠시 멈추고,

"그냥 남들 하는 것 보고 배운 것 뿐이에요."

"그래도 솜씨가 매우 참하고 익숙하오."

그일 이후로 선옥이는 명순이를 가까이에 두려고 하였고 남들과의 사이에서 지켜주려고 하는 것을 느낄 수가 있었다. 명순이는 그것이 고맙고 마음 든든하였다. 송성에서 지낸 이튿 날 명순이는 틈을 보아 어머니 산소를 찾아보러 갔다. 산소는 송성 뒷산을 넘어가는 작은 고개 뒤편에 있어 매우 양지바르고 편안한 자리였다. 본래 송성은 북향한 마을이어서 예부터 속 깊은 자손들이 나고 재산이 모인다고 전해져왔다는 이야기를 들은 적이 있다.

동짓달 스무사흘날이라고 어른들이 말하는 것을 귀에 못이 박히도록 들은 그날이 장례날이었다. 신안주 집에서 어머니의 꽃상여가 나갈 때 명순이는 돌모루 할머니와 집에 남아있었고 상여를 따라간 것은 아버지와 상수였다. 상수가 삼베옷을 입고 삼베 고깔을 쓰고 상여 뒤를 따라가는 모습을 본 마을 아주머니들은 저 쬐끔한 상제가 너무 불쌍하다고 눈물을 흘렸던 것이다. 한창 추위가 맹위를 떨치는 중에 다행히 바람은 잦아 신안주에서 송성까지 상여를 지고와 장례를 지냈던 것이다.

명순이가 산소를 처음 찾은 것은 아버지와 송성에서 생활할 때 아버지를 따라와 보았던 것이다. 산소는 돌보는 사람이 없는 탓으로 소나무 사이로 잡초가 무성하였지만 다행히 작은 나무 비문을 보고 금방 찾을 수 있었다. 명순이는 꼬꾸라질 듯 산소 앞에 쓰러져 목을 놓아 울었다. 평시에 보던 어머니 모습이 가슴속 가득 몰려왔고 어디선가 어머니의 따뜻한 목소리가 들리는 듯했다. 평양에서 헤어지게 된 아버지와 상수, 은수, 옥순이의 이야기를 울음 반 사설 반으로 섞어 산소 앞에서 고하며 두 손을 모으고 간절한 기도를 올리고 나서야 울음을 그치고 일어났다.

학교 다닐 때 예배당 다니던 믿음이 있어 간절한 기도가 되었다. 명순이는 다시 한 번 큰절을 하고 눈물을 닦으며 무리들이 모여 있는 곳으로 돌아왔다. 이제 가면 아마 다시 어머니 산소를 보러 오기 어려울 것이라는 생각을 하며 다시 한 번 뒤돌아 보았다. 숙소로 돌아오니 선옥이가 어디 갔다 오느냐고 물으며 내일 이곳을 출발하여 청천강을 건너서 영변 쪽으로 갈 것 같다고 했다. 명순이는 태연하게 듣는 척하면서도 청천강 건너기 전에 신안주의 옛집을 둘러보고 싶은 생각이 간절했다. 어떻게 하면 집에 들러볼 수 있을까? 인솔대장까지는 아닐지라도 선옥이에게는 사정을 이야기하면 잠깐 시간을 얻을 수 있지 않을까 하고 선옥이에게 갔다.

"언니동무 신안주에는 전쟁 전에 큰아버지가 살았는데 지금은 어떻게 되었는지 모르갔이요. 청천강 건너기 전에 잠시 다녀오고 싶은데 괜찮갔지요?"

"신안주 어디쯤이냐? 너무 멀리 가면 기다릴 수 없으니 알아서 하여라."

"바로 신안주역 앞입니다. 바로 갔다 올 수 있어요. 고맙습네다."

청천강을 건너는 것은 철교 위를 걸어야만 하는 것이었다. 많은 인원이 한 줄로 강을 건너기 때문에 뒤에 남은 인원들은 한곳에 앉아 순서를 기다려야만 했다. 명순이는 강가에서 잠시 빠져나와 신안주 역 앞의 옛집으로 뛰다시피 달려갔다. 그립고 그립던 옛집이 남아있는 신안주거리가 마치 몇 년 전으로 돌아간 듯 정다웠지만 거리는 통행인이 거의 없고 집들은 문짝이 떨어져 나가거나 집 한모퉁이가 부서져 사람이 살지 않은 것이 확연히 드러났다.

명순의 집은 다행히 폭격도 불에 타지도 않고 고스란히 남아있었다. 다만 대문이 한쪽으로 기울어져 누구나 들락날락할 수 있게 벌어져 있을 뿐이었다. 마당의 향나무와 현관, 화단도 어머니가 명주손질을 하던 그 정다운 마당이 주인을 잃은 채 적막 속에 남아 있었다. 마당 한구석에서 동생들이 소리 지르며 뛰어나올 것 같은 환영을 느꼈다. 어머니 살아생전에 아버지와 어머니는 명순이를 대견해하고 무엇이든 믿고 맡겼다.

명순이가 학교나 교회에 갈 때 어머니는 간단후꾸(아래위가 붙은 여자애들 옷)나 세라복을 깨끗이 빨아 다리미질하여 입히고 머리를 곱게 빗겨주곤 하였다. 안방과 건넌방에서 동생들이 뛰노는 소리를 들으며 집을 나서는 명순이는 행복감에 젖곤 했었다. 동네 사람들도 명순이를 가장 똑똑하게 인정하였고 같은 또래 친구들 사이에서도 늘 대장노릇을 하였다. 수많은 추억을 하나하나 떠올려 볼 틈도 없이 쓸쓸한 마당과 집 주위를 둘러보고 명순이는 급한 걸음으로 대원들이 기다리는 청천강으로 돌아왔다. 다행히 일행은 아직도 그 자리에서 쉬고 있었다. 선옥이는 명순이가 늦지 않게 돌아온 것을 먼눈으로 확인하고 다가오더니 웃으면서 말했다.

"누가 있어? 이곳도 폭격을 많이 받은 듯하네."

"아무도 없어요. 집도 대문도 다 부서지고…"

그들은 웅성웅성 떠들면서 대장 동무의 결정을 기다렸다. 강 건너 편이 뚜렷하게 보이고 그곳에도 몇 사람이 움직이는 것이 보였지만 철교로 건너오는 사람은 없었다. 나중에야 철교의 일부가 파괴되어 통행이 힘들다는 것을 알았다. 더욱이 부상자들과 소달구지가 건너는 것은 불가능할 것이라는 결론을 내고 다른 곳을 찾기로 한 것 같았다.

한동안의 휴식 겸 정찰시간이 지난 후 그곳을 포기하고 더 상류 쪽으로 이동하기로 하였다. 일행은 천천히 청천강을 따라 이동했다. 예전에 청천강변에 나와 본 적이 몇 번 있었지만 이렇게 넓은 줄은 몰랐다. 강 건너 멀리 산들의 능선이 부드러운 곡선으로 희미하게 보이고 강바람을 타고 기러기 떼가 끼룩끼룩 울면서 줄을 지어 날아가고 있었다. 그들은 지상의 전쟁이란 들은 적도 본 적도 없고 관심도 없는 일일 것이다. 그야말로 평화롭고 아지랑이 피는 강물과 들판만이 있을 것이다.

명순이는 새삼 그들이 부럽고 자신도 그들처럼 평화롭게 어디론가 날아가고 싶었다. 이렇게 청천강을 상류로 따라가면 최후에는 묘향산에 도달하게 될 것이다. 중간에 개천이라는 곳에서 다리를 만나 강을 건너면 영변에 도달하게 된다고 하였다. 평안도는 청천강을 사이에 두고 평안남북도로 나누어진다. 안주는 평안남도에 속하고 박천과 영변은 평안 북도에 속한다. 송성에서는 동성끼리 혼인을 할 수 없으므로 박천, 영변으로 혼인 말이 오가게 되어 자연히 사돈을 맺은 경우가 많았다. 어머니가 돌아가실 때 집에 와서 집안일과 아이들 치다꺼리를 도와준 돌모루 할머니도 박천으로 시집 간 것이다.

다행히 여름이 되어 입고 있는 옷들이 모두 헤어지고 얇아졌어도 견딜만 했다. 그러나 문제는 갈수록 구하기 어려워지는 식량문제 였다. 쌀은 이미 구경할 수도 없고 옥수수나 수수 등 곡물도 없었다. 조금이라도 휴식을 취하러 머무는 시간이면 각자 뿔뿔이 흩어져 풀뿌리를 캐거나 나무껍질을 벗기느라 바쁘다. 산속의 나무도 거의 불에 타거나 잘려나가서 그마저도 얻기가 어려웠다. 따라서 일행 중에 허약한 환자들은 영양실조로 회복의 희망도 없이 죽어가고 있어누가 누구를 도와줄 수도 없었다.

신안주에서 개천까지는 철길을 따라 걸어갔다. 명순이는개천으로 가는 동안 자신의 신분을 숨기고 살아남을 수 있는 방법을 골똘히 생각했다. 북조선에서 노동자, 농민이 아닌 지주계급이나 사상적으로 의심되는 반동분자는 가차 없이 처단되는 것을 많이 보아온 명순이는 자신의 신분이 탄로 나는 날 살아남을 수 없다는 것을 잘 알았다. 그렇다면 한 가지 방법은 자신의 이름과 태생을 완전히 바꾸는 수밖에 없다고 결론을 내렸다. 지금은 전쟁통에 가족이 온전히 살아남은 집이 드물고 모든 근거서류가 분실되거나 타버렸다. 지금이야말로 새로운 사람으로 태어날 수 있는 절호의 기회다.

만약 어느 기관이나 고장에 들어가 일단 조사가 시작되면 다시는 그것을 바꾸는 기회는 없을 것이다. 명순은 결심했다. 자신의 고향과 이름을 완전히 바꾸기로. 그렇다면 어떻게 바꿀 것인가. 언젠가 새로운 신분을 조사하는 때가 오면 어설프지 않게 둘러댈 수 있는 고향에 대한 배경이야기를 만들 필요성이 있을 것이다. 생판 모르는 가공인물을 만들어 내기보다는 명순이가 들어보았던 사람 중에 행방불명이 되었거나 사망한 것으로 알려진 사람으로 신분을 위장하는 것이 좋을 것이다.

걸어가면서 곰곰 생각해보니 평양역 광장에서 쌓아놓은 미군의 군수물자를 날라오는 북새통에 사고로 사망한 자기 또래의 여자아이가 생각났다. 그 아이의 이름은 이금순이었다. 나이는 명순이보다 한 살 위였다. 그렇지 금순이로 하자. 그 아이는 지금 생각하면 강서아주머니의 친척이었으므로 그 아이라면 가족관계나 강서 부근의 고장 이야기를 웬만큼 알 수 있었다. 명순이는 그 순간부터 이금순으로 태어나기로 했다. 금순이로 자신의 신변을 새롭게 만들기로 작정한 후 고향이기도 한 강서의 지리와 행정구역에 대해 알려고 노력했다.

우선 고향은 강서군 약수리로 정하였다. 약수리에는 유명한 강서약수가 있어 예부터 병자들의 요양소가 있었고 고구려 시대의 고분과 벽화가 유명하다. 강서에 머무는 동안 건강을 위해 강서요양소에 가서 약수를 마셔 본 적도 있었다. 요양소는 일제시대에 만들어놓은 일본식 2층 상점들과 여관들이 약수터를 중심으로 원형으로 자리 잡고 있었다. 약수도 오래된 구약수와 새로 개발된 신약수가 수백 미터 떨어져 있고 약수의 성분과 맛이 조금씩 달랐다. 일반적으로 배가 아프거나 위장이 나쁜 사람들은 구약수를 더욱 좋아한다고 하였다. 금순이는 강서군에서 제일 높은 무학산 근처에 살았고 부모님은 농사를 짓다가 전쟁통에 미군의 무자비한 폭격으로 집과 식구들이 한 번에 날아갔다고 했다. 따라서 미국은 금순이의 철천지 원수로서 조국을 지키는데 앞장서겠다고 했다.

명순이가 이러한 자신의 새로운 가족이력을 명심하고 생활하면서 마음속엔 대인관계에 대한 공포증도 사라졌다. 철길은 낮에는 공습을 자주 받게 되어 위험하였지만 밤에는 어둠 속에서도 길을 잃지 않고 낯선 길을 가는데 좋았다. 천천히 가다 낙오자가 나오거나 부상자가 힘들어 하면 언제든지 쉬었으므로 이동은 느리고 더디었다. 이제 전선에서 멀리 떨어지고 마치 전쟁이 다른 세상에서 일어나고 있는 것처럼 한가할 때도 있었다.

지난번 유엔군과 국방군이 북상하여 올 때만 해도 한시도 쉴 새 없이 날아오던 전투기들도 국방군이 후퇴한 다음부터는 게으름을 피우듯 하루에 한 번 정도 오는 것이 일상이 되었다. 따라서 후방에서 이동하고 있는 부대나 부상병들은 비행기가 날아 올 시점만 지나면 된다고 정해놓고 이동했다. 명순이는 강선옥이에게 많은 것을 의지했다. 그녀가 친언니처럼 보살피고 외부의 간섭이나 폭력으로부터 지켜주었기 때문에 배고픔과 피곤함을 제외하고 일신상의 괴로움은 참을만 했다. 가끔 햇볕이 따스한 어느 골짜기를 걸으며 하늘에 떠있는 흰 구름을 바라보면 자신이 지금 처해있는 처지가 잠시의 꿈으로 느껴지고, 어느 순간 정신이 들면 다시 옛날의 행복한 가족 옆으로 돌아갈 것만 같이 느껴졌다. 눈물이 흘렀다.

그리운 아버지 어머니 상수 은수 옥순이가 왜 이렇게 뿔뿔이 흩어지게 되었는지 도무지 이해할 수가 없었다. 아버지와 상수는 정말로 죽은 것일까? 아니면 그 많은 사람들이 남쪽으로 피난 간 것처럼 살아서 남으로 내려간 것일까? 함께하는 시간이 길어짐에 따라 대원들 간에 친한 사람도 생기기 시작했다. 강선옥과는 무언중에 어디까지나 함께 가겠다는 신뢰감이 생겼다. 그들이 이동하는 것은 결국 얼마 안

가서 끝날 것이다. 거기가 어디인지 알 수 없었지만 부상자들을 치료하고 인민군이 재정비되는 곳일 것이다. 개천이 가까워지고 조금 더 가면 다리가 있다는 소리가 들려왔다. 명순이는 어렸을 적에 어머니와 아버지의 이야기를 듣는 중에 개천이라는 곳을 들어 본 적이 있었다. 안주에서 외갓집이 있는 순천으로 가려면 개천에서 기차를 갈아타야 한다.

명순에게 외갓집이 있는 순천은 이 세상에서 가장 따뜻하고 화려한 곳이고 꿈같은 곳이라고 생각되었다. 개천에서 조금만 더 가면 어머니 고향 순천이 있다. 명순이는 끝없이 뻗어져 나간 철길이 사라져가는 그 끝 어느 지점에 순천이 있을 것이라고 생각하며 철로길을 멍하니 바라보았다. 그렇다. 지금 순천 외갓집에는 보고 싶은 귀여운 동생 은수가 있지 않은가. 남동생 중에서 특히 은수는 성격이 활달하고 총명하여 집안 어른들의 귀여움을 독차지하던 아이였다. 지금쯤 어찌 되었을까? 남들이 모두 피난 갈 때 은수도 누군가를 따라가지 않았을까? 살아는 있을까? 살아있어도 누군가의 구박을 받으며 고생하고 있지나 않을까? 생각을 할수록 불길하고 불편한 생각만이 밀려와 명순이는 괴로운 마음을 억제할 수가 없었다.

그러나 명순의 처지로서는 은수를 어떻게 할 수도 데려올 수도 없다. 지금 당장 자신의 앞날이 어떻게 될지도 알 수 없었고 누구와 의논을 할 수도 없었다. 지금 그나마 믿고 의지하는 강선옥에게도 한 번도 자신의 고향이나 가족에 대한 이야기를 한 적이 없다. 그러나 언젠가는 이야기를 하게 될 것이다. 지금 남에게 아버지와 상수의 이야기를, 또는 신안주와 송성에서의 가족이야기를 하는 것은 대단히 위험한 일이었다. 명순이는 왜 아버지가 어머니 돌아가신 후에 다니던 직장인 은행을 갑자기 그만두게 되고 며칠 지나지 않아 집에서 그처럼 무자비하게 쫓겨나게 되었는지 잘 알고 있었다.

명순의 할아버지는 일제때 중국으로 망명하여 일본에 대항하여 상해임시정부에서 우리나라의 독립을 위해 투쟁하였다. 그 때문에 일제치하의 고향에서는 그 가족들이 불령선인으로 분류되어 할머니와 아버지는 고향에서도 쫓겨나고 교육도 받지 못하였다. 해방이 되어 세상이 바뀌고 할아버지가 귀국하니 고향에서도 할아버지와 그 가족들이 환영을 받게 되었다. 그러나 곧 김일성 장군이 들어오자 할아버지는 남쪽으로 월남하였고 명순이 가족은 그대로 신안주에 남아있었다.

남쪽에는 이승만 정부가 들어섰지만 초기에는 남북 간에 편지왕래도 되고 사람들도 다닐 수 있었다. 어머니가 돌아가신 것은 남북의 대치가 점점 굳어지던 때였다. 남쪽에서 어머니의 사망소식을 들은 할아버지는 북의 아버지에게 위로 편지를 보냈고 그 편지가 아버지 직장인 은행으로 전달되었다. 결국 명순이네 집안은 소위 '월남한 반동분자'로 몰리게 되어 하루아침에 모든 것을 몰수당하고 쫓겨났던 것이다.

이런 사실을 잘 알고 있는 명순이는 자신의 가족이야기를 남에게 털어 놓는 것은 북조선에서 살기를 포기한 것과 같음을 알고 있었다.

4. 은수의 운명

명순의 아버지 흥옥이는 안주에서 나고 자란 안주 토박이다. 흥옥이 몇 달 전 상처를 하기 전까지는 부근 일대에서 흥옥이 만큼 든든하고 행복한 사람은 없다고 자타가 인정할 정도였다. 하지만 작년, 그러니까 1949년 가을 아내가 해산달이 가까운 동짓달 쉬지 않고 길쌈을 한 것이 잘못이었다. 흥옥이는 4남매를 알토란같이 키우고 동네에서 모두가 부러워하는 가정을 이루었다. 큰딸 명순이와 두꺼비 같은 두 아들과 그 밑의 막내 딸까지 무엇하나 부러울 것이 없는 가정이었다. 아내 순자는 순천에서 안주로 시집와 일 년에 한두 번 친정나들이를 하고 안주에서의 생활은 단란하기 그지없었다.

해산달이 가까워오자 돌모루로 연락하여 고모님에게 집일을 도와 달라고 기별하였다. 고모는 베틀일이 거의 끝나갈 무렵에 집에 와서 가사를 돌보아주고 출산에 대비해 아기 옷 등을 마련하느라 정신없이 지냈다. 그렇게 만반의 준비를 하고 출산했는데도 무엇이 무리였는지 아내는 사산함과 동시에 회복하지 못하고 출산 후유증으로 세상을 뜨고 말았다. 그것이 1949년 섣달이었다.

홍옥의 아버지 즉 명순의 할아버지는 중국 상해와 중경 등에서 독립운동을 하다가 일본이 패망하자 귀국하여 잠시 구안주에 살았다. 그러나 공산정권이 들어서자 바로 남조선으로 월남하였다. 홍옥의 처가 죽은 소식은 누군가에 의해 곧 남조선의 경성으로 전달되고 홍옥의 아버지는 며느리의 사망소식을 듣고 안주로 서신을 보냈다. 서신이 홍옥의 직장에 전달되고 결국 홍옥이 남조선으로 도망간 반동분자의 집안이라는 것이 발각된 것이다. 아내가 죽은 지 얼마 되지 않아 황망 속에 북조선당국은 홍옥의 모든 신분과 재산을 몰수하고 추방하여 버렸던 것이다.

홍옥은 어린 4남매를 데리고 갑자기 한데로 쫓겨나자 어찌해야 할지 해결할 방법을 찾을 수 없었다. 고향 송성으로 간다고 누가 받아줄 곳도 없고 이미 반동으로 낙인 찍혔으니 아는 사람들도 눈길을 피하였다. 4남매를 모두 데리고는 잠시도 움직일 수 없다고 판단한 그는 제일 어린 딸 옥순이를 송성의 먼 일가집안이며 마침 자손이 없는 집에 데려가 부탁하였다. 옥순이는 아빠 손목을 잡고 철없이 깡충깡충 뛰면서 명절 때마다 어른들 찾아갔던 송성으로 갔지만 아버지가 그집 내외와 이야기 할 때에는 어린 마음에도 무엇인가 눈치를 채었는지 발악하다시피 발버둥치며 매달리는 것을 도망치듯이 빠져나왔다.

홍옥이는 이미 아내가 죽은 이후로 너무 많이 가슴 아픈 일을 겪었기에 가슴에 차디찬 돌을 하나 더 들여놓은 듯 무덤덤하기로 했다. 옥순이를 다른 집에 보낸 후 큰아이들 둘이 잠시 방을 비운 사이에 지체하지 않고 은수를 데리고 처갓집이 있는 순천으로 향했다. 개천을 거쳐 순천으로 가는 동안 철없이 열차 안에서 놀고 있는 은수를 보며 가슴이 찢어질 듯 아팠으나 이를 악물고 참는 수밖에 없었다.

순천에 내려 처갓집동네로 들어가자 홍옥이를 알아보는 사람들이 반갑게 인사하였으나 그 인사에 응대할 상황이 아니었다. 허둥지둥 처갓집 문 안으로 들어가니 이미 소식을 듣고 있던 장모님이 사위를 붙잡고 대성통곡을 하였다. 몇 달 전까지만 하여도 남부럽지 않게 4남매를 키우며 오순도순 잘 살던 사위가 이렇게 비참한 몰골로 찾아온 것을 처갓집 식구들은 모두 가슴 아파하며 맞이하였다.

마침 큰처남과 막내처남은 어디 출타중이어서 홍옥이는 장모님과 마주 앉았다. 긴 인사를 나눌 새도 없이 홍옥이는 장모에게 큰절을 하고 곧 찾아 온 자초지종을 이야기하였다. 남한에서 서신이 와서 남한으로 도망간 반동분자 집안으로 밝혀져 집도 세간도 모두 빼앗기고 맨몸으로 쫓겨났다는 것과 혼자 어린 4남매를 키울 수 없어 생각다 못해 어린 것 둘을 하나씩 남에게 주고 있다는 이야기를 서둘러 끝냈다.

"그래서 면목 없지만 외갓집에서 은수를 맡아 키워주시기 바랍니다. 제가 형편이 나아지면 반드시 데리러 오겠습니다."

장모는 사위의 이야기를 콧물 눈물을 훌쩍이며 들으면서도 은수를 끌어 무릎에 앉히고 만지고 쓰다듬고 손이 쉴 새가 없다. 은수는 낯선 외할머니에게 안기는 것이 불편한지 얼굴을 찡그렸지만 외할머니 하는 대로 참고 앉아있었다. 처갓집에는 몇 년 전에 장인어른이 돌아가시고 세 딸들도 모두 출가하여 큰 처남 상철이와 막내처남 상진이만이 남아 옛날의 왁자하던 집안분위기는 사라졌다.

더구나 제일 잘 살던 둘째딸이 해산 중에 죽은 소식이 전해진 이후로 이미 나이가 많은 장모님이 기력이 갑자기 나빠진 것이다. 조금 있으니 둘째 매부가 왔다는 소식을 듣고 급히 집으로 돌아온 큰 처남과 마주 앉아 장모님에게 했던 사정이야기를 다시 하고 부디 은수를 맡아 키워달라고 여러 번 되풀이하여 부탁하였다. 큰처남은 갑자기 당한 부탁에 어찌 해야 할지 난감해하면서도 거절할 상황이 아닌 것을 직감하였다. 더구나 그가 어렸을 때부터 가장 사랑하던 여동생의 아들이 아닌가? 은수에 대한 이야기는 이미 결정된 것이고 큰처남은 홍옥의 얼굴을 지긋이 바라보며 물었다.

"그래 앞으로 어떻게 살아갈 텐가? 고향 마을에서는 그냥 붙어있기가 어려울 듯한데. 여기도 요즈음 돌아가는 것이 예전과는 많이 다르고 분위기가 심상치 않네."

아직 전쟁이 일어나기 몇 달 전이어서 사회는 겉보기로는 평온하였지만 사회의 조직이 근본적으로 변하고 있는 것을 피부로 느낄 수 있었다. 현실적으로 과거 땅마지기나 가지고 소작인들에게 빌려주고 편하게 살던 지주들은 이미 재산을 몰수당하고 쫓겨나는 것을 보고 있는 중이다. 상철이는 다행히 인민군 막사나 공공건물을 짓는 벽돌을 공급하고 있어서 지주와 같은 험한 일은 당하지 않았으나 언제 그 화살이 자신에게 올지 불안하기 짝이 없는 상황이었다.

지금 하고 있는 벽돌공장은 아버지가 경영하면서 평안남북도 일대에 현대식 건물을 짓는 곳에는 예외 없이 벽돌을 공급해오던 것이다. 일테면 새로이 짓는 것은 관공서 건물이 대부분이어서 관급공사를 맡아서 하는 격이었다. 따라서 소위 공산당에서 표적으로 삼는 지주계급에 들지 않는 것이 천만다행이었다. 홍옥이는 상철이와 긴말 나눌 필요를 느끼지 않아 간단히 은수를 맡아주는 다짐만을 받고 바로 순천을 떠났다.

순천에서 안주로 가는 데에도 거의 하루가 걸릴 것을 감안하여 떨어지기 싫다고 발버둥치며 우는 은수를 억지로 떼어놓고 나온 것이다. 홍옥이는 딱히 오늘 가야만 한다는 급한 일은 없지만 남겨놓은 두 어린 남매가 아무 말도 없이 나간 아버지와 은수를 찾아 헤맬 것이 걱정이 되어 밤기차를 타고라도 돌아가기로 했다. 그렇게 튼튼할 것 같던 가정이 아내가 죽자마자 이렇게 맥없이 스러질 줄은 꿈에도 상상하지 못했다. 이 세상에 기댈 곳도 어려움을 상의할 곳도 없는 그야말로 적막강산에 홀로 버려진 느낌이었다.

홍옥이는 옛날 돌아가신 어머니를 생각했다. 외아들 하나만을 의지하고 고향에서도 쫓겨나 먼 타지만을 겉돌던 외롭고 불쌍한 어머니가 이제 와서 더욱 그립고 보고 싶었다. 아버지가 독립운동인지 뭔지 한다고 가정을 버리고 중국으로 떠나간 후에 홍옥과 어머니는 불령선인이라는 낙인이 찍혀 누구의 도움도 받을 수 없었다. 학교는 정식으로 다녀본 적이 없고 집안의 또래의 아이들과도 어울릴 수가 없었다.

해방이 되고 왜놈들이 쫓겨 간 후에야 아버지가 당당한 개선장군처럼 고향에 돌아오자 지금까지 홍옥이를 업신여기고 따돌리던 고향사람들이 하루아침에 귀한 사람 대하듯 태도가 변하였다. 세상은 왜 이렇게 야비할까. 홍옥이는 개천에서 밤기차를 기다렸다가 새벽녘에 집에 들어왔다. 집이라고 방 한 칸을 빌려 세간도 없이 아이들과 잠만 자고 있지만 이러한 생활도 이곳에서 얼마나 할 수 있을지 알 수 없었다. 공산당에서 일단 반동분자로서 집에서 내쫓긴 마당에 이곳에 붙어살라고 가만히 놓아둘 리가 없기 때문이었다.

은수는 발버둥 치며 자기를 버려두고 가지 말라고 울부

짖었지만 결국 아버지는 어디에도 보이지 않았다. 울다 지쳐 잠이든 은수를 외할머니가 안고 방안으로 들어가 꼭 안고 재웠다. 제 어미가 4남매를 함께 데리고 외가를 찾아왔을 때 똘똘하고 명랑하던 은수가 이렇게 풀이 죽어 울고만 있다니. 외할머니는 측은한 생각으로 귀여운 외손자를 들여다보며 나머지 형제들은 어떻게 지내는지 어미도 없이 어린 자식들을 아직도 철딱서니 없어 보이는 사위가 제대로 건사할 수 있을지 한심하기만 하였다.

은수는 무슨 꿈을 꾸는지 얼굴을 찡그리고 발버둥을 치더니 눈을 번쩍 떴다. 주위를 휘둘러보며 아버지를 찾는 듯 할머니 팔을 밀어내고 벌떡 일어나 문 쪽으로 급히 달려갔다. 아마 꿈속에서도 아버지가 자기를 버리고 떠나는 꿈을 꾼 모양이었다. 마당에도 집안에도 아버지의 모습이 보이지 않자 또다시 눈물콧물을 흘리며 울음을 터뜨렸다.

울다가 잠들기를 몇 번인가 반복하다가 밖에서 들리는 아이들 목소리와 문틈으로 빼꼼히 들여다보는 조그마한 얼굴을 보고 은수는 금방 울음을 그쳤다. 할머니는 이때다 싶게,

"그래 형하고 나가서 놀아라. 형식아 이 동생이 누군 줄 알지? 은수다. 같이 데리고 나가 놀다 와라."

형식이는 상철이의 큰아들이다. 상철이는 홍옥이와 한 살 차이로 형식, 은옥이, 형남이 등 2남 1녀를 두고 있다. 은수어머니가 아이들을 데리고 외갓집에 와 있었던 재작년

에도 어울려서 놀던 사이다. 은수도 형식이를 알아보고 울음을 그치고 밖으로 나갔다. 아직도 햇빛이 환한 밖에는 다른 곳에서는 볼 수 없는 높은 굴뚝이 세워져 있었다.

그것은 은수 외할아버지가 운영하던, 지금은 외삼촌 상절이가 이어받아 운영하는 벽돌공장이다. 이층집도 볼 수 없는 순천에서 벽돌공장 굴뚝은 멀리서도 한눈에 뜨이고 농촌사람들에게 현대문명 상징처럼 보여 선망의 대상이었다. 은수는 파란하늘을 배경으로 높이 솟아있는 굴뚝을 보는 순간 지금까지의 아버지에 대한 그리움과 안타까움은 순식간에 사라졌다.

굴뚝에는 어린 은수에게도 못 잊을 기억이 남아있었다. 2년 전 온 가족이 외갓집에 와서 며칠을 묵을 때도 은수는 형 상수를 따라다니며 다른 아이들과 매일 벽돌공장 마당에서 뛰놀았다. 벽돌공장의 벽돌을 쌓아놓은 무더기들 사이에는 아이들이 뛰어 놀기 알맞은 공터가 있었다. 술래잡기하기에도 그만이었고 더구나 굴뚝아래 햇볕이 따뜻하게 드는 귀퉁이에는 잠자리들이 모여들어 부드럽게 날았는데 아이들은 잠자리를 잡아 꼬리를 자르고 볏짚을 꽂아 시집보내는 놀이를 하며 신나게 놀았다.

지금 은수 눈앞에 펼쳐진 벽돌공장은 2년 전과 조금도 변함없이 아이들을 부르고 있었다. 언제 왔는지 형식이 동생 형남이도 나와 셋은 흩어져 있는 벽돌들을 이리저리 쌓아 성을 만들고 나쁜 놈들을 물리치는 전쟁놀이를 시작했다. 놀다가 문득 형 상수와 누나 명순이가 떠올랐지만 형식이와 형남이가 은수에게 쳐들어오는 적을 막으라고 소리치는 순간 정신이 퍼뜩 나서 돌아서버렸다. 아이들은 저녁 해가 서쪽 들판 아래로 내려가 서쪽 하늘이 빨갛게 물들 때까지 얼굴에 먼지로 그림을 그리면서 놀았다. 할머니가 상철이와 상철이 처에게 은수가 신나게 놀게 그냥 놔두라고 특별히 일러놓아 저녁 해가 컴컴하게 질 녘에야 상철이 처가 부르러 나왔다. 은수는 그렇게 하루 이틀 형식이 형제들과 어울려 놀면서 새로운 생활에 젖어 들어갔다.

아직도 남북 간에 긴장감은 있어도 전쟁이 발발하지는 않았다. 은수는 외갓집 생활에 비교적 잘 적응해 나갔다. 외할머니와 외삼촌 상철이 부부의 지극한 사랑과 외사촌들과의 살가운 어울림이 아버지와 누나와 형 등 가족의 생각을 덜 하게 하였다. 은수는 본래 명랑하고 낙천적인 아이이다. 신안주의 형 상수를 따라다니며 놀던 때도 형이 은수를 떼어놓고 나가려는 것을 기어이 따라 나가 형의 친구들 속에 섞이어 놀곤 했다. 형이 집에 가서 고구마나 강냉이 삶은 것을 가져오라고 시키면 군말 없이 집까지 달려가 바지주머니가 터질 만큼 가져와 형의 기분을 맞추어 주었다.

형은 집에서 놀 때에는 누구보다도 은수를 사랑하고 잘 데리고 놀았지만 밖에서 "상수야, 노올자!" 하는 동네친구들이 불러내는 소리가 들릴 때면 은수를 떼어놓고 나가려고 무진 애를 썼다. 은수가 눈치를 채고 따라 나오면 못 따라오게 때리기도 하였다. 한 번은 밖에서 형이 동생을 때리는 것을 아버지에게 들킨 적이 있었다. 아버지는 대단히 화가 나서 두 아들을 데리고 들어와 형을 야단쳤다.

"이놈아, 동생을 잘 데리고 놀아야지. 너 은수가 얼마나 네 말을 잘 듣니? 형제가 사이좋게 놀아야지 동생이 따라온다고 때리면 그게 형이냐? 너 같은 놈은 밖에 나가서 거지처럼 살아라. 옷 다 벗고 나가라!"

아버지는 상수의 옷을 홀랑 벗기고 대문 밖으로 쫓아내 버렸다. 대문밖에는 상수를 부르러 왔던 친구들이 상수가 혼나는 소리를 듣고 찔끔하고 상수가 우는 소리를 들으며 결과가 궁금하여 밖에서 듣고 있었다. 그곳에 발가벗긴 상수가 쫓겨나온 것이었다. 상수는 부끄럽고 창피하여 몸을 웅크리고 대문 앞 담장 아래에 웅크리고 친구들을 흘겨보며 저리 가라고 손짓하였지만 그들은 흩어질 생각을 않고 여전히 웃으며 지켜볼 뿐이었다. 집안은 조용하였다. 아버지의 화난 소리도 들리지 않고 은수만이 안으로 들어갔다. 은수가 겁먹은 얼굴로 따라 들어오자 아버지는 웃는 얼굴로 은수를 어루 만지며,

"형이 너를 미워서 때린 것이 아니란다. 네가 언제나 형 노는데 따라오니까 귀찮아서 그런 거야. 형 옷을 가져다 주

어라."

은수는 비로소 마음이 놓였다. 아버지 얼굴에 미소가 나타나는 것을 보고 형의 옷을 들고 밖으로 나갔다. 밖에서는 형이 동네아이들에게 둘러싸여 웅크린 자세로 눈물을 흘리고 있었다. 대문이 열리며 은수가 옷을 가지고 나와 주자 얼른 받아 입으며 은수를 보고 씨-익 웃었다. 비로소 평소의 사이좋은 형제로 돌아간 것이었다.

은수는 외사촌들과 놀다가도 얼마 전까지도 떨어지지 않고 놀던 형 생각이 떠오를 때면 놀던 손을 멈추고 하늘을 올려다보았다. 은수도 비록 어렸지만 대강 어떻게 된 상황인지는 알고 있었다. 얼마 전에 그를 극진히 사랑하시던 어머니가 돌아가셨다. 은수는 어머니가 누구보다 자기를 더 사랑한다고 생각했다. 형과 동생이 싸울 때면 어머니는 늘 형을 야단쳤다. 두 살 위인 형이 동생을 잘 데리고 놀지 않는 것을 늘 속상해 했다.

어른들은 은수의 머리를 쓰다듬으며 "고놈 참 야무지게 생겼다. 이담에 훌륭한 사람이 되겠구나. 본래 우리 집안에는 큰아들은 미물이 많았단다. 그래서 '송성의 미물'이라고들 흔히 말하곤 했단다." 하고 칭찬인지 집안 내력인지를 이야기하며 웃을 때도 은수는 괜히 기분이 좋았다.

때로 가족이 다함께 송성의 큰집으로 갈 때에는 형과 은수는 신이 났었다. 송성의 큰할아버지 큰할머니는 은수형제를 끔찍이 귀여워했으니까. 둘이는 송성마을 한가운데 있는 큰집의 솟을대문이 가까워지면 서로 먼저 대문을 밀고 들어가려고 경쟁을 했다. 은수가 달리기에 져서 형이 먼저 큰집 마당으로 들어가며 "할아버지" 하고 소리치면 뒤에 떨어진 은수는 속이 상해 큰소리로 울곤 했다. 아버지 어머니는 형보고 동생한테 져주라고 아무리 이야기해도 형은 늘 듣지 않고 아버지 어머니가 보지 않을 때는 은수의 머리를 주먹으로 쥐어박곤 했다. 그래도 지금은 그 형이 보고 싶고 그립다. 형이 어디선가 불쑥 나타나 은수를 데리고 놀러나갈 것 같은 느낌이 들었으나 역시 주변엔 자기와 놀고 있는 외사촌 형제들뿐이었다.

은수가 외갓집에 온 지도 반년이 지나 외갓집에 정도 들고 외사촌들과 지내는 일상이 자연스러워지던 때 외삼촌의 벽돌공장은 쉴 수 없을 정도로 일이 밀렸다. 산더미처럼 쌓인 벽돌더미 사이에서 은수 형식이 형남이 은옥이들이 소꿉장난이며 숨바꼭질 놀이를 하며 세월을 보내고 있을 때 인민군은 남조선으로 밀고 내려가며 통일전쟁을 시작한 것이다.

전쟁초기인 7월, 8월까지도 순천에는 별다른 전쟁의 움직임은 없었다. 그러나 9월이 되면서 맑은 초가을의 푸른 하늘을 배경으로 샛별처럼 빛나는 폭격기 편대가 날아오기 시작했다. 순천 일대의 인민군 부대들은 하루 두 번 새벽과 저녁에 폭격을 당했고 순천을 출발하는 만포선의 선로와 청천강다리 등은 거의 모두 파괴되었다. 은수네들은 하늘을 가로질러 지나가는 폭격기들이 좋은 구경거리가 될지언정 공포의 대상은 아니었다.

어른들도 마찬가지로 비행기는 지금까지 말로만 듣던 현대과학의 산물이지 실생활과는 관계가 없는 비현실적인 대상이었다. 그러다가 9월의 마지막 날 순천에는 매우 놀라운 일이 벌어졌다. 매일 지나가던 폭격기가 흰 백묵으로 그림을 그리듯 푸른 하늘에 커다란 원을 그리고 있었다. 아이들은 물론 어른들도 신기하게 그림그리기를 바라보며 그 의미를 추측하느라 소란스레 떠들었다. 누군가가 큰소리로 소리쳤다.

"저 동그라미 안에 있는 사람은 모두 죽을 거래요. 빨리 도망가시라우요."

사람들은 믿을 수 없다는 반응을 보이면서도 차츰 허둥지둥 짐을 챙기고 밖으로 뛰어나왔다. 그러나 정작 어디로 가야할지 괜히 발만 동동거릴 뿐 선뜻 어디로 갈지를 몰랐다. 외삼촌도 아이들을 모아 간단히 보따리를 만들어 하나씩 어깨에 지워주며 어딘가 떠나자고 했다. 그러나 외할머니는 집에 남아있겠다며 어서들 떠나라고 손사래를 쳤다.

"아이들이나 데리고 가거라. 난 이미 나이도 들어서 죽어도 상관없다. 또 적군이 들어와도 이 늙은이를 어떻게 하겠느냐? 내 걱정 말고 너희들이나 빨리 피난 가거라. 내가 남아서 집을 지키고 있으마."

할머니의 완강한 고집을 꺾을 수 없을 뿐더러 어디로 가야할지 목적지도 정하지 않은 형편에서 늙으신 할머니를 재촉하는 것도 무리라고 생각되어 상철이 부부는 다른 몇 가족과 같이 아이들을 앞세우고 동쪽으로 가기로 했다. 순천의 동쪽으로 가면 낭림산맥이다. 산과 골은 점점 깊어지고 인가도 드물어 들어가면 갈수록 길도 좁아지고 하늘도 좁아졌다. 결국 하루 이틀 산속으로 들어가고 아무리 들어가도 별의미가 없을 것이며 이미 비행기가 그린 흰 동그라미 안에서는 상당히 벗어난 듯하고 더욱이 이런 산속에 폭격을 할 리도 없어 안전할 듯하였다. 산속에 두세 채의 버려진 집이 있었고 허물어진 부뚜막일망정 솥을 걸고 밥을 지을 만했다.

"자, 여기서 며칠 묵어보자. 미국놈들이나 국방군이 들어와도 이곳까지는 오기 힘들겠지. 기다리며 형편을 보아서 다시 집으로 돌아가자꾸나."

아이들은 좋아라고 각자 지고 온 보따리를 내려놓고 뛰어 놀기 시작했다. 집주위에는 작은 텃밭도 있고 심어놓은 배추와 무우도 있어 얼마 전까지도 사람들이 살다가 떠난 것을 알 수 있었다. 어른들은 주위에 흩어져서 땔나무를 모아오고 마당에 음식을 해먹을 솥을 걸고 냄비를 걸고 부지런하게 움직였다. 부서진 방안에는 아직도 깔아놓은 삿자리가 있어 방구들에 불만 지피면 며칠은 묵을 만했다.

전쟁이라고 하지만 소문만 들릴 뿐 아직 실감하지 못하고 있었던 것이다. 거기서 며칠을 지내는 사이 그들은 멀리 수없이 많은 비행기들이 날아가는 것을 보았다. 무슨 일인가 모두들 고개를 들고 바라보다가 대단히 신기한 것을 보게 되었다. 전투기보다 훨씬 큰 쌍둥이 비행기들에서 마치 누에가 실을 뽑듯 꼬리를 뽑으며 가고 그 꼬리들은 흰 목화송이 같은 흰 꽃들을 점점이 수놓으며 온 하늘을 뒤덮었다.

그날 저녁 무렵부터 골짜기 앞 넓은 신작로에는 피난 나왔다가 다시 집으로 돌아가는 사람들이 늘었다. 등짐을 지고 머리에 이고 아이들 손을 잡고 무리지어 갔다. 은수네도 무엇인가 문제가 해결되고 남들처럼 집으로 돌아갈 수 있으리라는 희망을 가지고 하룻밤을 더 지낸 후 다음날 집으로 서둘러 돌아왔다. 외갓집은 무사하였고 외할머니도 태연히 집을 지키고 있다가 손주들을 기쁜 얼굴로 맞이했다.

"내레 집지키고 있기를 잘했디. 다른 집들에는 거 이상한 외국 군인들이 들이닥쳐서 집안을 쑥대밭을 만들어 놓았단다."

나중에 마을을 돌아보고 확인하였지만 빈집은 빠짐없이 집안 세간살이가 모두 마당에 내팽개쳐지고 엉망으로 어지럽혀져 있었다. 상철이와 처는 할머니가 집에 남아 집을 지켜준 것을 고마워하였다. 마을에는 얼굴이 흰 백인군대와 검은 흑인군대와 국방군이 어제의 흰 솜꽃처럼 하늘에서 내려와 인민군을 쫓아내고 점령한 것이었다.

사람들은 이제 공산정권에서 해방되었다며 감추어 두었던 태극기를 꺼내어 대문에 걸고 환영하였다. 국방군과 유엔군은 밝은 얼굴로 사람들을 웃음으로 대하고 아이들에게는 드롭스라는 반지모양의 달콤한 사탕과 껌과 새까맣고 달콤한 초콜렛을 나누어 주었다. 이제 매일 아침마다 날아오던 전투기도 하늘높이 날면서 겁을 주던 폭격기도 오지 않게 되었다. 은수와 외사촌들은 매일 뛰놀았다. 이제 전쟁도 끝날 것이고 평화가 올 것이라는 기대감이 사람들의 행동을 즐겁게 하였다. 전쟁의 피해를 거의 입지 않은 순천읍 일대는 국방군과 유엔군이 들어오자 금방 평온을 되찾았다.

10월에 접어 든 가을하늘은 유난히 맑았고 논에는 누렇게 익은 벼와 밭에는 추수를 기다리는 강냉이며 무, 배추 등이 잘 자라고 있었다. 산골로 피난 갔던 사람들도 모두 돌아오고 전쟁 전에 사회를 억누르던 긴장감도 사라졌다. 라디오에서 나오는 뉴스에 귀를 기울이며 전쟁이 어떻게 진행되고 있는지, 전쟁이 끝나면 아이들 학교는 언제 가야 하는지 등등 아이들에게도 궁금증이 많았다. 은수가 외갓집에 온 지도 거의 일 년이 되어 갔다.

아이들끼리 정신없이 놀다가도 언뜻언뜻 생각나는 아버

지와 돌아가신 어머니, 그리운 누나와 형, 그리고 귀여운 여동생 옥순이가 생각날 때면 어린 마음에도 자신이 지금 어머니가 죽어서 외갓집에 맡겨져 있다는 생각이 떠오르곤 했다. 밤중에 아이들과 함께 자다가 깨어나 혼자 천장을 바라보며 눈물을 흘리다 잠들곤 했다.

꿈속에선 어머니도 살아있고 온 가족이 옛날처럼 즐겁게 떠들다가 꿈에서 깨면 한밤중에 이불 속에서 남몰래 눈물을 흘렸다. 은수 또래는 전쟁이 일어나지 않았으면 지난봄에 인민학교에 들어갔어야 했다. 상철이 부부는 은수가 학교 들어갈 때 부모가 함께 살지 않는 것이 어떻게 될지 은근히 걱정이 되었었다. 그런데 다행인지 전쟁으로 학교들이 모두 방학에 들어가고 방학이 언제 끝날지도 지금으로서는 오히려 관심 밖이었다.

유엔군과 국방군이 들어오고 폭격기나 전투기가 높이 날아 북으로 가는 것을 보는 것만으로 잠시나마 평화가 온 듯하였다. 남조선의 이승만 대통령이 평양에서 평양시민들에게 연설했다는 소식이 들려오면서 월남한 은수 할아버지가 고향으로 돌아오면 비록 어머니가 없을 지라도 은수도 집에서 데려가겠지 하고 어서 전쟁이 끝나기만을 기다렸다.

그런 중에 압록강 너머 만주에 중공군이 집결해 있다는 소문이 돌았다. 어떤 사람들은 유엔군 사령관이 전쟁을 대단히 잘하는 장군이고 만약 중공군이 압록강을 건너오면 만주에 일본 히로시마와 나가사키에 떨어뜨린 것과 같은 원자폭탄을 떨어뜨릴 것이므로 걱정할 필요가 없다고 주장하기도 했다. 그 사이에도 순천역 앞에는 유엔군부대와 국방군부대가 도착하고 떠나기를 반복하여 작년까지도 남으로 가는 인민군들이 탱크나 대포를 열차에 실어 남으로 날아가던 풍경과는 반대가 되었다.

순천역은 압록강변의 도시 만포로 이어지는 만포선의 출발 지점이니만큼 언제나 사람들로 붐볐지만 최근 몇 년간은 인민군의 전쟁물자 실어 나르는 주요 지점이 되었다. 전쟁 중에는 인민군의 이동을 저지하기 위해 낮 동안에 폭격기와 전투기가 쉴 새 없이 철로를 폭격하였다. 인민군이 북으로 후퇴하기 전까지 순천에 가까운 철로나 굴에는 풀과 나무로 위장한 기관차와 화물차가 숨겨져 있었고 밤이 되어서야 이동하곤 했다. 가을이 끝나고 찬바람이 불기 시작하면서 불길한 소문이 다시 돌기 시작했다.

압록강 북쪽 만주에는 중공군이 무수히 모여 있고 언제든지 압록강을 넘어올 것이라는 것이었다. 비록 인민군이 북으로 밀려갔지만 중공군이 참전하면 중공군의 팔로군은 전쟁에서 패한 적이 없는 무적의 군대이며 피리를 불고 장구를 치며 밤새도록 침투하면 막을 수가 없을 것이라는 두려운 소문이 사람들을 공포에 떨게 했다. 순천사람들은 만약 전쟁이 국방군에 불리해지고 중공군이 정말로 밀고 내려오면 어떻게 해야 할지 서로 머리를 맞대고 수군수군 의논했다. 지금 현재 남아있는 사람들은 인민군이 다시 들어오면 자기들을 가만두지 않을 것이라고 은근히 겁을 먹기도 했다.

그렇게 어수선한 날들이 지나던 어느 날부터 북에서부터 소달구지를 앞세우거나 보따리를 지거나 머리에 인 피난민들이 밀려 내려왔다. 그와 동시에 멀리 개천 방향의 밤하늘을 붉게 물들이며 쿵쿵하는 땅을 울리는 대포소리가 들려왔다. 상철이 부부도 이번에는 어디로 피난을 가야 할지 우왕좌왕 할 뿐 방향을 정하지 못하고 며칠을 다시 보냈다. 그러는 사이 피난민의 물결은 더욱 많아지고 결국 상철이 부부도 아이들을 앞세우고 피난길을 떠나기로 했다.

할머니는 지난번처럼 집을 지키고 있을 테니 너희들만 다녀오라고 막무가내로 집 떠나기를 거절하였다. 상철이 부부는 이번에는 지난번과는 다를 것이라고 생각하면서도 딱히 정세를 판단할 수가 없었으므로 또다시 할머니를 집에 남겨놓고 떠나기로 했다. 기차는 이미 끊기고 신작로도 달구지와 피난민으로 가득한데 당장 필요한 옷가지와 먹을 것을 짊어지고 집을 나섰다. 다행인 것은 막내 인옥이가 그래도 제 발로 걸을 수 있는 것이었다. 동네 이웃들도 서로 눈치를 보거나 서로 의지하며 조금씩 조금씩 남으로 내려갔다. 그러나 그들의 발걸음은 너무나 느렸다. 출발도 늦었고 이동속도도 느려 그들이 며칠 가지 못해서 성천 부근에 이르렀을 때 그들은 인민군과 중공군의 저지를 받고 말았다.

피난민들을 일단 세운 다음 그들은 "이제 조국이 다시 해방되었으니 동무들은 집으로 돌아가시오."라고 저지하며 집으로 돌아갈 것을 강권했다. 이미 남으로 피난하는 것이 어려울 것을 예상한 상철이 부부도 차라리 잘 되었다고 생각하며 아이들을 데리고 다시 집으로 향했다. 집을 지키고 있던 할머니는 귀여운 손주들에 둘러싸여 한없이 눈물을 흘리며 아들내외가 돌아온 것을 반겼다. 상철이 부부도 늙은 할머니를 혼자 남겨놓고 떠난 것이 마음에 걸리던 차에 집으로 돌아와 엄동의 겨울을 나게 된 것을 다행으로 생각하며 점차 생활의 안정을 찾아가기 시작했다.

그러나 문제는 오래지 않아 나타나기 시작했다. 어디로 피난 갔다 돌아왔는지 조선청년동맹, 조선여성동맹, 보안서원 등이 동네 각 집을 샅샅이 뒤지면서 아직도 남아있는 가족의 수며 왜 피난가지 않고 그대로 남아있는지 등 개별적인 이유를 조사하기 시작한 것이다. 상철이네 동네는 거의 반 이상의 인민이 집을 버리고 사라졌다. 그들은 어디로 갔는지 누구도 입 밖에 내지 않았다.

아직도 전쟁은 끝나지 않았고 언제 또다시 유엔군이 밀고 올라올지 모르는 상황에서 인민들은 오직 자기 이외에는 누구도 믿으려고 하지 않았다. 상철이의 아이들도 예전처럼 벽돌공장 놀이터에 놀러나가지 않았다. 은수는 사촌들과 집안에서만 놀았다. 가끔 아버지와 어머니와 누나 형과 귀여운 동생 옥순이가 꿈에 나타나고 멍하니 하늘을 쳐다볼 때도 신기루처럼 눈앞에 어른거렸지만 차차 현실 같은 생각이 들지 않았다. 형을 따라다니며 청천강 가의 수리조합에서 멱을 감거나 논물 대는 도랑에서 붕어와 미꾸라지를 잡던 신나는 여름의 고향들판이 지금 눈앞에 보이는 벽돌공장이며 강냉이 밭과는 풍경도 다르고 바람도 달랐다.

자기를 귀찮아하면서도 귀여워하던 형이 몹시 보고 싶었다. 늘 산뜻한 간단훅(簡單服, 일제시대 여자애들이 입던 옷)을 입고 머리를 단정하게 빗고 인민학교로 가던 명순이 누나라도 왜 나를 데리러 오지 않는지 은수는 전혀 이해가 가지 않았다. 어린 은수의 기억에도 어머니가 애기를 낳다가 돌아가신 것은 어렴풋이 기억이 났다. 애기를 낳다가 왜 어머니가 죽어야 했는지, 어머니가 죽고 온 집안이 통곡과 비탄 속에 정든 집에서 쫓겨나고 누나와 형을 볼 틈도 주지 않고 아버지가 자기를 외갓집에 데려다 놓고 사라졌는지 도무지 이해가 가질 않았다.

5. 명순이 간호원이 되다

개천에서 청천강을 건너 만포선을 따라 북으로 가는 길은 지금까지의 어느 길보다 힘들었다. 오랫동안의 노숙과 헐벗음으로 체력이 바닥난 부상병들이 매일 몇 명씩 죽었다. 죽은 시체들을 치우는 것은 명순이가 속한 말단 어린 대원들의 몫이었다. 그들은 시체를 치우는 것이 조금도 두렵거나 귀찮게 느껴지지 않았다. 사람이 죽는 다는 것은 길거리에 널려진 돌멩이를 치우는 것처럼 간단했다.

조국을 위해 전선에서 싸우다 부상당한 병사들이었지만 전쟁이 막바지에 이르러 탄약도 물자도 바닥난 상황에선 그들의 죽음을 숭고하게 치장해 줄 아무것도 없었다. 길가에 피어난 생명력이 강한 엉겅퀴나 민들레가 그나마 그들의 슬픈 죽음을 위로하였다. 명순이 일행은 전체인원이 절반 정도로 줄어서야 겨우 강계라는 작은 산골도시에 도착하였다. 이제부터는 더 이상 북으로 가지 않는 것만이 다행이었다. 강계에는 인민군의 중요기관들이 모여 있었다. 비록 낭림산맥의 산기슭 산골짜기에 끼인 도시이지만 북으로 조금만 더 올라가면 만포진이라는 국경도시가 있다.

명순이는 그동안 치료과정을 보아온 경험과 눈썰미가 있어 부상자를 위한 간단한 치료는 남의 도움 없이도 할 수 있게 되었다. 명순이의 성실함과 손재주를 인정한 선옥이의 추천과 야전병원 군의관의 추천으로 명순이도 간호인력으로 편입되었다. 간호인력 편입수속은 간단한 수속으로 완료되었다. 그러나 그간단한 과정이 명순에게는 가슴 떨리는 과정이었다. 왜냐하면 지금까지 아버지 어머니가 지어준 이름 명순이를 금순으로 바꾸었기 때문이었다. 간호인력카드에 변금순이라고 또렷이 적어내었다. 이제 명순이를 의심하거나 과거를 캐보려는 사람은 아무도 없었다. 밀려드는 부상자들을 치료하기 위한 의사와 간호원의 수는 너무나 부족했다. 더구나 중국에서 의용병이 인민군을 돕기 위해 압록강을 건너오면서 병원에서 조금이라도 치료에 능숙한 사람은 누구든 환영하였다.

명순이는 이미 평양 근처에서부터 부상병들의 시중을 들며 강계까지 오지 않았던가. 명순의 나이도 15살이 넘어 당당한 의료인력이 되었다. 명순이는 자신이 인민학교에서 소년단 총 단장을 했다는 말을 누구에게도 하지 않았다. 그렇지만 그녀의 명석한 두뇌와 행동력은 많은 인원이 단체생활을 하는 속에서 눈에 띄었다.

강계야전병원은 강계중학교를 빌어 인민군이 운영하는

몇 안 되는 군인 야전병원 중의 하나로서 중상을 입은 병사들은 강계야전병원으로 후송되기를 바랐다. 그것은 이미 병원을 거쳐 간 많은 병사들의 소문을 거쳐 인민군병사들 사이에 상식처럼 되어버렸다. 강계는 전쟁 중에도 유엔군에 점령되지 않아 북조선의 중요한 기관들이 모여 있었다. 소위 전시의 임시수도인 셈이었다.

강계의 지리적 특징 중의 하나는 평안북도의 험한 산악지형 사이로 압록강변의 종착역 만포까지 가는 만포선의 중요한 중간역인 것이다. 전쟁 중에도 야간시간을 이용하여 기차가 다니고 이것은 후방과 전방을 이어주는 가장 중요한 교통수단이었다. 전쟁이 아직도 계속되고 있지만 이곳은 중국의용군과 인민군의 후방지원기지 역할을 하여 중요한 기관들이 많이 설치되어 있었다.

명순이는 강계에서 세 번째 봄을 맞이했다. 안주보다 훨씬 북쪽인 산골짜기 강계에도 높은 산꼭대기를 제외하곤 눈이 녹아 길이 질펀하였다. 전쟁의 소식은 먼 남의 나라 이야기처럼 들렸고 가끔 날아오는 적의 폭격기도 하는 일 없이 지나갈 뿐이고 전투기가 날아오는 날은 매우 드물었다. 명순이는 이제 아버지와 상수의 소식을 기다리지도 않았다. 마음속으로 죽지 말고 살아 있다면 언젠가 만나게 될 것이라고 굳게 믿고 있었다.

할아버지는 해방되자마자 월남했지만 명순이는 할아버

지가 월남하기 전에 구안주에 살던 할아버지 댁을 방문했던 때를 잘 기억한다. 일본이 패망한 후 중국에서 귀국한 할아버지는 구안주의 존경받는 어른이었다. 할아버지가 사는 집은 아름다운 공원 한가운데 있는 호숫가의 큰 저택이었다. 어느 해인가 정월 설날에 색동저고리와 분홍치마를 곱게 차려입은 명순이는 남동생들, 여동생과 함께 세배를 드리러 갔다. 따뜻한 넓은 온돌방에서 어른들에게 세배를 하고 '까치까치 설날' 노래를 불렀던 기억이 새롭다.

할아버지와 할머니는 명순이를 특히 귀여워하였다. 구안주에는 옛날의 관아와 안주성 등이 있는 매우 큰 고을이어서 평안남도에서는 평양 다음의 큰 도시였다. 할아버지가 귀국한 후 2, 3년간 신안주와 구안주를 오가며 즐겁게 살았다. 명순이네는 신안주에 살았는데 신안주는 경의선 철로를 놓으면서 안주에서 십 리 정도 떨어진 곳에 새로운 역을 지어 그곳에 신안주라는 새 거리가 생긴 것이다.

할아버지는 월남할 때 아버지에게 함께 가자고 했던 것으로 들었다. 그러나 아버지는 남으로 월남하는 것을 원하지 않았고 결국 지금처럼 온 집안이 풍비박산이 난 것이다. 명순이는 이러한 사실들이 불과 몇 년 사이에 일어나고 평양에서 아버지와 상수가 대동강철교를 건너기 위해 며칠을 들락날락했던 사실을 생각하면 죽었다고 단정지을 수가 없었다. 남들에게야 자신의 신분을 감추기 위해 그렇게 말하지만 언젠가 남조선과 유엔군이 다시 밀고 올라오면 만날 수 있다는 희망을 버릴 수 없었다. 그럴수록 명순이는 더욱 이를 악물고 열심히 일했다.

요즈음 전선에서 후송된 부상자들을 통하여 들은 소식에 의하면 처음 전쟁이 일어났던 38선 부근에서 전선이 거의 멈추어 있다고 하였다. 인민군도 미군도 더이상 전쟁을 이어갈 의지가 없어 어느 정도 지나면 휴전을 할 것 같다는 소문이 퍼졌다. 그러나 병원에 몰려오는 부상자들의 숫자는 오히려 더욱 많아졌다. 병원은 가건물을 더욱 늘리고 환자들을 수용하였으나 의약품은 턱없이 부족했다.

중국과 러시아는 물론 다른 외국의 원조를 받아 겨우 지탱하는 듯했다. 이제 명순이가 아닌 금순이는 그 의사들 속에 남조선에서 자진해서 인민군을 따라온 의사가 있는 것을 알았다. 그들은 젊고 공산주의에 매료되어 공화국으로 왔으므로 누구보다도 부상자들 치료에 열심이었다.

어느 날, 금순이는 새로 들어온 부상자들 중에 복부에 총상을 입어 위중한 환자를 만나게 되었다. 그런 중상의 환자에게 금순이 같은 어리고 경험 없는 간호원이 해줄 수 있는 일은 별로 없었다. 옆에서 발만 동동 구르며 상처를 덧나지 않게 소독하거나 붕대를 갈아주는 정도였다. 대부분은 적절한 치료를 받지 못하고 아까운 목숨을 잃는 경우가 허다했다.

그날의 병사는 운이 좋았는지 한 외과의사가 상처를 치료하게 되었다. 상처에서 많은 피를 흘려 매우 쇠약해 있었으나 의사는 상처깊이 박힌 파편들을 꺼내고 봉합해 주었다. 마취도 하지 않은 상태에서 부상병의 비명소리가 귀를 날카롭게 찔렀으나 곧 까무러치고 그 상태에서 수술은 끝났다. 이제부터는 자신의 운명만을 믿을 수밖에 없었다. 금순이는 그 병사 외에도 많은 부상병을 돌아보느라 정신이 없는 바쁜 시간을 보냈다.

거의 매일 똑같이 반복되는 일과에 잠깐 틈이 나면 구석의 의자나 가마니 위에 앉아 눈을 붙이는 것이 일과였다. 금순이가 돌보아준 병사들 중에 누가 살았는지 누가 죽었는지 기억되지도 않았다. 그러던 어느 날 바쁘게 지나가는 금순의 옷자락을 잡는 손길이 있어 흠칫 놀라며 돌아보니 그는 며칠 전 총상으로 복부수술을 받은 그 병사였다. 대부분 수술 후에도 회복하지 못하고 죽는 경우가 대부분이었는데 용케도 살아서 자신을 돌보아준 금순이를 알아본 것이었다.

금순이도 반가웠다. 그 병사의 이름은 최영철이라고 했다. 계급은 중위로 자세히 얼굴을 관찰하니 이마가 반듯하고 기품이 있었다. 금순이는 이후 시간이 날 때마다 짬짬이 그를 보러 야전병실을 찾아갔다. 그는 나이가 26~7세 가량으로 금순의 눈으로는 어른으로 보였다.

그를 보면서 떠오른 것은 해방 후 할아버지 댁으로 놀러

갔을 때 심부름꾼으로 일하면서 금순이 남매들을 귀여워 해 주던 명호가 생각났다. 그는 전쟁이 시작되기 전 인민군에 지원하였다. 그가 떠나고 얼마의 세월이 흐른 어느 날 바지에 붉은 줄이 쳐지고 별이 섞인 화려한 소위 계급장을 어깨 위에 붙인 명호가 신안주의 금순이네 집으로 자랑스레 찾아 왔던 기억이 났다. 그도 지금쯤 어느 전선에서 용감히 싸우고 있을 것이다. 그렇지만 생각만 있을 뿐 최영철 중위에게는 그런 것을 일체 물어보지 않았다.

최영철 중위는 자신의 고향이 평양근처의 대동군이며 조국의 통일을 위해 인민군에 지원했다며 김일성 장군에 대한 충성심을 얼굴가득 나타내었다. 그는 빠르게 회복되었다. 아마 그의 장군님에 대한 충성심이 그를 빠르게 회복시키는지 모른다고 주위에서 그를 추켜세웠다. 그는 몇 달 후 한 계급 특진의 표창을 받고 다시 전선으로 간다고 병원을 퇴원하였다. 퇴원하던 날 많은 간호원 중에 특별히 금순이를 찾아와 고맙다는 인사를 하였다.

그가 고마운 인사를 한 또 다른 사람은 그를 수술해준 의사였다. 그의 이름은 김봉한이라는 것을 그때에야 알게 되었다. 김봉한 의사는 나이는 아직 서른 살이 안 되었으나 수술솜씨가 뛰어나 그가 수술한 부상병들은 대부분 빨리 회복되어 퇴원하는 것으로 알려졌다. 따라서 많은 부상병들이 그의 차례를 은근히 기대하였다. 그는 전쟁 전에 경성에서

의과대학을 다니던 학생이라고 했다.

처음에는 그의 사상을 의심하고 그를 은근히 차별하던 야전병원의사들도 그가 온 지 3년 정도 되어 수많은 인민군 전사들이 그의 수술에 도움받아 건강하게 퇴원하면서 그의 위치는 거의 무시할 수 없는 명성을 얻게 되었다. 그런 그가 최영철 중위의 복부수술을 할 때 옆에서 심부름하면서 도운 것이 인연이 되어 그 후에도 많은 수술의 경우 금순이에게 조수를 서게 했다.

금순이도 마음속으로 할아버지와 아버지와 상수가 어쩌면 남조선에 살아있을지 모른다는 생각을 하면서 김봉한 의사에게 친근감을 느끼고 있었다. 김봉한 의사 외에도 꽤 많은 의사들이 경성에서 왔지만 부상병들이 담당해주길 바라는 의사 팀은 김봉한 의사가 속한 의료팀이었다. 대부분 모두 눈코 뜰 새 없이 바쁘게 수술을 하여야하고 열악한 야전병원의 입원실도 부족하여 운동장은 물론 학교 옆을 흐르는 독로강가에도 부상병들을 눕혀놓았다.

그나마 날씨가 차차 따뜻해진 것을 다행으로 많은 부상병들이 열차에 실려 오기도 하여 강계는 다른 기관보다는 야전병원의 인원들로 북적였다. 금순이는 선옥이와 근무부서가 그다지 먼 것은 아니지만 한가롭게 만날 시간이 별로 없었다. 그래도 주변에 따뜻하게 대해주는 사람이 선옥이가 언니처럼 마음의 위로가 되어주어 시간이 날 때면 잠시라도 선옥이가 일하는 병동으로 가보곤 하였다. 어느 날 선옥이가 뜬금없이 금순에게 물었다.

"얘, 금순아. 언제일지 모르지만 멀지 않은 때에 전쟁이 끝날 것같다고 하는구나. 너는 돌아갈 곳이 있니?"

금순이는 갑자기 물어오는 선옥이의 예상치 못한 질문에 깜짝 놀라 잠시 생각하다가,

"글쎄. 전쟁이 끝나는 것은 좋지만 어디로 가야 할지 아직 생각해 본 적은 없어. 언니는?"

"나도 누가 집에서 기다릴지도 모르겠고, 식구들이 어디로 흩어졌는지 모르지만 우선은 이 병원에서 있을 때까지 있다가 전쟁이 끝나고 많이 복구되면 그때에나 고향에 가보려고 해. 그런데 너 혹시 소문 들었니?"

"무슨 소문? 혹시 무슨 나쁜 이야기라도 돌고 있는 거야?"

"그런게 아니고 김봉한 선생님말야. 그동안 많은 부상자들을 치료하고 완치된 인민군전사들이 전선으로 돌아갔잖아? 그들의 입을 통해 선생님에게 감사한다는 소문이 전선에까지도 알려진 모양이야."

금순이는 자신이 가깝게 모시고 있는 선생님이 인민군 전사들에게 존경을 받는다는 말이 반갑기 그지없었다. 처음 선생님의 수술을 도울 때는 다른 의사들보다 꾸물거리고 시원시원히 일을 끝내지 않아 주변 사람들을 힘들게 하고 짜증나게 하였지만 오랜 시간 돕다보니 그것이 자연스레 익숙

해졌다.

금순이는 경성에서 이렇게 춥고 먼 북쪽 산골짜기로 와서 공화국을 위해 일을 하는 김 선생님과 같은 분도 있는데 하며 스스로 고생에 대해 위안을 삼기도 하였다.

1953년의 봄이 북쪽 강계분지에도 찾아와 강가에 있는 버드나무에도 싹이 나고 북에서 불어오는 싸늘한 바람도 한결 누그러졌다. 강계는 낭림산맥 기슭의 비옥한 분지에 자리 잡고 있어 다른 산지 쪽보다는 따스하고 가뭄도 덜 탄다고 했다. 선옥이와 금순이는 이미 강계에서 세 번째 봄을 맞이하며 마음의 안정을 찾았다. 둘 다 전쟁이 끝난 뒤에도 강계야전병원에서 일을 하겠다는 생각이 서로 일치하자 둘은 친자매와 같은 따스한 정을 느꼈다.

5월의 어느 날, 둘이 동시에 쉴 수 있는 하루를 내어 그들은 북쪽 만포로 소풍 겸 압록강을 구경하러 가기로 했다. 만포는 우리나라 철로로는 가장 북쪽에 있는 도시지만 거리는 강계만큼 번화하거나 크지 않았다. 강계에서 만포까지 아침에 한 번 가는 기차를 타고 세 시간 가량 걸려서 도착하였다. 역 앞의 임시 식당에서 식권을 내고 간단하게 점심을 먹고 바로 앞에 보이는 강가로 걸어갔다. 강계에도 만포에도 어디를 가던 중국 의용군병사들이 활개치고 큰소리로 떠들고 다녀 둘이는 몸조심을 하여야만 했다.

고향 안주에 비하면 아직도 꽃이 피기에는 이른 계절이

지만 압록강에도 얼음이 풀리고 잔잔한 물결이 반짝반짝 빛났다. 만포와 건너편의 중국 도시 사이에 철교와 인도가 연결되어 있어 많은 군인과 인민이 왕래하는 것이 보였다. 금순이는 강변에 앉아 건너편 강변과 그 뒤의 먼 산들을 바라보았다. 5월의 따스한 햇볕이 내리비추어 아지랑이가 가물가물 춤을 추었다. 한 점 흰 구름이 먼 산 위에 떠있는 것이 고향의 청천강 가에서 보던 풍경을 떠올리게 했다. 강물 위에는 북으로 날아가던 오리떼 등 많은 철새들이 내려앉아 물결을 타고 놀고 있었다. 자연세계에는 전쟁이란 흔적도 없고 평화롭기 그지없었다. 인간은 왜 싸워야 할까? 전쟁을 해서 서로 죽이고 하면 누가 행복해질까? 어린 소녀인 금순의 생각으로는 이해할 수가 없었다. 등에 따스한 햇볕을 받고 앉아 물결과 먼 산의 구름을 바라보고 있으려니 잠시 잊고 있던 흩어진 가족들이 떠올랐다.

아버지와 상수는 정말로 죽지 않고 이남으로 내려갔을까? 은수는 벌써 열한 살이 되었을 텐데 외갓집에서 전쟁을 어떻게 피했을까? 순천에도 폭격이 심하였을 텐데 무사히 살아남았을까? 형하고는 그렇게 매일 붙어다니더니 어린 가슴에 얼마나 아버지와 형을 그리워할까? 외가에서는 혹시 아무도 돌보지 않고 혼자 내 팽개쳐져서 거지처럼 밖으로 헤매고 다니지는 않을까? 생각이 꼬리에 꼬리를 물고 일어났지만 어느 것 하나 명확한 추측도 되지 않고 슬픔과 안타까움만이 더해질 뿐이었다.

전쟁이 끝나면 찾아가서 데려와야지 하고 생각하였지만 전쟁이 끝난다고 마땅히 돌아갈 집이나 고향이 있는 것도 아니었다. 고향이라지만 고향 사람들은 금순이네 가족을 반동분자라고 생각하고 있을 터이므로 얼굴을 내밀고 떳떳이 고향 마을로 들어갈 수도 없는 일이었다. 지금은 전시이므로 병원에서 부상자들을 치료하는 손이 모자라 앞뒤 묻지 않고 일을 할 수 있지만 전쟁이 끝나 사회가 안정되면 가족의 구성원 등 배경조사가 시행될 것이다. 따라서 지금부터 새로운 신분을 만들어 놓지 않으면 안 될 것이다. 금순이는 자신의 처지를 누구에게도 말하거나 의논하지 않았지만 앞으로 반드시 필요한 때가 올 것이다. 강가에 앉아 하염없는 생각에 잠겨있는 금순이에게 선옥이가 말했다.

"애야, 저기 강 건너편을 봐. 저기가 중국 만주잖아. 우리나라는 전쟁 중이지만 짱걸레들은 의용군을 보내왔을 뿐 아무 피해가 없잖아. 참 이상하다. 어쩌면 강 하나를 사이에 두고 이렇게 다를 수가 있지?"

"그러게 말이야. 이 철길을 따라 계속 가면 어디까지 갈 수 있을까? 아, 전쟁 없는 나라에서 살아보고 싶다."

하염없이 출렁이며 흘러가는 강물을 바라보면서 두 소녀는 서로의 마음속에만 감추어 두고 있는 생각을 하며 입을 다물었다. 그날은 처음 와 본 만포 거리에 수많은 중국 군인들이 몰려다니는 것을 보면서 서둘러 병원으로 돌아왔다.

병원에서 바쁜 나날을 보내고 있던 어느 날 김 선생님이 금순이를 불렀다. 금순이는 웬일인가 의아해 하며 선생님의 방으로 갔다. 김 선생님은 강계병원으로 온 이후 3년이 지나는 사이에 부상병 치료에 많은 성과를 내어 그가 남쪽에서 왔다는 불리한 배경에도 불구하고 병원 내에서 상당한 지위에 올라 있었다. 금순이가 찾아간 시간에는 마침 잠깐 시간이 나서 금순이를 부른 것이다.

"선생님, 부르셨어요?"

"응. 요즈음 바쁘지? 바쁜 시간에 금순이를 부른 것은 다름 아니라 공화국에서 새로운 의료인력을 기르기 위해 우리 병원에 간호원양성조를 만든다고 하는데 금순이는 아직 정식 간호원자격을 가지고 있지 않으니 여기에 응시해 보는 것이 어떨까? 금순이는 그동안 병원에서 일하는 것을 보니 머리도 총명하고 손재주도 좋아서 정식 간호원이 되면 공화국에 큰 인재가 되리라고 생각하는데."

금순이는 말을 듣자마자 마음에 확 끌렸지만 자신의 배경이 뒷조사에서 불리할 것이 두려워 대답하는 것을 망설였다. 그 얼굴에 주저하는 빛이 지나가는 것을 알아차린 김 선생이 말했다.

"내가 보기에 여기에 지원하려면 사상조사와 가정배경조사 등을 거쳐야 하겠지만 아직 전쟁이 진행 중이고 모든 가정이 흩어지고 죽고 하였으니 자세한 조사는 어려울 것이라고 생각해. 아마 주변 사람들의 추천이 가장 큰 증거가 되지 않을까? 만약 금순이가 지원하고 싶어 한다면 나도 추천서를 써줄 수 있지."

이 말은 금순에게 오랜만에 밝은 햇빛처럼 귀에 들어왔다. '그렇다. 지금 모든 가정이 파괴되고 많은 사람이 죽었으므로 과거처럼 엄격하게 가정조사를 하는 것은 어려울 것이다. 전쟁이 끝나면 인민위원회니 여성동맹, 청년동맹들에서 조사가 심해지겠지만 지금 이런 교육을 받고 나중에 공산당에 입당하면 나의 위치가 보다 안전하지 않을까? 지금 김 선생님 같은 훌륭한 의사 선생님이 나를 추천해 주신다고 하니 이런 기회도 다시 없을지 몰라.' 이런 생각을 하자 금순이는 마음을 굳혔다.

"선생님 말씀에 따르겠습니다. 저는 배운 것도 없으면서 부상병치료에 무작정 열심히만 하였는데 선생님 말씀대로 전문의료교육기관에서 공부하면 훨씬 많은 전사들을 살릴 수 있을 것이라고 생각합니다. 그럼 어떤 수속을 밟아야 하겠습니까?"

그런 대화가 있은 후 두 달가량이 지난 무렵 금순에게 교육기관에 합격하였다는 연락이 왔다. 2년제 간호학교는 강계야전병원의 부속기관으로 설립되었고 학생들은 강계부근의 만포, 순천, 개천 등지에서 모여든 금순이 또래의 여자들

과 선옥이를 위시하여 강계야전병원에서 일하는 간호인력
이 대부분이었다. 간호학교공부를 시작하고부터 금순이는
누구보다도 공부를 열심히 하였다. 앞으로 살아남으려면 이
것만이 유일한 길이라는 것을 잘 알기 때문이었다.

그야말로 어머니가 옛날이야기에서 들려주었던 하늘에
서 내려온 구원의 새끼동아줄이라고 생각했다. 이 줄을 꼭
붙들고 놓지 말아야 한다고 결심했다. 금순이는 인민학교시
절에도 남들보다 우수한 학생이었음을 자각하고 간호학관
련 학과공부에서 늘 전체 수석의 자리를 놓지 않았다. 선옥
이는 자기보다 나이가 세 살이나 아래인 금순이가 가장 우
수한 학생이 된 것을 보고 신기해하기도 대견해하기도 하여
친동생이 성공한 것처럼 기뻐해 주었다.

간호학교는 금순에게 새로운 희망을 주었다. 학교선생들
중에는 동유럽에서 온 의사와 간호원들도 여럿 있었는데 그
사람들도 의학적인 설명과 기구를 설명하면 곧 이해하고 실
행하는 작은 여학생 금순이를 귀여워하였다. 그 선생님들
중에 동부독일에서 온 슈미트선생님이 특히 금순이를 눈여
겨보았다. 금순이는 간호학교에 들어온 이후 비로소 세계에
는 우리나라와 중국, 일본, 미국, 러시아 외에도 여러 나라
가 있음을 알게 되었다.

금순이는 특히 독일에 주목하여 학과를 공부하고 남들이
쉬는 시간에 몰래 틈틈이 독일어 공부를 열심히 하였다. 독

일에서 들어온 의료기기나 설명서를 구하면 밤을 새워가면서 그 문장을 외워버렸다. 날이 갈수록 독일설명문을 이해하는 속도가 빨라지고 그해가 끝날 즈음에는 웬만한 기기의 사용법을 알 수 있게 되었다. 어느 날 슈미트 선생은 새로 들여온 기기를 펼쳐놓고 검사하던 중 금순이가 설명서를 읽어가며 차례차례 사용 순서를 따라하는 것을 보고 놀랐다. 이 작은 나라의 시골에서 어떻게 독일어를 이렇게 잘 하는 학생이 있을 수 있는지 입이 딱 벌어졌다. 그날 슈미트 선생은 금순이를 자기 방으로 불러 통역 없이 물어보았다. 비록 발음은 아직 서툴렀지만 금순과의 대화는 거의 거침없이 이루어졌다. 특히 의학적인 문제에 대한 대화에서는 최신의 의학용어까지 거침없이 사용하는 것을 보고 탄복하였다.

어느 날 김 선생이 금순이를 불렀다.

"금순이. 내가 들으니 금순이가 독일어를 잘한다고 하던데 어디서 배운 것이지?"

금순이는 깜짝 놀랐다. 슈미트 선생 앞에서 독일어로 대화를 한 것이 무슨 비밀을 누설한 것처럼 느껴져 좀처럼 대답을 못하고 쩔쩔매고 있으니까 김 선생이 웃는 얼굴로 말했다.

"나는 깜짝 놀랐지. 금순이가 설마 독일어를 배울 기회가 있었을 리 만무한데 슈미트 선생이 금순이의 독일어가 상당한 수준이라고 칭찬하더구나. 어디서 배웠니? 사실 우리 병원에서 독일어를 잘하는 사람이 있으면 많은 도움이 될 것이라고 생각하고 있던 참이었는데 정말 잘되었어."

"저는 의료기기에 따라 들어온 설명서를 외우면서 독일어를 공부하였습네다. 독일 사람을 만난 것도 이번이 처음이구요."

"그래? 설명서를 가지고 공부했단 말이지? 하긴 설명서에는 매우 자세하게 설명이 되어있으니까 그것만 외워도 독일어를 할 수 있겠지. 하지만 금순이의 집념과 노력에 나도 놀랐어. 대단해요."

그날 이후로 금순의 역할은 부상자 치료를 돕는 외에 외국인 의사들과의 협동회의 등에 참여하는 것이 추가되었다. 슈미트 선생과는 더욱 자주 가까이에서 일하게 되었다.

그런 칠월이 다 지난 어느 날 놀라운 소식이 강계야전병원에 전해졌다. 3년여를 끌어오던 전쟁이 끝났다는 것이었다. 전쟁이 완전히 끝난 것은 아니지만 일단 죽이고 죽는 싸움은 끝난 휴전이 되었고 이것은 공화국의 인민군 전사들이 빛나는 승리를 얻었다는 것이었다. 병원은 물론 강계 일대의 모든 농촌에서도 사람들이 몰려나와 만세를 부르며 기뻐했다.

이제부터는 폭격을 두려워 할 필요도 없고 모두 집으로 돌아갈 수 있을 것을 기뻐했다. 금순이도 전쟁이 끝났다는 소식을 듣는 순간 이제부터는 부상병들이 실려 오지 않겠구나 하는 안도감과 함께 남들처럼 고향이나 집에 돌아가 가족을 만날 수가 없다는 실망감이 덮쳐왔다. 그것에 더하여 무언가 알 수 없는 두려움이 옥죄여 왔다. 휴전에 대한 환호성이 가라앉고 병원에는 안정이 찾아왔다. 휴전은 되었지만 야전병원에는 더 많은 부상병들이 몰려들어 의사들과 간호원들은 더욱 눈코 뜰 새 없는 나날을 보내야만 했다. 강계 골짜기에도 여름더위가 극심하여 제때 치료를 받지 못한 환자들의 상처는 썩어들어가거나 심한 경우 생명을 잃는 경우가 허다했다. 소독약은 물론 손 씻을 물도 부족하였다. 휴전이 되고 전쟁의 긴장감이 느슨해지자 도리어 일상생활에서 필요한 것들에 대한 부족감이 심각하게 느껴졌다.

금순이는 강계병원에 병설된 간호원 과정을 1953년 여름에 마쳤다. 거의 때를 같이하여 치열하던 전쟁은 휴전이 되어 모든 인민은 승리의 기쁨으로 흥분상태에 있었다. 금순이와 선옥이는 전쟁 중에도 후방의 야전병원에서 눈코 뜰 새 없이 부상병들을 치료하면서 고생하였지만 많은 사람들이 목숨을 잃는 전쟁을 무사히 넘긴 것을 무한히 기쁘게 생각하였다. 더욱이 그들은 전쟁이 없었더라면 시골에서 평범한 시골 처녀로 보냈을 운명을 전쟁을 겪으면서 간호원이라는 훌륭한 공부를 한 자신들의 운명을 오히려 다행으로 생각했다. 금순이는 가만히 자신의 앞날을 가늠해 보았다.

어쩌면 간호원으로서 이룬 경력과 간호과정을 정식으로 마친 것을 계기로 자신의 앞날을 가로막는 반동분자의 혈통이라는 굴레를 벗어날 수 있지 않을까 하는 한 가닥 희망을 가지게 되었다. 더욱이 자신을 뒤에서 밀어주고 있는 김봉한 선생도 경성제국대학을 나와 전쟁통에 월북한 사람이 아닌가. 김봉한 선생은 지난 3년간 강계야전병원에서 수많은 부상전사들을 살려낸 공로자이다. 그것은 이미 전선이나 후방이나 전쟁에 참가하고 부상으로 목숨을 위협받은 많은 해방전사들이 모두 고마워하는 사실이다. 젊은 나이에 선진 의술을 가지고 해방조국으로 넘어와 혁혁한 공로를 세운 것은 사상이나 혈통을 떠나 무엇보다도 큰 배경이 되었다.

금순이와 선옥이는 간호원 과정을 마친 다음부터 병원에서도 더 큰 책임을 맡았다. 두 사람에게는 이제 전쟁이 끝난 다음에도 집으로 돌아가지 않고 병원에 남아 전투에서 당한 부상병들의 후유증을 돌보아야하는 후생업무를 맡는 직무가 기다리고 있었다. 금순이는 가끔 평양에서 헤어진 아버지와 상수를 생각하면서도 이제는 언젠가 자리가 안정되면 옥순이와 순천 외갓집에 보내진 은수를 찾아보아야겠다는 생각을 했다. 전쟁통에 죽거나 흩어진 가족들이 무사히 다시 만난다는 것은 생각할 수도 없지만 혹시나 하는 희망을 놓을 수는 없었다.

생각해보면 옥순이의 통통하고 귀엽고 명랑하던 얼굴을

잊을 수가 없다. 강서에서 송성으로 올라오던 길에 잠깐 들렀던 고향의 모습이 아직도 눈앞에 아물거렸다. 혼자 급하게 찾아갔던 잡초가 무성한 어머니의 쓸쓸한 산소가 눈만 감으면 실물처럼 다가왔다. 좀 더 시간 여유가 있었더라면 옥순의 행방도 알아보았을 텐데. 금순이가 큰할아버지댁에 맡겨져 있을 때 마을 가운데 넓은 마당에서 어린아이들이 소꿉장난하는 속에 함께 놀던 옥순이가 자신을 보고 떨어지지 않으려고 몸부림치던 것을 생각하면 가슴이 터질 듯 아파왔다. 금순이는 가만히 옥순이를 생각하다가 주르르 눈물이 흘렀다. 같이 있던 선옥이가 깜짝 놀라며,

"무슨 일 있니? 왜 갑자기 눈물을 흘리고 그러니?"

금순이는 얼른 얼굴을 돌리고 눈물을 손등으로 닦으며,

"아무것도 아니야. 옛날 생각이 나서 그래."

선옥이는 굳이 자세히 알려고 하지도 않았다. 누군들 이 전쟁통에 헤어진 가족을 생각하면 눈물이 나지 않을 사람이 있을까보냐. 나이는 세 살밖에 차이가 나지 않았지만 객지에서 금순에게 쏟는 정성은 마치 큰언니나 이모 같았다. 금순이는 가족에 관한 것을 제외하고 선옥이에게 말 못할 것이 없었다.

선옥이는 어느 날 자신의 고향이야기를 한 적이 있다. 그녀는 황해도 사리원이 고향이며 고향에서 인민학교를 졸업한 후 집안일을 돕고 있다가 바로 전쟁이 일어나 의용군으

로 차출되어 나왔다고 한다. 집에는 아버지 어머니, 2남 3녀 남매들이 있었지만 전쟁통에 어떻게 됐는지 모른다고 했다. 금순이는 선옥이와의 우정을 진심으로 받아들이면서도 자신의 집안 이야기를 사실대로 말할 수는 없었다.

할아버지가 월남하고 집안이 반동분자로 쫓겨났다는 것은 아무리 친한 사이라도 밝힐 수 없었다. 앞으로 북조선에서 살아남기 위해서는 자신의 가족사를 새로 만들지 않으면 안 되었다. 마침 전쟁통에 많은 혼란이 있었음을 기회로 본인만 열성을 보이면 새로운 신분으로 태어날 수 있을 것 같았다. 금순이는 그러한 현실을 실감하고 있었기에 남보다 더욱 열심히 일하고 열성을 보였다. 강계야전병원에 온 이래 삼 년 동안의 기간은 그러한 열성과 열의를 보내기에 짧지 않은 기간이었다. 금순이는 같이 일하는 사람들에게 총명한 아이라고 알려졌을 뿐만 아니라 차분하고 붙임성 있는 태도로 병원 내에서도 많은 사람의 호감을 샀다.

공산당과 평양에서는 휴전은 전쟁의 끝남을 의미하는 것이 아니라 잠시 전투를 쉬는 것이므로 쉬는 동안에도 훈련은 더욱 열심히 하고 다시 전쟁이 재발할 것에 대비하여 방공호 같은 대피시설을 더 튼튼하게 보수하여야 한다고 하였다. 후방에서의 인민의 생활은 전쟁 중보다 더욱 통제되었다. 전쟁 때는 모든 후방의 시설과 자원을 승리를 위한 목적에 집중해 왔으나 집중의 목표가 사라지자 인민들이 나태하고 무절제해 지는 것을 방지한다는 방침인 것이다.

인민들의 일상생활도 교육과 감시로 빈틈없이 통제되었다. 매일매일의 일과가 아침조회로 시작하여 저녁의 생활총화로 끝나는 일은 예외가 있을 수 없었다. 금순이는 인민학교시절 저녁마다 열었던 집단학습 후의 자기반성의 경험을 살려 남들보다 솔선수범하여 다른 사람들의 신임을 얻도록 노력했다. 한편 독일 의사들과의 접촉을 더 열심히 하여 독일어의 의사소통에 지장이 없도록 하였고 특히 독일어의 의학용어를 거의 마스터할 정도로 공부하였다.

김봉한 의사는 이제 금순이가 없으면 독일 의사들과의 의사소통은 물론 최신 의료장비의 운영까지도 어려울 것이란 것을 인정하였다. 김 선생은 금순이를 잘 훈련시키면 꽤 훌륭한 의료재목이 될 수 있을 것이란 생각을 하게 되었다. 김 선생이 비교적 간단한 수술을 할 때에는 다른 간호원들 사이에서도 금순이에게 기기를 담당하는 임무를 부여하여 수술도구를 배열하거나 정리하도록 하였다.

휴전협정이 체결되고 북조선사회는 복구의 열기로 뜨거웠다. 다행히 강계 일대는 만포선의 중간 역으로 중국과 조선의 군사적 왕래의 중심이 되었다. 강계야전병원은 조선인민군의 전시병원은 물론 중국의용군을 지원하는 의료단이 주둔하여 북조선의 중요한 병원으로 자리 잡았다.

전쟁은 끝났지만 전쟁의 후유증으로 고생하는 부상병들

과 퇴원할 수 없는 중증환자들은 전쟁의 영웅으로서 대우받았다. 야전병원은 더욱 확장되고 일손은 더욱 바빠졌다. 금순이는 오히려 바쁜 일과 속에서 안심하고 지낼 수 있었다.

휴일이라고 하여도 특별히 갈 곳도 없이 선옥이와 둘이 강계주변의 유적이나 경치 좋은 곳을 둘러보는 것이 전부였다. 그러는 사이에 북조선을 도우러 와 있던 중공군도 철수를 시작했다. 1950년 말, 중국의용군은 팽덕회 장군의 지휘 하에 얼어붙은 압록강과 두만강을 건너 북조선으로 들어왔었다. 금순이는 외국군대나 의료진들이 언젠가는 자기나라로 돌아가리라고 생각하고 독일이나 동유럽 의사들의 움직임에도 관심을 가지고 지켜보았다.

금순이는 독일어가 익숙해질수록 독일이나 유럽에 대한 선망이 더욱 커졌다. 전쟁 중에 독일인 의사들이 보여준 근면성과 책임감, 그리고 아무리 힘들고 피곤해도 얼굴에 떠도는 미소는 우리나라 사람들의 무뚝뚝하고 무표정한 것과는 상당히 달랐다. 언젠가 기회가 주어지면 꼭 유럽으로 가서 못다한 의학공부를 계속하고 싶었다.

금순이는 2년 이상을 독일에서 수입되는 의료장비를 조립하고 시운전해 보는 과정을 경험하였다. 또한 독일인들과 조선인들 간의 의사소통뿐만 아니라 새로운 의료기기를 설치, 시운전 등의 매우 전문적인 과정에 반드시 참여하여야 하는 특이한 존재가 되었다.

휴전이 된 지도 3,4개월이 지나고 찬바람이 북쪽의 압록강과 두만강을 건너오기 시작했다. 조선반도와 만주를 구별하는 압록강과 두만강이 얼어붙기 시작하면 북조선 사람들은 기대감과 함께 긴장감을 느낀다. 두 강이 얼어붙는다는 것은 만주와 조선반도가 하나가 된다는 의미이며 이것은 전통적으로 북방 이민족의 침입을 유도하는 조건이 되어왔다.

2년 전의 중국의용군이 조선전쟁에 참전한 것도 두 강이 얼어붙은 12월이었다. 이제 강이 얼어붙으면 추운 한밤중에 얼음 위를 걸어 남하하였던 것처럼 전쟁이 끝나 귀국하기 위해 강을 건널 것이다. 중국군들은 조선전쟁에 참전하여 도와준다는 상국의 위세를 톡톡히 부렸다. 전쟁이 막바지에 이르러 마지막 휴전협상이 지루하게 시간을 끌자 거의 탈진한 상태에서 병사들은 민간에게 화풀이를 하기도 했다.

어느 날, 강계야전병원에는 일대 소동이 일어났다. 김일성 장군이 야전병원시찰을 온다는 연락이 왔다는 것이다. 사실 전쟁 중 임시지휘소를 강계에 설치하고 김 장군이 이곳에 있다는 것은 많은 사람들이 알고 있었다. 인민군뿐만 아니라 중국인민의용군 사령부도 강계에 있어 사실상 강계는 평양을 대신하여 조선의 임시수도와 같은 위치에 있었다. 그렇지만 장군님이 이 초라한 병원을 직접 시찰한다는 것을 누구도 상상하지 못했다. 사람들은 어리둥절했다.

무슨 이유로 부상병들만 우글거리는 야전병원에 오는 것일까? 어디를 시찰하려는 것일까? 와서는 누구를 만날 것인가? 등등 추측이 만발했지만 하여튼 새해를 맞이하기 전에 이곳을 방문한다는 것이었다. 병원에서는 난리가 났다. 병원주위를 청소하고 병원까지의 도로를 보수하고 불결하게 보이는 쓰레기 소각장 등을 뒷쪽으로 옮기는 등 수선을 떨었다.

가장 문제가 되는 것은 부상병들의 의복과 병상의 덮개 등을 추위를 무릅쓰고 개천으로 가지고 가서 두들겨서 빠는 것이었다. 평상시에는 환자복이나 침상의 덮개 등이 낡고 더러운 것보다 부상부위를 치료하는 것이 더욱 시급한 것이었지만 김일성 장군이 직접 참관하는 현장에서 그대로 보여줄 수는 없는 일이었다.

드디어 12월 15일, 김일성 장군이 와본 적이 없는 강계 야전병원은 책임자나 의사들이 주눅 들게 할 정도로 어마어마한 경계가 펼쳐졌다. 강계는 전시 이후 항상 시내가 내려다보이는 산이나 언덕위에는 감시초소와 고사포가 있었고 통행인들에 대한 검사도 삼엄했다. 긴장감에 휩싸여 조용하던 병원주위가 갑자기 떠들썩하더니 장군께서 드디어 병원을 시찰하신다고 하였다.

인민군 경비병들의 바삐 움직이는 발자국 소리가 조용한 병실을 울렸다. 병실을 둘러보는 장군 곁에는 병원장을 비롯하여 병원 고위책임자들이 줄줄이 뒤를 따라다니고 있었다. 장군은 처음에는 병원에서 안내하는 경로를 따라 몇 개의 병실을 둘러보았지만 후반에는 안내를 무시하고 자신이 직접 이곳저곳을 둘러보아 안내하던 병원담당자들을 당황하게 하였다.

김일성 장군은 느닷없이 금순이가 근무하고 있는 운동장에 설치된 임시텐트병실로 들어왔다. 빨리 시찰이 끝나기만을 기다리며, 평소처럼 자신의 할 일을 하고 있던 임시텐트병실의 두 명의 간호원은 화들짝 놀라며 자세를 빳빳이 세웠다. 그들은 금순이와 또 다른 한 명은 독일의료팀으로 병원에 상주하며 마침 금순이가 있는 텐트병실에서 부상병들을 보살피고 있던 슈미트 선생이었다. 텐트병실은 일단 장군을 안내하는 공식순찰 병실에서 제외되었으므로 금순이와 슈미트 선생은 편한 마음으로 시찰이 끝나기를 기다리는 중에 있었다. 시찰준비 예행연습 중에는 장군이 앞에 왔을 때에 어떻게 하라는 태도와 대화 연습을 수없이 반복하였었다.

그러나 예상하지 못한 시간에 장군이 앞에 오리라고는 상상도 안 하고 있던 중에 갑자기 눈앞에 장군이 나타나자 온몸이 굳어졌다. 그러나 금순이는 곧 안정을 찾고 태연히 장군 앞에 섰다. 장군을 안내하던 병원장 이하 간부들은 외국 간호원과 금순이가 같이 있는 곳에서 혹시나 이 어린 간호원이 실수나 하지 않을까 조마조마한 마음으로 금순이를 바라보았다. 금순이는 긴장하였지만 옛날에 장군을 뵌 적이 있었던 것을 떠올리고 얼굴에 미소까지 띄우고 공손한 얼굴로 서 있었다. 장군은 독일 간호원에 잠깐 눈으로 인사하고 금순이 옆에 누워있는 전사 곁으로 가서 그의 손을 잡으며 물었다. 전사는 당황하여 몸을 일으키려고 애를 쓰는 것을 금순이가 재빨리 부축하여 앉혀주었다.

"동무는 어드메 전투에서 부상을 당했나?"

"네. 육군상병 김철훈. 저레 철원전투에서 부상당했습니다. 적을 무찌르지 못하고 부상당한 것이 한없이 부끄럽습네다."

"잘했어 잘했어. 동무같이 훌륭한 전사들이 잘 싸워서 우리가 이렇게 유리하게 휴전하지 않았갔어? 간호원동무. 이 전사를 극진히 간호하라우."

금순이와 슈미트 선생을 향하여 부드러운 미소를 보내며 병실을 한 바퀴 둘러보고 장군은 다른 곳으로 가려고 하다 슈미트 선생 옆에 있는 의료장비를 보고 멈추어 섰다. 장군은 그 장비를 가리키며 물었다.

"이거이 뭐하는 기계입네까?"

금순이는 김일성 장군을 가까이서 보는 것이 두 번 째였다. 5년전 금순이는 신안주 인민학교 학생회장으로서, 평안남도 소년단대표중의 한 명으로 평양에 가서 아직 소련군복을 입고 있었던 김일성장군을 만난 적이 있었다. 그러한 사실을 알 턱이 없는 다른 사람들은 금순이의 차분한 대응을 지켜보며 안도하였다.

"네 장군님, 이것은 전사 중에 심장이 멈추었을 때 급하게 살려낼 수 있는 기계입니다. 옆의 슈미트 선생께서 이 기계를 잘 다루십니다."

이어서 금순이는 슈미트 선생에게 뭐라고 설명하자 슈미트 선생은 장군님을 향해 그렇다고 고개를 끄덕이고 거수경례를 붙였다. 장군님은 신기한 눈길로 금순이를 바라보다가,

"이 간호원 동무는 대래 어려 보이는데 어드렇게 이리 외국말을 잘 합네까? 간호원 동무는 어디서 이런 말을 배웠오? 지금 몇 살이요?"

"네 장군님, 저레 지금 열일곱살입네다. 독일어는 이 병원에서 혼자 공부했습네다."

장군님은 감탄과 신기한 눈으로 금순과 슈미트 선생을 한 번 더 바라보고 병실과 병원을 둘러본 후 병원장을 따라 응접실에 자리를 잡고 병원현황에 대한 병원장의 보고를 받았다. 병원장은 강계야전병원의 병실 수, 의사들의 인원수, 간호원 수, 시설들을 보고한 후 전쟁을 겪으면서 강계야전병원을 거쳐 간 부상병들의 숫자를 보고하였다. 브리핑자료를 간단히 흩어 보고나서 장군은 병원장에게 질문하였다.

"병원장동무, 수고 많수다. 그런데 내레 들은 바에 의하

면 강계병원의 의사들이 매우 치료를 잘했다고 들었는데 어드렇게 그런 치료를 잘했어? 많은 부상전사들이 매우 고맙게 생각하고 있수다. 특히 부상병들에 대한 외과 수술을 잘한다고 들었는데, 거 외과의사 책임자를 좀 보자우요."

"아 네, 특별히 저희들이 잘한 거야 뭐 있가시오? 지금 책임 외과의사를 불러오갔습네다."

결국 김봉한 의사가 김일성 장군 앞에 불려왔다. 김봉한은 큰 죄를 지어 불려온 줄 알고 자신의 월북한 불량한 성분에 대해 불안하게 생각하며 장군 앞에 섰다.

"의사선생이레 이름이 뭐요?"

"김봉한이라 합니다. 저는 전쟁 중에 조국통일에 이바지하기 위하여 경성의과 대학에서 북조선으로 왔습니다."

김봉한은 자신의 신분이 불안한 나머지 묻지도 않는 월북하였다는 사실까지도 말했다.

"하하하. 김 선생. 정말 훌륭하오. 조국이 통일전쟁을 수행하는데 선생 같은 훌륭한 의사들이 부상한 전사들을 살려주었으니 얼마나 큰 공을 세웠오. 많은 전사들이 목숨을 건지고 선생께 고마워하고 있소. 내 언제 선생께 고마움을 표시하리다."

그렇게 김봉한을 칭찬하고 장군님의 병원시찰은 끝났다. 그렇지 않아도 휴전 이후 전쟁에서 부상당한 상이용사들이 강계야전병원에 대하여 고마움을 표시하는 칭송의 말이 사방에서 들려와 마음속에 고생한 보람으로 느끼고 있던 병원장 이하 모든 의사들은 장군님 앞에서 김봉한 의사가 직접 칭찬을 듣는 것을 확인한 후로 그를 존경하는 분위기가 병원 내에 가득했다. 병원의 분위기는 더욱 더 활기차지고 휴전을 맞이하면서 새로운 역할과 일이 맡겨지리라는 기대감에 부풀었다.

다음해 봄, 엄동의 겨울이 지나면서 중국의용병은 대부분 강 이북으로 돌아갔다. 금순이가 김일성 장군을 만난 일은 큰 영광이었다. 5년 전에 만났던 때와는 김일성 장군님도 많이 달라졌지만 지금은 금순이도 떳떳한 신분이 아니었다. 그러나 장군님에 대한 존경의 마음은 더욱 높아졌고 더욱 공부를 많이 하여 조국에 이바지하여야 하겠다는 결심을 하게 되었다. 선옥이도 금순이가 장군님 앞에서 답변을 잘하고 더욱이 슈미트와 함께 장군님께 외국어로 설명한 것은 앞으로 큰 역할을 하게 될 것이라며 치켜 주었다. 선옥이의 말은 동료로서 시기하거나 질투의 뜻이 전혀 없이 언니다운 어른스러움의 칭찬이었다. 금순이는 선옥이에게 한없는 정을 느꼈다.

6. 외갓집의 피난

상철이 부부는 이제 서서히 자신들의 주위를 조여 오는 어떤 위협을 느꼈다. 그것은 공산사회로 안정되어가면서 몇 년 전에 보았던 무시무시하고 잔인한 숙청의 바람이었다. 만약 전쟁이 이대로 끝나고 인민군이 다시 세상을 지배한다면 전쟁 동안에 일어났던 일들을 자세히 조사하고 그에 따른 사상적 처벌이 있을 것이었다. 특히 두려운 것은 지난번 유엔군과 국방군이 후퇴할 때 많은 사람들과 함께 남으로 피난을 갔다는 것은 사상이 불온하다는 증거일 것이다.

상철이 부부는 실제로 그들이 어디를 갔다 왔는지 자세히 몰랐다. 신작로를 따라 한 닷새가량 걸어 도착한 곳이 사람들이 말하기를 성천에 가까이 왔다고 수군거리는 것을 들었을 뿐이었다. 아이들은 어릴뿐더러 너무 피곤하고 지쳐 길가에 쓰러져 잠을 자려는 것을 끌고 다녔다. 결국 아이들에게 피난간 곳을 영원이라고 알려주기로 했다.

영원은 순천에서 더 북동쪽으로 대동강을 따라 올라간 산골짜기로 폭격을 피하러 피난가기에 적합한 곳이다. 아이들은 걷는 것에 지쳐서 앞과 옆에 보이는 높은 산맥만을 보았을 뿐이다. 이후부터 상철이 부부는 아이들 앞에서 일부러 피난 갔다 온 이야기를 하면서 영원이라는 곳을 자주 입에 올리기 시작했다.

과연 며칠이 지나면서 아이들은 자연스럽게 영원에서 보고 들었다는 이야기를 하기 시작했다. 상철이는 몇 년 전 영원을 거쳐 낭림산맥을 지나간 적이 있다. 낭림산맥 중 가장 아름답고 유명한 산이 묘향산이다. 묘향산은 금강산 못지않게 아름답고 산의 기력이 좋아 옛날부터 많은 선인들이 묘향산에서 도를 닦거나 공부를 하였다. 묘향산은 함경도와 평안도의 경계에 있어 조선반도의 척추와 같은 낭림산맥의 중심이다. 북조선의 중심을 흐르는 대동강과 청천강이 모두 낭림산맥에 그 기원을 두고 있다.

영원은 대동강이 시작된 끝자락에 자리 잡아 웬만한 난리가 아니면 그곳에서는 세상에 무슨 일이 일어났는지 알지도 못하고 지나갔다. 자신이 보았던 영원의 경치라든가 영원성곽 등 역사적 사적까지 예로 들며 가족들에게 영원의 현장감을 주기 위해 몇 번이고 아이들이나 아내가 있는 자리에서 이야기를 들려주었다. 그렇게 해야만 혹시 내무서나 동맹에서 가족이나 아이들을 상대로 피난목적지를 물었을 때 남으로 피난가다 돌아왔다는 의심을 피할 수 있으리라 생각했다.

실제로 피난에서 돌아온 지 한 달쯤 지나 상철이 부부가 장성강(순천을 흐르는 대동강지류)으로 물고기를 구하러 나간 사이에 여성동맹원이라는 사람이 찾아와 형식이와 은수에게 꼬치꼬치 묻고 갔다고 한다. 아이들 뿐만 아니라 늙은 할머니도 만나보고 아들이 어디로 피난 갔다 왔는지를 캐어물었지만 귀도 눈도 잘 보이지 않는 할머니는 손사래를 칠 뿐 명확한 대화가 불가능했다. 다만 아이들이 똑 부러지게 자신들이 본 것이 대동강과 낭림산맥이고 묘향산에 가까웠다는 말을 근거로 남으로 피난 갔다가 돌아온 것은 아니라는 확신을 갖고 돌아갔다.

집으로 돌아와서 아이들의 이야기를 듣고 불안한 마음에도 조금은 안도할 수 있었다. 본래 순천은 만포선과 평라선이 교차할 뿐만 아니라 여러 갈래의 신작로가 평양으로도 연결되어 있어 평양과 반대 방향인 영원으로 갔다면 그것은 남쪽으로 피난 간 대부분의 반동분자들과는 다르다는 것을 말해 주었다. 일단 당장의 의심은 풀었지만 앞으로 조사가 좀 더 진행되고 가족의 성분조사까지 이어지면 완전히 안전하다고 장담할 수는 없었다.

얼마간의 평온한 나날이 지나갔다. 순천역은 예전보다 더욱 남쪽으로 이동하는 병사들로 붐볐고 그들은 나이 어린 인민군 전사들이었다. 그 외에 대부분은 중국군 의용대원들이었다. 거의 대부분이 마르고 파리했지만 얼굴은 순박해 보였다. 그들은 남으로 이동하는 중에 농촌에 들려 숙박을 할 때에는 짊어지고 온 곡식을 내놓고 밥을 해 먹으며 농촌에 남아있는 할머니 할아버지들에게 "마마 파파" 하고 불렀다.

전쟁이 길어짐에 따라 폭격기도 매일 하늘을 맴돌았고 인민군이나 중공군의 부대 이동이 있을 때에는 언제 나타나는지 전투기가 날쌔게 날아와서 기총소사를 해댔다. 철로는 거의 매일 폭격으로 끊어지고 밤에는 끊어진 철길을 보수하기 위해 집집마다 한두 사람씩 불려나갔다. 낮에는 굴속에서 숲으로 위장하고 꼼짝 않고 있던 기관차가 밤이 되면 철길을 달렸다. 순천은 황해도에서 평안남도의 중앙을 통해 북으로 가는 주요 도로들이 지나갔다. 그런 이유로 신작로를 따라 북으로 가는 부상병들의 행렬이 끊이지 않고 이어졌다.

남으로 가는 피난민은 있을 수 없었지만 남에서 북으로 가는 인민군 부상병들 속에는 남에서 북조선을 선망하여 올라오는 사람들도 있었다. 그들이 마을에 들려 자고 갈 때는 마을 사람들에게 남반부는 곧 점령될 것이며 통일도 멀지 않았다고 큰소리쳤다. 마을 사람들은 그 말에 동감한다고 머리를 끄덕이고 박수를 쳤지만 마음속에는 반신반의하는 생각을 가지고 있었다.

마을 사람들은 지난번 유엔군과 국방군이 들어왔을 때

유엔군이 가지고 온 어마어마한 장비와 무기를 보았던 것이다. 물론 지금 중공군이 참전하여 후퇴하였지만 그것은 중공군이 인해전술로 수많은 병사를 죽이면서 밀고 내려왔기 때문이란 것을 모두 알고 있었다. 더욱이 마을 사람들의 마음속에 남아있는 것은 유엔군과 국방군의 자유스러움이었다. 사람을 옥죄이는 긴장감이 없고 마치 막혔던 숨통을 열어놓은 것처럼 시원한 숨을 쉴 수 있었던 자유의 분위기였다. 인민군이 들어오고 나서 시작된 밤낮으로 계속되는 보국대사업과 매일 저녁마다 반드시 열리는 자아비판의 총화 시간은 사람들을 공포심에 떨게 했다.

2월도 초순이 지난 어느 날 이웃에 사는 어릴 적 친구 응칠이가 상철이를 찾아왔다. 둘이는 해방 전부터 같은 동네에서 자라서 흉허물없이 친한 사이였다. 전쟁통에 이리저리 피난 다니느라 서로 소식을 모르고 지냈지만 지금은 그도 고향에 돌아와 인민위원회에서 일하고 있다는 것을 언젠가 들은 적이 있었다. 상철이는 인민위원회에 나가는 응칠이가 찾아온 것을 은근히 경계하는 마음으로 만났다.

"상철이 오랫만이야. 오마니는 안녕하신가? 애기들도 잘 크나? 전쟁통에 피난도 가지 않고 자네는 공화국에 정말 애국자야."

"어, 응칠이 자네가 웬일인가? 자네는 인민위원회에 나간다고 들었네만 바쁜데 웬일로 날 찾아왔나."

둘이는 그래도 옛날의 우정이 있어 정다운 인사를 주고 받았지만 지금은 둘의 사회적인 위상이 달라 서로 조심스럽게 상대의 의중을 떠보는 겉돌기 대화가 이어졌다. 그러나 응칠이가 갑자기 목소리를 낮추고 상철이에게 접근하여 은근한 목소리로 일러주었다.

"실은 오늘 인민위원회에서 자네 이야기가 나왔네. 자네 집안은 왜정시대부터 크진 않았지만 지주집안이 아니었나? 거기다 자네의 큰누나는 해방 이후에 남으로 내려갔지. 그리고 자네의 작은 누이는 거 안주의 애국지산가 뭔가 하는 반동분자의 아들한테 시집가지 않았나? 당장은 무슨 일이 일어나지는 않겠지만 아무튼 조심해야 할 것 같아서 내 옛날의 우정을 생각해서 오늘 일부러 자네를 보러온 거야. 자 그럼 난 이만 가네. 몸 조심하게."

응칠이가 돌아가는 뒷모습을 물끄러미 바라보다 상철이는 화들짝 깨달았다. '그렇구나 나야말로 공산사회에서는 용납될 수 없는 반동분자의 집안이로구나.' 여기에 생각이 미치자 한시도 고향에 그대로 남아있는 것은 마치 앉아서 죽음을 기다리는 것과 같이 생각되었다. 그런 결론에 도달하자 순천이 자신의 고향이 아니라 먼 타향에 있는 것처럼 서먹하게 느껴졌다. 그렇지만 이제 어떻게 해야 한단 말인가. 고향을 떠나 피난이 아니라 도망을 간다면 어디로 가야 한단 말인가. 눈앞에 있는 높은 벽돌공장이 지금은 일을 쉬고 있지만 앞으로 곧 일을 시작하려고 준비 중이었는데 지금 당장이라도 모든 것을 버리고 고향을 떠나야 한단 말인가? 혼자 이리저리 머리를 짜내다 해질녘이 되어 집으로 돌아왔다. 그는 온몸에 기운이 빠져 서있을 수도 없었다. 마루에 털썩 주저앉은 상철이를 보자 상철이 처가 황급히 다가와 물었다.

"왜 그래요? 어디 아프세요? 얼굴에 핏기가 없고 몸에 기운이 없어 보이는군요?"

"아무것도 아니요. 머리가 조금 지끈거려서 그럴 뿐이요. 아이들은 다 들어 왔오?"

"네, 지금 넷이서 안방 할머니 방에서 할머니에게 이야기해달라고 조르고 있어요. 학교가 오랫동안 쉬니까 공부할 생각은 안하고 맨날 옛날이야기만 들으려 하니, 참."

상철이는 아이들과 노모의 이야기를 듣는 순간 내가 이렇게 있어서는 안 되지 하는 생각이 들었다. 그는 빨리 어떤 결단을 내려야 한다는 생각이 들어 아내를 데리고 부엌으로 들어갔다.

"여보 내 말 잘 들으시오. 아까 웅칠이가 찾아 왔었오. 웅칠이 말이 오늘 인민위원회에서 우리집 이야기가 나왔다고 합디다. 인민위원회에서 우리 집은 본래 지주 집안이었고 반동 집안이라고 결론을 내렸답니다. 지금 어떻게 하지 않고 있다가는 큰일이 날 것 같소. 당신 생각은 어떻소?"

이야기를 들은 처는 몸을 와들와들 떨면서 말을 하지 못했다. 얼굴에 핏기가 사라지며 금방이라도 쓰러질 듯하였다. 상철이가 얼른 부축하여 부뚜막에 앉히고 조용히 등을 쓰다듬어주자 조금 마음을 진정하였다.

"그럼 어떻게 하지요? 하루 이틀 이렇게 있다가 모두 잡혀가면 후회해도 소용없지요? 우리 이왕에 피란도 갔다 왔고 또 영원에 갔다 온 것처럼 아이들도 속여 왔으니 오늘 밤에라도 모든 것 다 버리고 영원 쪽으로 도망갑시다. 내 생각으로는 듣자하니 남쪽으로 가는 사람들은 조사를 심하게 하지만 북으로 가는 사람들은 별로 조사를 하지 않고 도리어 환영한다고 합디다. 우리 빨리 준비하고 떠납시다."

여자는 이런 경우에 남자보다 결심이 빠른 모양이다. 조금 전의 핏기 없이 쓰러질 듯하던 아내가 어디서 그런 기운이 나오는지 남은 쌀을 모두 솥에 붓고 밥을 지었다. 멍하니 아내의 하는 것을 바라보던 상철이도 그 뜻을 짐작하고 즉시 할머니 방으로 들어가 어머니와 아이들을 앉혀놓고 차근차근 설명하였다.

"오마니, 잘 들으시라요. 너희들도 아버지 말을 잘 들어라. 우리는 오늘밤 집을 버리고 멀리 가야한다. 이제부터 우리는 이곳에서 살수 없단다. 오마니도 집에 남아서 집을 지키고 있을 수 없어요. 동네 사람들이 우리를 반동분자라고 한답니다. 내일이라도 우리를 잡으러 올지 몰라요. 지금 밥을 짓고 있으니까 배불리 먹고 전처럼 간단히 보따리를 하나씩 들고 떠난다. 알갔지? 자, 그럼 떠들지도 말고 울지도 말고 아버지 어머니 하는 대로 잘 따라 해라."

그날 밤 상철이네 식구는 할머니까지 모시고 밤길을 도와 장선강을 따라 길을 떠났다. 다행히 음력 정월 보름을 조금 지난 철이라 밤길은 밝으나 밤바람은 살을 에이듯 찼다. 하지만 남의 눈을 피해 도망가는 그들에게 추위는 큰 장애물이 아니었다. 첫날에는 밝은 그믐달빛에 눈 덮인 길도 잘 보이고 더욱이 강변을 따라 길 잃을 염려는 없이 북동으로 걸어가기만 하면 되었다. 2년을 끌어온 전쟁동안에 마을의 개와 닭을 모두 잡아먹었는지 마을을 지날 때도 개 한 마리 짖지 않았다.

집안 식구들은 할머니를 위시하여 아이들까지도 반동분자라는 말의 의미를 평소에 너무나 무섭게 들어왔기 때문에 지금 자기들이 어떻게 도망가고 있다는 것을 알고 조금도 불평하거나 엄살을 부리지 않았다. 첫날 밤 삼십리 가량을 걸어가자 동이 터왔다. 일단 순천을 벗어났으므로 조금 안도하여 마을에 들어가 쉴 곳을 찾았다. 마을에 남아있던 사람들은 북으로 가는 이 가족을 조금도 의심하지 않고 빈집으로 남아있는 곳을 알려 주었다.

그 집은 주인이 떠난 지 오래되어 벽도 지붕도 성한 데가 없었지만 잠시 몸만 쉬다 갈 곳으로는 그만한 데도 없었다.

주위에서 흩어진 나뭇가지와 지푸라기들을 모아 불을 지피고 언 몸을 녹이며 상철이 아내는 가지고 온 냄비에 주변의 얼음을 깨어 물을 끓였다. 할머니와 아이들을 불 주위에 앉히고 몸을 녹이게 하고 상철이는 일어나 동네의 상황을 살피러 밖으로 나갔다. 새벽 햇빛이 산봉우리 사이를 통해 밝아오는 산골짜기 마을에는 몇몇 집들이 듬성듬성 떨어져 있었고 아직도 조금 전 그에게 빈집을 일러준 집 이외에서는 연기도 오르지 않고 인적이 없는 것이 분명했다.

이 추운 엄동에 늙은 할머니와 아이들을 데리고 너무 서두르는 것도 무리라고 생각되었다. 상철이는 다시 돌아와 아내가 끓인 미음 같은 죽을 식구들이 나누어 마시는 것을 보고 자신도 한 모금 마셨다. 그러나 이곳은 순천에서 얼마 떨어지지 않은 곳이다. 아직도 안심할 수 있는 곳까지 충분히 가지 않으면 마음 놓고 쉬어서도 안 된다. 이곳에서 혜산까지 가려면 낭림산맥을 넘어야 한다. 길은 험하고 날씨는 춥지만 가는 데까지는 가야한다. 북조선에서 반동분자가 어떻게 처벌되는지 너무나도 많이 보아 와서 이까짓 고생쯤은 참고 견디어야 한다.

그는 특별한 사상이나 이념을 생각해본 적은 없지만 자유롭게 살 수 있는 곳이라면 어디라도 가야겠다는 생각은 가지고 있었다. 과거 해방되자 잠시 동안이었지만 왜놈들이 떠난 후에 느끼던 우리가 주인이라는 의식도 언제부터인가 공산화되면서 사라졌다. 공산화되기 바로 전에 그의 큰 누나가 경성으로 내려갔다. 그곳이 어떤 곳인지 잘 몰랐지만 쫓겨난 많은 지주나 인테리들이 남으로 내려간 것을 보아왔다. 그 후 전쟁이 일어나고 유엔군과 국방군이 들어왔다. 그도 남들과 함께 태극기를 흔들며 환호했다. 그 짧은 기간이었지만 숨쉬기가 달랐다. 그것이 자유라는 것인가. 지금 이 골짜기로 가족을 데리고 도망가면서 생각하니 이 세상 어딘가에는 자유롭게 숨 쉴 수 있는 곳이 있다는 것을 그도 알게 되었다.

상철이 부부는 눈이 한 길가량 쌓이고 시냇물도 꽁꽁 얼어붙은 산골길을 따라 조금씩 조금씩 산속으로 들어갔다. 영원성을 남동쪽으로 비스듬히 돌아 낭림산맥 속으로 들어갔다. 이제부터는 인가도 지나가는 통행인도 만나는 일이 없었다. 더욱이 전쟁이 한참이어서 산속에서 화전을 붙여 먹던 화전민들도 모두 그들의 터전을 버리고 떠나버려 상철이네는 만나는 사람도 없이 무사히 산중으로 깊숙이 들어갈 수 있었다. 그렇게 산중을 헤매기를 여러 날, 낮에는 높은 봉우리를 보고 밤에는 별을 보면서 대략 방향을 정하고 북동쪽으로 계속 들어갔다.

그런 중에 그들은 뜻지 않은 행운을 발견하였다. 지형이 험하기로 이름난 낭림산맥은 아이들과 노인을 거느린 상철이 부부에게는 접근하는 것도 쉽지 않았다. 추위를 피하기 위해 찾아든 양지바른 능선에서 그들을 맞이한 것은 얼마 전에 중공군부대가 진지로 사용하던 꽤 괜찮은 토굴을 발견한 것이다. 굴은 외부에서 보기에 나뭇가지로 잘 위장되어 쉽게 알아볼 수 없었지만 일단 안으로 들어가니 그곳에는 웬만한 인원이 머무를 수 있는 넓은 공간이 있었다. 그 속에는 사무실로서도 쓸 수 있는 공간과 훌륭하다고는 할 수 없어도 괜찮은 식료품들이 그대로 남아있었다.

그들 온 가족은 추위와 피로에 떨며 기진맥진한 채로 거의 사경에 이르러 이곳에 도착하였다. 위치도 잘 알 수 없는 첩첩산중의 토굴은 그들이 숨어 지내기에도 안성맞춤의 장소였다. 그러나 그들을 슬프게 한 것은 그곳까지 어렵게 부축을 받으며 걸어온 늙은 할머니가 쓰러지고 만 것이었다. 토굴 속 한 구석에 간이 침상을 만들어 눕히고 상철이 내외가 극진히 간호를 했지만 할머니는 기력이 다하여 결국 숨을 거두었다.

울음도 나오지 않을 정도로 지친 상철부부와 아이들도 할머니의 죽음을 눈앞에 보고 목이 찢어질 정도로 "꺼이꺼이" 쉰 소리로 울부짖었다. 그들은 토굴에서 얼마 떨어지지 않은 곳에 눈을 치우고 언 땅을 팔 수도 없어 결국 눈 속에 시체를 묻어놓고 언 땅이 녹을 때쯤 묻어드리기로 했다. 특히 은수는 순천 외갓집에 와서부터 자기를 따뜻이 사랑해주시던 외할머니가 죽은 것을 슬퍼했다. 외할머니는 마지막

숨을 멈추기 전에 기운 없는 손을 들어 상철 부부에게 손으로 은수를 가리키며 당부했다. 불쌍하게 죽은 둘째딸의 아들인 손자를 놓고 가는 것이 마음에 걸렸던 모양이었다. 상철이도 동생들 중에서 가장 예뻐했던 누이동생의 아들을 걱정하지 않아도 된다는 표시를 할머니에게 하자 비로소 편히 눈을 감았다.

그들은 하늘이 도운 동굴 속에서 겨울을 날 수 있었다. 산속에서 생활은 중공군이 사용하다 놓고 간 식량이며 땔감이며 하다못해 덮다버린 담요까지도 그들 가족이 쓰기에는 충분하여 겨우내 큰 어려움이 없었다. 그곳에 차츰 익숙해지자 동굴 위의 산 정상에 올라가 멀리보이는 지세를 살피고 그곳의 위치를 짐작하였다. 때로는 상철이는 형식이와 은수를 데리고 능선 부근에서 산토끼를 비롯한 작은 동물들을 잡아 가죽을 벗겨서 말렸다. 아이들은 비록 어리지만 산속생활이 길어지면서 행동이 민첩해지고 체력도 점점 놀랄 만큼 성장해 갔다. 산짐승의 고기는 산속생활에서 부족하기 쉬운 단백질 등 영양을 보충하기에 충분할 뿐만 아니라 말린 가죽은 자신들의 옷으로 썼다. 봄이 되어 높은 산속의 눈도 녹기 시작할 무렵에 어머니 시체를 땅에 묻고 제사를 지냈다. 그곳에 다시 찾아올 가능성은 없어보였지만 작은 봉분 앞에 참나무 표지도 세워놓았다.

산속 생활이 다음 해 초여름까지 길어지면서 그들이 잡은 토끼 가죽은 수백 장에 이를 정도로 쌓였다. 이제 눈도 녹아 그들은 산 능선을 따라 북으로 계속 이동하기로 하였다. 상철의 생각으로는 남쪽으로 이동하는 것보다 북으로 이동하는 것이 나을 것 같았다. 일단 북으로 이동하면 혹시 붙잡히는 일이 있어도 의심을 덜 받게 되리라 생각하였다. 남의 눈을 의식하지 않고 산길을 걸으며 과거 화전민들이 살던 움막과 텃밭에 남겨진 채소도 뽑아먹을 정도로 천천히 이동하였다.

7. 명순이, 능력을 인정받다

세월은 빠르게 흘렀다. 차라리 전쟁을 치르고 있을 때는 한순간 한순간을 세면서 지내고 그 순간순간이 의미를 가지고 있었다. 그 순간들의 하나하나는 생사와 관련이 되거나 운명을 좌우하는 전향점과 같았다. 하지만 평화로운 생활 속에서 세월은 다시 길게 늘어나 세세한 부분으로 속도감을 가지게 되었다. 휴전이 되고 2년이 흘러갔다. 그 사이에 독일 의료단이 자기네 나라로 돌아갔고 슈미트 선생도 돌아갔다.

슈미트 선생이 떠날 때 그녀는 금순이에게 언젠가 독일로 공부하러 오라고 했고 자기가 돌아가서 형편을 보아 금순을 초청하고 싶다고 했다. 금순은 떠나는 슈미트 선생을 붙들고 매우 안타까운 이별의 눈물을 흘렸다. 전쟁을 겪으며 외롭던 금순에게 이방인인 슈미트 선생의 우정은 주변의 시선과 질시를 차단해주는 두꺼운 보호막으로 작용하였었다. 이제 슈미트 선생이 떠나면 금순이는 엄청난 외로움을 느끼게 될 것이다.

이제 강계는 매우 정이 들어 강계주변의 산과 강은 물론 고장의 역사를 간직해온 유적들도 시간이 나는 대로 구경하였다. 강계분지에는 작은 지류인 장자강이 남에서 북으로 흘러 압록강으로 들어가고 동쪽에는 낭림산맥의 백삼봉이 서쪽에는 강남산맥이 둘러있다. 평균 고도가 300m정도이지만 연평균기온이 6도 안팎인 겨울엔 영하 6도, 여름엔 23도 정도이며 연강수량 대부분이 여름에 집중되는 대륙성기후이다. 수목은 우리나라 다른 지방과 마찬가지로 소나무, 참나무, 가문비나무, 이깔나무 등이 많다.

강계에는 인풍루 등 누각과 향로약수, 직폭 등 풍광이 아름다운 지역이 많고 특히 향로약수는 인근에서 약수를 마시러 오는 사람들이 끊이지 않았다. 금순이는 강서에서도 약수를 마셔본 적이 있어 향로약수를 맛보고는 그 맛의 미묘한 차이가 신기하기만 했다. 약수의 치료효과가 소문이 나서 강계에 오는 사람들은 반드시 향로약수를 찾았고 주변의 여관에 며칠씩 묵으며 마시기도 하고 몸에 바르기도 하면서 쉬었다. 멀리 사는 사람들은 소달구지를 끌고 와서 약수를 싣고 갔다. 야전병원의 환자들도 몸을 움직일 수 있는 환자들은 약수를 마시고 바르고 하며 아픈 곳을 치료했다. 신기하게도 약수의 효과는 만주까지도 소문이 나서 중국인민군은 물론 만주에 사는 사람들도 약수를 마시러 왔다.

휴전 다음해 봄에는 모처럼 시간을 내어 김 선생님을 모시고 선옥이들과 함께 인풍루로 봄놀이를 갔다. 남쪽에서 올라오는 봄의 기운은 진달래, 철쭉, 개나리, 벚꽃 등 온갖 화려한 꽃들을 인풍루아래 연못가에 흐드러지게 피웠다. 강계의 겨울은 남쪽의 다른 곳에 비하여 길고 기온이 낮아 늦게 핀 봄꽃들은 유난히 화려하고 아름다웠다. 이제 병원식구들은 전쟁이 끝났으니 어떻든 자신들의 고향이나 새로운 직장을 배정받아 떠날 것이다.

당장은 아닐지라도 언제든지 명령이 내려오면 새 임무를 받고 가야하기 때문에 봄나들이를 나온 의사나 간호원들의 마음속에는 이것이 아마 마지막 모임이 될 것이라는 느낌이 있었다. 금순이는 선옥이 옆에 꼭 붙어 떨어지지 않았다. 둘이는 무언중에도 전쟁이 끝나고도 돌아갈 고향이 자신을 반겨주지 않을 것이란 것을 알고 가능하면 강계야전병원이 그대로 자리 잡고 이곳에 머물러 있게 되기를 바랐다. 둘이는 김봉한 선생의 인품과 의술 등에 매료되어 늘 선생님의 곁을 맴돌았다. 멀리 떨어져 앉아서 다른 사람들과 어울려 이야기하고 웃고 떠드는 중에도 김 선생의 행동 하나하나를 놓치지 않고 바라보았다.

그는 다른 의사들과 무언가가 분명히 달랐다. 우선, 경성에서 와서 당연한 사실이지만 그의 말씨는 곱고 부드러웠다. 억세고 된소리가 강한 평안도나 함경도 말씨와는 너무도 달라 처음에는 여자들처럼 애교를 부리는 것이라고 오해를 하기도 했다. 행동과 말씨는 물론 그는 의학 이외의 다방

면의 취미나 지식도 해박하여 가끔 혼자 있을 때 켜는 소련제 바이올린 솜씨는 과연 경성제국대학 의사는 다르구나 하는 부러움의 대상이 되었다.

어느 날, 진료가 없어 잠시 쉬는 시간에 병원 앞 휴게소에서 금순이는 김봉한 선생을 우연히 만났던 적이 있었다.

"금순동무는 좋겠습니다. 이제 전쟁도 끝났으니 집에 가서 아버지 어머니를 만날 수 있겠지요. 가족들은 무사하겠지요?"

"모르갔습네다. 전쟁 중에 뿔뿔이 흩어져서 죽었는지 살았는지 모르갔시오. 집에도 가야할지 말아야할지 모르갔습네다. 선생님 저는 이 병원의 생활이 좋습네다. 가능하면 오랫동안 이 병원에서 일하고 싶습네다."

금순이의 말을 듣고 김 선생은 아무 말도 하지 않았다. 그 말속에 무슨 의미가 있는지 공산사회 생활에 익숙하지 않은 김 선생은 전쟁이 끝났다고 모든 것이 허용되는 사회는 아닐 것이라는 막연한 불안감이 있었다. 금순이의 가족에 어떤 사연이 있는지 금순이 본인이야 말할 수 없이 똑똑하고 성품도 조용하여 개인적으로 호감이 가지만 그렇다고 꼬치꼬치 물어볼 수도 물어보아도 안 되는 것이 공산사회라는 것을 몇 년 동안의 북조선생활에서 배웠던 것이다.

강계에 설치되었던 임시 지휘소도 평양으로 옮겼고 들은 바에 의하면 평양에도 새로운 병원이 설치된다고 하였다.

어느 날, 병원에 평양으로부터 연락이 왔다. 김 장군께서 김봉한 선생을 보려고 하니 어느 날까지 평양에 출두하라는 전보였다. 병원에서는 금세 야단이 났다. 이것은 보통의 출장명령서와는 달랐다. 출두하는 목적과 언제 돌아가게 될 것이라는 기한의 명시가 전혀 없이 보통강구역의 어느 곳으로 출두하라는 명령서뿐이었다. 평양은 전쟁으로부터 복구가 덜 되어 아직 어느 기관이 어디에 있는지 강계에서는 도무지 알 수가 없었다.

김 선생은 급히 출장채비를 하고 새벽 시간에 강계역에서 기차를 탔다. 강계역에서 만포선을 타면 개천 순천을 거쳐 바로 평양이다. 그러나 선로가 곳곳이 파괴되고 복구가 완전하지 않아 평양까지는 하루 밤낮이 걸리는 거리였다. 김봉한 선생이 평양에 가 있는 동안 강계야전병원에서는 조용함 속에서도 온갖 소문과 추측으로 시끌시끌했다.

누구는 이번에 김 선생이 큰 상을 받게 될 것이라고 말하는가 하면 그렇지 않고 김 선생이 남조선에 있는 동안 불온한 사상이나 활동을 했기 때문에 그것에 대한 처벌을 받게 되어 아마 돌아오지 못할 것이라는 등등의 추측이 난무했다. 금순이도 은근히 김 선생의 안위가 걱정이 되어 일이 손에 잡히지 않았다. 선옥이를 만나 선후의 일을 이야기했을 뿐이었다. 떠난 지 7일째가 되어 김 선생은 환한 얼굴로 강계역에 내렸다. 떠날 때의 긴장감과 어두운 근심의 얼굴은 환한 기쁨의 표정으로 바뀌어 있었다. 김 선생이 들려준 그간의 일정은 다음과 같았다.

김 선생이 명령대로 저녁 늦은 시각에 평양역에 내리자 새까만 하이야(세단) 한 대가 역 앞에 기다리고 있었다. 김 선생은 마중 나온 장교로부터 매우 정중한 안내를 받아 모란봉 근처의 숙소에 들었다. 숙소는 새로 지은 2층 건물로 내부시설은 김 선생이 지금까지 보았던 어떤 건물보다도 훌륭했다. 하루 동안의 여행으로 피곤했던 몸을 뜨거운 목욕으로 풀고, 다음날은 그 장교의 안내를 받으며 평양을 구경하였다. 김 선생은 물론 평양이 처음이고 대동강가의 모란봉, 능라도, 을밀대 등의 명승지를 돌아보았다.

비록 전쟁 중에 폭격으로 대동강 다리며 시가지 등이 많이 파괴되었지만 김 선생의 눈에는 우리 조선의 아름다움이 그대로 남아있는 것이 얼마나 고마운지 몰라 눈물이 났다고 했다. 하루를 평양시내 구경으로 보내고 다음 날은 별도로 지급된 양복으로 갈아입고 장군님을 뵈러 어딘가의 사무실로 안내되어 갔다. 오전 10시경 김 선생이 안내된 장소로 들어서자 많은 사람들이 기다리고 있다가 박수로 맞이했다. 너무 놀라 정신없이 장군님 앞의 의자에 앉으라는 대로 자리에 앉은 후 마음이 진정되어 둘러보니 오십여 명의 사람들이 자신을 바라보며 박수를 치고 있었다.

자세히 보니 김 장군 앞의 왼쪽으로 배열된 사람들은 대부분 견장에 별을 단 높은 계급의 사람들이었고 오른쪽에 선 사람들은 목발을 집거나 아직도 머리를 붕대로 싸맨 사람들이었다. 금방 이 사람들이 자신이 치료해준 인민군 전사들이구나 하는 느낌이 들었다. 환영의 박수가 끝나자 김 장군이 손을 내밀어 진정하라는 손짓을 하고 말을 하였다.

"내레 이번에 우리 조선의 해방전쟁에서 우리 인민군 부상전사들을 치료하여 크나큰 공을 세운 김봉한 의사선생을 여러분에게 소개하려고 이 자리를 마련했수다. 여러분 다시 한 번 박수로 김 선생에게 감사를 표시합시다(박수소리). 지난번 강계야전병원에서 선생을 뵈었을 때에는 자세한 이야기를 들을 시간이 없었는데 오늘은 좀 자세히 듣갔시오. 전쟁통에 수많은 인민군 전사들이 목숨을 잃었지만 강계야전병원에 후송된 부상 병사들은 다른 병원에 비하여 생존율이 월등히 높았던 것을 알 수 있었습네다. 이거이 너무나도 뚜렷하여 모두들 놀랐는데 거기에는 강계야전병원만이 가지고 있는 무슨 특별한 치료기술이 있는 것이 아닌가하는 의문이 생겼수다. 이 옆에 서있는 부상병들은 모두 강계야전병원에서 특히 선생으로부터 수술을 받고 목숨을 건진 전사들입네다(이때 다시 박수소리). 그래서 말인데 선생은 다른 의사들이 모르는 어떤 특별한 수술이나 치료법을 쓴 것이 아닌지요? 그것을 오늘 이 자리에서 듣고 싶습네다. 자 뭐 숨기거나 사양할 것 없이 말씀해 보시라요."

김봉한 선생은 김 장군의 말에 어찌 할 줄 몰랐지만 결국 자신의 솔직한 의견을 말하지 않을 수 없었다.

"장군님께서 이렇듯 저를 칭찬하시니 몸 둘 바를 모르겠습니다. 저는 특별히 좋은 기술이나 마술을 부린 것도 아니고 그저 저와 저의 병원 동료들은 의사의 본분인 치료를 묵묵히 했을 따름입니다. 3년간의 전쟁동안 저희는 우리 애국 인민군전사들을 치료하는데 정성을 다했을 뿐입니다. 결과가 이렇게 좋게 나와 그저 황송하고 어리둥절할 뿐입니다."

"그래도 한두 건이라면 우연일 수 있지만 이건 수만 건의 부상병을 살린 것이니까 틀림없이 무슨 다른 의료진과는 다른 점이 있을 것입니다. 그것을 잘 생각해 보시고 말씀해 보시라요."

"글쎄요. 장군님 앞에서 괜히 사양만하거나 호기로운 말씀만 올릴 수는 없습니다. 다만 제가 한 가지 유의하였던 점이 있다면 이렇습니다. 저는 본래 한의사를 하신 부친의 동양의학에 영향을 받아 현대의학을 공부하면서도 아직 풀리지 않은 수수께끼 같은 의문을 가지고 있습니다. 그것은 동양의학에서 중시하는 기(氣)라든가 경락(經絡) 같은 것이 실제로 우리 몸에서 어떻게 작용하는지 증명하는 문제입니다. 저는 평소에 이런 문제를 무시할 수 없다고 생각하여 사람의 몸을 수술할 때 수술부위에서 나타나는 소소한 현상, 좀 구체적으로 말하면, 몸을 절개했을 때 흰 거미줄 같은 것들이 무슨 작용을 하는지 모르지만 이러한 것들도 무시해서는 안 된다고 생각하였습니다. 저는 부상 부위를 수술할 때 그러한 실 같은 것들을 가능하면 걷어내지 않고 끊어지지 않도록 피하고 조심하면서 수술하려고 노력했습니다. 잘은 모르지만 제가 다른 의사님들과 다를 것이라 추측되는 것은 이것뿐입니다."

김봉한의 말을 듣고 있던 사람들은 말이 끝난 다음에도 한참동안 모두 조용히 있었다. 김 장군도 묵묵히 듣고 있다가 드디어 박수를 쳤다. 모두들 그제야 얼굴에 밝은 빛을 띠며 박수를 치고 머리를 끄덕거렸다.

"이거이 정말 대단합네다. 김 선생님이야 말로 우리 조선의 새로운 의술을 개발한 것입니다. 나도 그거이 뭔지 모르겠지만 선생은 수천 년 동안 내려온 우리 의술의 훌륭한 점을 직접 실천하신 겁니다. 내 반드시 김 선생을 도와 우리나라의 새로운 의술을 새로 발굴하도록 하갔시오."

이것이 김봉한 의사가 강계로 돌아와서 들려준 평양방문의 핵심 이야기였다.

그로부터 두 달이 지났다. 김봉한이 평양을 방문하고 돌아온 이후 그동안 기록해 두었던 의료일지를 모두 찾아내어 다시 정리하는 작업이 금순이와 선옥이를 위시하여 병실의 김 선생 팀이 하는 일이 되었다. 전시 중에는 너무 바빠서 매일 자세한 수술과정과 환자의 경과를 적어놓는 것은 불가능했다. 그래도 그 팀이 아직도 흩어지지 않고 같이 일하고 있으므로 기록을 보면서 빠진 것을 보충하는 것은 지금 하지 않으면 모두 잊혀지고 없어질 귀중한 자료들이었다.

그런 어느 날 평양으로부터 약간 긴 명령서가 하달되어 왔다. 김봉한 의사를 중심으로 새로운 의료팀을 구성할 것이며 그 팀이 필요로 하는 예산과 장비를 제공할 것이라는 내용이었다. 김봉한에게는 별도로 특별지시가 전달되었다. 새로운 의료팀을 운영하는데 필요한 장비가 있으면 평양의 부흥부로 요구하라는 문서였다. 김봉한은 놀랐다. 김 장군의 결심 하나에 이렇게 일사천리로 일이 진행되는 것을 보고 너무나 기쁜 나머지 내 한 몸 다 바쳐서 조국의 의료부흥에 힘쓰겠다고 맹세했다.

김봉한은 즉시 금순이와 선옥이를 불렀다. 과거 북조선에 들어와 있던 독일의료팀에 장비 지원을 요청하기로 했다. 지금 그러한 요청서를 작성할 수 있는 사람은 금순이 한 사람뿐이었다. 금순이는 김 선생으로부터 앞으로 해야 할 과정에서 자신의 역할을 듣는 순간 무엇인가 자신의 앞에 큰 인생의 전환이 일어나는 듯한 느낌을 받았다.

이제 비로소 새로운 삶의 기회가 오고 자신은 이 기회를 반드시 잡아야 한다는 절실함을 느꼈다. 늘 자신의 어딘가를 억눌러오던 무거운 바윗돌이 떨어져 나갈 것 같은 찰나

의 느낌이 들었다. 이제 모든 힘을 다 쏟아 이일을 성공시켜
야 한다는 알 수 없는 부름의 소리가 들려오는 것이었다. 금
순이는 그 옛날 동생 상수를 데리고 캄캄한 논길을 걸어 예
배당에서 돌아오던 기억이 스치고 지나갔다. 간절히 바라면
이루어진다는 그 어느 구절의 성경말씀이 들리는 듯 했다.

　김 선생 앞에서 그런 기색을 보이진 않았지만 독일 의사
들에게 도움을 요청하는 일이 자신의 역할로 결정되자 금순
의 하루는 빛이 났고 아무리 일을 하여도 지치지도 않았다.
우선 그동안 안부만 주고받던 슈미트 선생에게 조국이 휴전
후에 일어난 상황과 김봉한 선생이 그 역할을 수행하여야
한다는 사연을 보내고 그 일에 독일의료팀의 실무자로서의
역할을 슈미트 선생이 하여 줄 것을 요청했다. 슈미트 선생
은 귀국 후 동부독일 드레스덴대학 부속병원에서 일하며 몇
년 동안 동양의 작은 나라에서 일어난 전쟁에 참전하여 많
은 부상자를 치료한 것을 인생의 보람으로 느끼며 살고 있
었다.

　독일에 귀국한 후 그녀는 북조선에서 의사로서 같이 일
했던 자일러 의사와 결혼하였다. 슈미트 선생이 남편 자일
러 의사에게 금순으로부터 받은 편지를 보여주자 그는 두
손을 들어 올려 만세를 부르며 감격하였다. 그들은 조선에
서 알고 지내던 김봉한 선생과 금순이를 잊을 수 없었다. 김
봉한 선생은 의학지식도 해박할 뿐만 아니라 점잖고 따뜻한

인품이 외국인인 그들에게도 너무나 인상적이었으며 그가 수술할 때 독일 의사들로서는 이해하기 어려운 논리를 펴며 일반적으로 소요되는 수술시간보다 긴 시간을 사용했던 것이 기억에 남았다.

그런 결과인지 김 선생의 논리는 앞으로 그들도 연구해 볼 생각을 가지고 있지만 하여튼 결과적으로 많은 생명을 살렸고 지금 북조선의 지도자 김일성을 감격하게 한 것이다. 금순이도 그 어린 나이에 처음 보는 외국어를 가르쳐주는 선생도 없이 독학으로 익힌 것을 그들이 직접 보았던 것이다. 실로 천재라고밖에 표현할 수 없은 똑똑하고 귀여운 소녀. 지금 김봉한 선생과 금순이가 자신들에게 도움을 요청하고 있는 것이다. 그야말로 이런 인연으로 다시 북조선을 도울 수 있게 된 것을 좋은 기회라고 생각하여 다방면에 연락을 하며 열심히 돕기로 했다.

우선 그들은 금순에게 정식 외교상에 쓰이는 편지의 형태를 여러 벌 만들고 독일에서 최근에 사용하게 된 의료기기의 목록과 사진을 보내주기로 했다.

편지를 보낸 지 몇 달이 지나지 않아 슈미트 선생으로부터 최근의 안부소식과 자신에게 꼭 필요한 자료를 한 상자 받게 된 금순은 너무나 고맙고 감격하여 곧 김 선생에게 가지고 가서 자세한 경과를 설명하였다. 김 선생은 자신이 생각하고 있던 것 이상의 일이 순조롭게 진행된 것을 듣고 금

순의 능력과 열의에 감탄하였다. 독일에서 보내온 의료기기
목록은 독일 의사들이 강계야전병원에서 일하며 현장에서
겪었던 경험에 근거하여 조금도 부족함이 없이 모든 목록을
포함하고 있었다.

그렇게 일은 순조롭게 진행되어갔다. 김 장군의 직접적
인 지시가 내려지자 누구도 예산문제라든가 새로운 의료팀
구성에 이르기까지 이의를 제기하는 사람은 없었다. 거기
에는 휴전 후 많은 전상자들의 요구를 하루빨리 수용하여야
한다는 시급성과 북조선과 독일 양측의 열의가 합치된 까닭
도 있었다.

독일에서 보내온 자료들은 사실 독일에서도 최첨단 장비
들로서 평범한 의사들은 들어보지도 못한 기기들이 많았다.
그러나 북조선에서는 우선 기기를 받아들이는 것이 먼저이
고 기기구입에 필요한 예산은 정부 간의 협의에 의해 어떻
게든 해결될 것이라는 낙관적인 면이 있었다. 개인이나 국
가나 고난을 극복하고 난 직후에는 무슨 일이든지 희망에
부푸는 것이 보편적인 심리이다.

기기구입 및 인도가 매듭지어지자 기기운용에 필요한 의
료인원의 훈련이 필수적이었다. 새로 구입한 기기는 김봉한
의사가 강계야전병원에 부설로 설립한 의료팀—장군님의 지
시로 '주체의료팀'이라고 부름—에 설치하고 북조선에서 최
고의 의료시설을 갖춘 병원으로 탄생하게 되었다. 의료팀의

훈련을 위하여 약 20명의 남녀 인원을 독일로 파견하기로
했다. 김봉한 선생의 신임을 받은 금순이와 선옥이는 자동
으로 그 팀의 일원으로 참가하게 되었다.

8. 독일 파견

때는 1956년 5월, 열아홉 살의 금순이는 동료 20명과 평양에서 김일성 장군의 조국을 위해 헌신하라는 훈시를 받았다. 이들은 전후의 부흥사업에 필요한 유학생의 신분으로 독일로 파견되는 것이었다. 인솔자로 외무성의 직원이 한 사람 감독 겸 동행하지만 독일에서의 전문 독일어 통역은 결국 금순의 몫이 되었다. 바쁜 출발준비를 서둘러 끝내고 평양역을 출발하였다.

호화열차를 처음 타보는 의료팀은 너무 기쁘고 흥분하여 소리를 지르고 좋아했다. 열차는 6인이 함께 타는 침대칸이었다. 열차는 청운의 꿈을 안은 젊은 의료진들을 태우고 천천히 달렸다. 젊은이들 중에 특히 금순이는 열차가 신안주역에 가까워지고 꿈에 그리던 송림산과 송성마을이 천천히 눈앞을 지나갈 때 복받쳐 오르는 눈물을 주체할 수 없었다. 5월의 송성은 넓은 안주평야의 논들을 거느리고 여왕처럼 아담한 자태를 뽐냈다. 소나무 숲을 배경으로 뽕나무 복숭아나무 사과나무 등이 초록빛 신록에 싸여있었다. 눈물이 앞을 가렸지만 눈을 깜빡이는 것도 멈추고 마지막 지나가는 고향을 눈 속에 담았다.

신안주역에 잠시 정차한 사이 옛날 살던 집이 지척에 보여 더욱 가슴을 아프게 하였다. 역주변의 거리며 매일 지나다니던 광장과 협동상점들이 빙글빙글 돌며 지나갔다. 신안주역을 출발하자 바로 청천강 철교를 건넜다. 철커덩거리는 열차 바퀴소리도 정답게 들리는 속에 푸른 강물이 5월의 햇빛을 반사하여 반짝였다. 이 장면은 아마 평생 잊지 못할 것이다. 청천강다리를 건너고 서너 시간 후에 열차는 신의주에 도착했다.

여기가 조선의 마지막 국경도시다. 국경을 넘는 간단한 수속이 열차 내에서 진행되었다. 수속이 끝나고 열차는 바로 출발하였다. 의료팀들은 신의주역을 출발하여 압록강 철교를 건널 때 압록강 상류의 위화도 위로 초여름 안개가 피어오르고 그 뒤로 멀어져가는 신의주를 바라보면서 저마다의 장래에 대한 각오를 다졌으리라. 이 다리를 건너면 조국을 완전히 떠나게 된다. 여러 사람들 마음속에는 조국과 잠시나마 이별한다는 아련한 슬픔이 지나갔다. 무심하게 흐르는 강물을 바라보면서 어렸을 적 고향과 청천강을 생각했다.

그때는 어머니가 살아계셨고 온 가족이 매일 행복하게 웃고 즐겁게 살았다. 금순이는 일찍 철이 들었다고 어른들의 칭찬을 들으며 집안일은 거의 어머니 대신 도맡다시피 했다. 아침저녁 밥을 짓고 빨래를 하고 동생 학교 갈 준비시키고 그러고도 자신의 학교공부는 물론 집안을 알뜰히 정리하였다. 학교에 가면 전교의 학생들이 금순이의 말을 따라 일사분란하게 움직였다. 금순의 팔에는 소년단의 계급으로 최고인 굵은 붉은 줄 세 개가 쳐져 있어 학교의 남녀 모든 학생들의 선망의 대상이었다.

금순이는 전 학년을 인솔하고 가을 소풍을 갈 때 청천강변을 따라 행진곡을 힘차게 부르며 갔다. 공기는 싱그럽고 강 건너 먼 산 위에 흰 구름이 두둥실 떠있고 학생들이 부르는 행진곡은 아름다운 메아리를 남기고 강 위로 퍼져 나갔다. 청천강은 잔잔한 물결위에 햇빛을 반짝이며 어린 학생들을 칭찬하는 듯했다. 그때 부르던 그 노래 '소년단노래'가 지금도 귓가에 맴돌았다. 잠시 혼자의 생각에 골똘하다 퍼뜩 제정신으로 돌아온 금순이는 이 순간 자신의 장래를 자신의 능력으로 개척해 나갈 것이라는 굳은 결심을 했다. 금순이는 이제 조국을 떠나는 마지막 순간이라고 생각하면서 가슴속에 흐르는 눈물을 참았다.

열차는 느릿느릿 북으로 달려 저녁 무렵에 하얼빈에 도착하였다. 전쟁에 파괴된 조국의 강산과는 달리 하얼빈의 야경은 눈이 휘둥그레질 정도로 휘황찬란했다. 세상에서 전쟁으로 고생하고 있는 것은 우리 민족밖에 없다는 것을 새삼 깨달았다. 잠시 후 다시 출발한 열차는 다음 날 아침 중국과 러시아 경계선인 흑룡강(아무르강)을 건넜다.

그 넓고 광활한 강물을 보면서 몇백 년 전만 해도 우리 조상들이 이 광활한 들판의 주인공이었다는 것을 배운 적이 있다. 김일성 장군도 그중의 한 분으로 다시 한 번 머리가 숙여졌다. 열차는 다음날 정오경 하바로프스크역에 도착하여 물과 식료품을 싣기 위해 약 6시간을 머문다고 했다. 시베리아를 지나가는 동안은 아직도 인가가 드물고 음식과 연료를 공급받는 도시가 매우 드물다고 했다. 이틀이나 열차에 갇혀있던 젊은 남녀들은 좋아라고 시내를 거닐며 조선 사람이나 중국 사람과는 다른 하얀 백인들의 생활을 신기하게 구경하였다.

강계에서는 같은 병원에 근무하던 동유럽 사람들을 본 적은 있지만 그들은 모두 의사들이어서 보통 생활을 하는 백인들, 그것도 젊은 여자들이나 어린아이를 보는 것은 신기했다. 중국 하얼빈과 러시아의 도시들은 모두 현대적인 유럽식 건물들로 가득 차 있고 먹을 것 입을 것들이 풍부한 듯 했다. 매일 배를 곯고 굶어 죽어가는 사람들이 가득한 조국을 생각하면 전혀 별세계에 온 것 같았다. 시내를 조금 걸어가자 시끌벅적한 시장이 나타났다. 호기심에 가득한 젊은 사람들이 러시아의 전통시장으로 걸어 들어가자 시장 한가운데에서 신기하게도 우리와 용모가 똑같은 아주머니들을 볼 수 있었다. 부지런히 물건들을 팔고 있던 아주머니들이 금순이 일행을 보고는 금방 반갑게 인사를 걸어왔다.

"동무들은 어디메서 왔소? 북이요 남이요?"

"우리는 북조선에서 왔수다. 아주머니들은 언제부터 이곳에 살고 있습네까?"

"우리야 왜놈들에게 쫓겨 여기까지 왔지요. 우리 할아바지 아바지때 와서 우리는 조국을 가본 적도 없시오."

그들과의 대화는 웃음도 나오지 않고 그렇다고 위로도할 수 없는 기묘한 유랑민 같은 말만 오갔다. 조선에서 보던 농촌이나 도시의 모습과는 전혀 다른 이곳에서 조선인들이 살아남은 것도 불가사의한 것이라고 생각했다. 금순이는 조국에서도 자신의 신분을 숨기고 살아야 하는 자신도 그들과 별반 다르지 않다고 생각하였다. 어디서든지 굳세게 살아야 한다. 뽑아도 뽑아도 또다시 뿌리내리는 잡초와 같이 나는 어디를 가서도 끝까지 살아남고 성공하여 가여운 동생들을 만나야 한다고 결심했다.

그날 저녁 하바로프스크를 출발한 열차는 몇일 밤을 쉬지 않고 달려 중·러 국경을 따라 외몽고의 도시 울란우데를 거쳐 다시 눈앞이 확 트이는 바이칼 호수를 빙 돌아 이르크츠쿠라는 도시에 도착하였다. 이르크츠쿠는 중앙아시아 즉 시베리아의 중심도시로 발달하여 시내는 거의 유럽형의 도시가 되었다. 이르크츠쿠에서 하루정도 머무르는 사이 금순이 일행은 이르크츠쿠 주재 독일영사관을 찾았다. 독일영사가 직접 나와 이 젊은 유학생들을 위해 저녁만찬을 베풀어 주었다.

저녁만찬이 끝나고 숙소로 돌아가는 길에 이르크츠쿠 거리를 걸었다. 시내 한가운데를 흐르는 앙카라강가의 휘황한 가로등과 육중한 서양식 건물들을 보면서 바로 유럽에 도착한 듯한 느낌을 받았다. 앙카라강은 낮동안 열차에서 보았던 끝없이 넓고 아름다운 바이칼호에서 흘러 나가는 유일한 강이라고 한다. 이곳은 과거 일본의 압박을 피해 활약했다는 독립운동가들의 활동중심지였다. 지금도 어디선가 혈기찬 젊은 용사들이 거리를 활보하는 모습이 보이는 듯했다.

금순이는 살며시 마음속에 어렸을 때 들은 할아버지의 독립운동을 떠올리며 조국의 독립을 위해 투쟁한 분들에 대한 존경심이 우러났다. 이르크츠쿠를 떠난 열차는 다음날도 계속 서쪽으로 달렸다. 하늘과 들판이 맞닿은 지평선은 비스듬하게 비치는 북극지방의 햇빛을 반사하여 이 세상의 것이라고는 상상할 수 없는 풍경을 만들었다. 저 멀리 밝은 연회색으로 띠를 이루고 있는 자작나무숲은 푸른 초원과 물과 꽃들을 아름답게 받쳐주는 배경으로 손색이 없었다.

금순은 생각했다. 우리 조상은 본래 기마민족이라는데 우리 조선반도에서 조금만 북으로 올라와 말을 달렸더라면 이 넓은 평원이 지금은 우리의 땅이 되었을 텐데하고. 열차는 크라스노야르스크, 노보시비르스크, 옴스크를 통과하고 드디어 아시아와 유럽의 경계가 되는 우랄산맥을 천천히 통과한 열차는 고르키를 거쳐 모스크바에 도착하였다. 소련은 우랄산맥을 경계로 분위기가 확연히 변하는 느낌이었다.

금순이 일행은 지금까지 보았던 어느 도시와도 비교할 수 없는 화려하고 활기찬 도시를 보면서 세상에 이런 곳도 있었나 하고 입을 다물지 못했다. 모스크바에서 삼일 간을 머무는 동안 크렘린궁전을 위시하여 레닌묘, 청년광장 등을 구경하며 소련에 대한 위압감은 점점 더 커져갔다. 시베리아 열차를 타고 모스크바까지 보름 정도가 걸렸다. 매일 지루할 정도로 스쳐 지나간 광대한 자작나무가 만든 수해를 보고 탄식 밖에 나오지 않았다.

금순이는 인민학교교실에 걸려있던 김일성 장군과 스탈린 대원수의 사진을 지금도 기억한다. 그 사진들은 금순이가 자라면서 들어가 본 모든 관공서에는 반드시 걸려있었고 전쟁이 일어나고 중국의용군이 조선을 도와주러 참전한 후부터는 모택동 주석의 사진도 함께 붙어 있었다. 그 사진들 중에 특히 콧수염이 멋있는 스탈린 대원수의 사진을 좋아했었다. 그러나 금순이가 알지 못하고 있던 사실은 스탈린은 이보다 2년 전에 이미 사망하였다는 것이었다.

소련 내에서는 흐루쇼프의 비밀연설 등을 위시하여 미코얀의 공작 등에 의해 스탈린의 격하운동이 이미 시작되었던 것이다. 소련의 극동지역, 다시 말하면 시베리아지역에서는 아직도 관공서 등에 스탈린의 사진이 걸려있었으나 우랄산맥의 서쪽편 즉, 모스크바를 위시한 도시에서는 이미 스탈린 사진을 볼 수 없었다. 하여튼 시내구경 중에도 북조선의 젊은이들을 사로잡은 것은 모스크바 강변에 즐비한 박물관, 미술관과 함께 높이 솟은 모스크바대학 건물이었다.

대학이란 말로만 들었을 뿐 처음 보는 그들은 입이 딱 벌어지고 학내를 자유스럽게 몰려다니는 학생들을 보면서 나에게는 언제 저런 기회가 올까 하는 부러움을 느꼈다. 그중에도 지금 그들은 조국의 전후 복구와 전쟁에서 다친 많은 부상자들을 치료하라는 조국의 명령을 받고 선발되어 유럽으로 가고 있는 것이 아닌가. 어떠한 난관과 어려움이 있어도 강한 의지로서 돌파하고 훌륭한 의사가 되어 돌아가리라고 마음속에 결의를 다졌다.

모스크바에서 갈아탄 새 열차는 내부 장식도 훨씬 고급스러웠고 특히 이웃 객실에 타고 있는 사람들의 차림새가 지금까지 보아온 소련사람들과는 너무도 달랐다. 차내의 분위기도 조용하게 착 가라앉고 어디에선지 모르지만 상당히 고급스러운 향기가 객실 내를 가득 채우고 있었다. 평양에서부터 온 젊은 일행들의 복장과 용모는 그 분위기에 어울리지 않게 너무나도 초라했다. 그러나 어쩌겠는가? 전쟁을 치르고 아직 제대로 복구도 되지 않은 조국을 위해 배우러 가는 젊은이들이 아닌가? 그들은 끊임없이 자신들을 타이르면서 모스크바를 떠나 폴란드 국경을 넘고 드디어 목적지 동부독일의 드레스덴에 도착하였다.

바르샤바와 드레스덴은 이미 전쟁으로부터 완전 복구되어 표면상으로는 모스크바보다도 더욱 세련되고 화려했다. 드레스덴역에는 저녁시간에 도착했다. 많은 사람들 틈에 오랜 여행으로 피곤한 일행들이 내리자 먼저 와서 기다리고 있던 슈미트 선생과 자일러 선생 부부가 기다리고 있었다. 슈미트 선생 부부는 금순이와 선옥이를 먼저 알아보고 다가와서 얼굴을 확인할 새도 없이 껴안았다. 삼년동안 강계야전병원에서 온갖 고생을 함께하며 나누었던 정이 이렇게 따뜻하다니. 다른 일행들도 모두 슈미트 선생 부부에게는 낯익은 사람들이어서 서로 따뜻하게 인사를 나누고 중형버스에 함께 타고 드레스덴대학의 기숙사에 투숙했다.

드레스덴의 7월은 긴 겨울이 지나고 숨어있던 꽃들이 다투어 피는 화려한 계절이다. 드레스덴은 독일 동부 작센주의 주도(州都)이며 엘베강변에 발달한 옛 도시이다. 산악지역의 강계에서 살다온 이들 일행에게 드레스덴의 넓은 평야와 완만한 엘베강은 가슴이 탁 터지는 느낌을 주었다.

도착 첫날부터 그들은 간단한 오리엔테이션을 받았다. 새로운 환경과 시설을 사용하는데 필요한 예비지식을 알려주기 위한 설명회였다. 오리엔테이션에는 슈미트 선생과 금순의 설명과 통역이 필요했다. 많은 시설 중에서 특히 주의

하라고 한 것은 물과 전기를 사용할 때 필요한 양만 쓰고 절약하라는 것이었다. 독일도 전쟁의 피해로부터 완전히 복구된 것은 아니므로 물자의 부족이 심각했지만 그보다 독일 사람들이 평소에 검소하고 절약하는 태도가 몸에 배어있는 것이 인상적이었다.

북조선에서 온 의료단도 늘 물자부족을 경험하였고 그러한 불편함을 극복하는 것이 몸에 배어 있었지만, 독일에서는 먼저 규칙을 정하고 모든 것을 실행해나가는 것이었다. 둘째로 강조된 것은 앞으로 외출하거나 몇 번 있을 관광을 나갈 때는 절대로 개인행동은 금지되며 반드시 2인 이상이 함께 다녀야 한다는 것이었다. 이것은 독일에서 동양인은 호기심의 대상이고 수상한 사람이 접근하였을 때 대처할 수 있어야 하기 때문이라고 했다. 오리엔테이션이 끝나고 의료반은 독일어 공부를 시작했다.

오전에는 독일어 공부를 하고 오후에는 근처의 병원으로 이동하여 직접 환자를 다루고 의료기기를 사용해보는 매우 바쁜 일과가 짜여 있었다. 금순이의 독일어 실력은 독일에 도착하면서 더욱 빛을 발하기 시작했다. 독일에서의 생활은 이들에게는 너무나 큰 변화였다. 전쟁의 피해는 거의 다 복구되었고 아직 부족하다고는 하지만 병원에서 사용하는 의료시설과 물자는 이들의 눈으로 보기에는 흥청망청 쓰는 것처럼 보였다.

병실에서 사용하는 주사바늘, 약솜, 붕대, 소독약, 기타 소모품들이 강계 병실에서는 거의 없다시피 하여 주사바늘도 끓는 물에 소독하여 몇 번이라도 바늘이 부러질 때까지 사용하고, 붕대는 물론 다른 것들도 빨랫비누로 몇 번이라도 빨아서 너덜너덜 할 때까지 사용하였다. 숙소는 또 어떤가. 중앙난방이 들어오는 2인실 방은 아늑하고 편안했다. 침대는 푹신하고 새하얀 시트가 깔려있었다. 식당에서 제공되는 모든 식사에는 항상 두툼한 돼지고기와 우유가 포함되었다.

드레스덴은 유럽에서도 내륙이고 고위도에 있어 기온이 낮고 늘 구름이 끼어있는 날이 많았다. 간혹 파란 하늘이 보이고 햇빛이 나는 날이면 누구든 환성을 지르며 밖으로 나가 잔디밭에 앉아서 햇볕을 즐겼다.

독일의 생활에 조금씩 익숙해지던 어느 가을날 금순이 일행이 일하고 있는 병원에 매우 특별한 사람이 찾아왔다. 그는 북한에서 파견한 유학생으로 스물두 살의 키가 훤칠하고 잘생긴 청년이었다. 그의 이름은 홍옥근이라 하고 드레스덴에서 멀지 않은 예나대학에서 화학을 공부하고 있다고 했다. 모두들 그와 같은 조선 사람이 독일에서 공부하고 있다고 하는 사실에 놀랐다. 그것도 그는 자신들과는 달리 혼자서 자유롭게 여행을 다니지 않는가.

그는 독일에 온 지 2년째 되며 독일에서 공부하는 좋은 점을 강조하고 하루빨리 공부를 끝내고 돌아가서 조국의 부흥에 보탬이 되어야 한다고 강조했다. 금순이 외에 여러 사람들도 그의 말에 동의하며 머나먼 타국에 와서 이렇게 공부를 할 수 있게 하여준 김일성 장군에게 감사하여야 한다고 다함께 결의를 다졌다. 예나대학은 이웃 투링겐주의 주도인 예나에 있는 명문대학으로 그곳에는 조선 사람으로는 홍옥근 한 사람뿐이라고 했다. 홍동무는 이후에도 자주 놀러 와서 의료팀의 여러 사람과 친분을 가지게 되었고 슈미트 선생 부부와도 친하게 되었다. 금순이도 선옥이도 먼 타국에서 만난 이 잘생긴 청년이 오빠 같기도 하여 그가 오기를 기다리게 되었다. 그가 놀러오면 이 병원에 있는 조선 의료팀은 그를 환영하기 위해 가급적 함께 공원이나 거리로 놀러나가곤 했다.

그와 이야기를 나누면서 차차 알게 되었지만 그는 함경남도 청진이 고향이며 고향에는 부모님과 세 명의 형제들이 살고 있다고 했다. 그해 연말이 다가왔다. 의료팀의 훈련받는 기간이 거의 끝나가고 있었다. 금순이도 돌아가지 않으면 안 되는 것을 알지만 가능하면 독일에 남아서 공부를 더하고 싶은 마음이 간절하였다. 그렇다면 적어도 한 명의 동조자가 있어야만 할 필요성을 느꼈다. 결국 금순이는 선옥이에게 자신의 거취에 대해서 말했다. 선옥이는 금순이의 말을 듣는 순간 깜짝 놀라며, 그러나 금순의 손을 꼭 잡고 금순의 눈을 바로 쳐다보며 말했다.

"금순아. 고마워. 네 마음을 나에게 말해주다니. 나도 가능하면 너처럼 독일에 남아 공부를 더하고 싶어. 어떻게 하면 그게 가능할까?"

사실 자신의 개인 생각을 다른 사람에게 이야기하는 것은 대단히 위험한 일이었다. 해방 이후 공산사회로 변하면서 가장 가까운 부모자식 사이에도 사회주의에 반하는 개인행동을 하면 기관에 고발하는 것이 일상화되었기 때문이었다. 금순이는 인민학교에서 같은 반 동무들 간에도 자아비판을 하는 자리에서 친한 동무도 비판하는 것은 물론이고 그것을 담임선생에게 고발하여 칭찬을 듣는 경우도 흔히 보아왔기 때문이었다.

어느 날, 금순이와 선옥이는 슈미트 선생에게 그들의 생각을 털어놓았다.

"슈미트 선생님. 저희들은 이번 독일에 와서 우리들이 갈길을 확실히 알았어요. 의학을 전공하고 의사로서 저의 조국의 발전에 기여하고 싶어요. 이번에 우리들이 귀국하면 저에게 독일에서 공부할 기회는 다시없을 거예요. 슈미트 선생님. 제가 어떻게 하면 독일에 더 머무를 수 있을까요?"

말을 들은 슈미트 선생은 별로 놀라는 기색 없이 말했다.

"금순. 나도 전부터, 다시 말하면, 내가 강계야전병원에 있을 때부터 금순이와 선옥이가 독일에 와서 의학공부를 하기를 바랬어요. 내 생각에도 일단 북조선으로 돌아가면 다시 독일에 오기는 힘들 거예요. 내가 남편 자일러와 좀 더 구체적으로 의논해 볼게요. 기다려요."

이 일을 계기로 둘만이 아는 비밀이 새로이 만들어지고 둘이는 행동에서도 훨씬 자유롭게 움직일 수 있었다. 다른 사람들은 평소에도 둘의 사이가 좋은 것을 모두 알고 있었다. 뿐만 아니라 그들을 이전부터 알고 있는 사람들도 그들이 남쪽 전쟁터에서 오랜 기간 걸어서 강계야전병원에 오기 전부터 서로 형제처럼 아끼고 친한 사이라는 것을 알고 있었다. 독일에 와서도 둘이 늘 붙어 다니고 침식을 같이하는 것을 조금도 이상하게 보는 사람은 없었다. 그것은 훈련을 받는 동안 내내 그들의 활동을 자유스럽게 만드는 이유가 되기도 했다. 왜냐하면 독일에 온 이후 모든 개인 활동은 금지되었기 때문이다.

슈미트와 자일러 교수 부부는 금순과 선옥의 말을 들은 이후 어떻게 하면 둘의 귀국을 늦추고 독일에 머무르게 할까 방법을 생각했다. 의료팀으로 왔다가 귀국을 미루게 하려면 두 가지 이유를 대는 수밖에 없다고 그들은 결론지었다. 하나는 그들만이 남아야 할 확실하고 절실한 이유가 있어야 했다. 그것은 예를 들면 그들이 훈련받고 배워야 할 새로운 의료기기나 의학기술이 북조선에 꼭 필요한 경우이다. 다른 방법은 그들이 독일인과 결혼하는 것이다.

지금 그들에게 현실적으로 가능한 것으로 금순네들에게 대학에 진학하여 의학공부를 하는 것을 추천하기로 결정하였다. 그러기 위해서 그들은 우선 북조선의 의료팀 책임자인 김봉한 선생에게 유학생 중 성적이 우수하고 장래가 촉망되는 학생 4명, 즉 남학생 2명과 여학생 2명을 뽑아 독일에서 더욱 전문적인 최신 의학교육을 시키는 것이 어떠한가를 묻고 학생들 교육에 필요한 재정적인 문제는 독일 측에서 지원할 수 있다는 의견서를 보냈다.

그런 다음 의료팀을 책임지는 독일측 책임자로서 북조선 정부에 추천서와 신분과 재정에 대한 보증서를 제출하였다. 남녀학생 각 2명씩 한 것은 당시 사회주의 국가의 남녀평등 의식을 반영한 것이었다. 북조선 정부로서는 거부할 이유가 없어 독일측 추천을 승인하였다. 의료팀이 떠나기 10일 전 슈미트 선생은 금순과 선옥이를 불러 이러한 사실을 알려주고 의료팀의 인솔자에게도 통보하였다.

드디어 의료팀이 독일을 떠나는 날이 다가왔다. 12월 중순 유럽특유의 낮은 구름이 짙게 드리우고 새하얀 눈이 소복이 쌓인 드레스덴역 플랫폼에서 서로 포옹을 하며 석별의 정을 나누었다. 6개월의 훈련 기간은 새로운 의료환경, 의료시설, 의료방법 등을 배우는데 충분한 시간은 아니었지만 독일이라는 유럽의 선진국에서 보낸 시간은 이들에게 잊지 못할 추억을 남겨주었다.

그사이 예나대학의 홍동무는 다섯 번 정도 놀러왔으니 거의 매달 온 셈이었다. 홍동무는 외로운 외국 생활에서 이웃에 같은 동포의 젊은 의료팀이 온 것을 기뻐하고 이제 정이 들기 시작할 무렵 그들이 돌아간다는 말을 듣고 매우 슬펐다. 그러던 중 금순과 선옥이가 대학에서 의학공부를 계속하기로 하고 남게 되었다는 말을 듣고 누구보다도 기뻐하였다. 떠나는 팀원들과 남는 사람들의 희비가 서로 엇갈리는 서먹함도 있었지만 그들은 그동안 쌓인 우정을 서로 아쉬워하면서 눈물을 흘렸다.

슈미트 선생 부부는 그날 저녁 시간에 금순과 선옥이를 교내의 식당으로 초대하여 조촐한 파티를 열어주었다. 거기에는 홍동무도 참여하여 둘의 대학진학을 축하하였다.

"축하합니다. 두 동무의 재독을 누구보다도 축하드리고 싶은 것은 도리어 저입니다. 앞으로 동무들이 공부하는데 도움이 될 수 있는 심부름은 무엇이든지 제게 말씀하십시오. 물론 근본적인 뒷바라지는 슈미트 선생님이 잘 돌보아 주시겠지만. 앞으로 시간이 되실 때 제가 살고 있는 예나대학에도 한 번 방문하여 주시기 바랍니다."

두 사람의 생활은 그전과 별 차이가 없이 계속되었지만 정신적인 안정은 비교할 수 없을 정도로 차이가 났다. 이젠 북조선으로 돌아가 언젠가 자신의 신분이 밝혀지리라는 걱정을 당분간은 하지 않아도 될 것이 가장 큰 이유였다. 물론 독일도 같은 공산사회주의국가이지만 이곳에서는 개인적인 배경까지 조사할 일은 없을 것이다.

드레스덴 대학에서 의료팀이 훈련을 받은 곳은 대학의 부속병원이었다. 금순이네들은 슈마트 선생의 백방의 노력에 의해 북조선 원조의 일환으로 제정된 특별장학금으로 학비 등 일체의 비용이 지불되었다. 이제부터 의과대학 정규과정 4년간은 마음 놓고 공부를 할 수 있게 된 것이다. 금순이는 강계야전병원에서 김봉한 선생의 수술과정을 보면서 마음속에 동경해왔던 동양의술의 신비를 풀어보겠다는 결심을 하고 외과과정을 선택하였고 선옥이는 내과를 선택하였다.

이제 1957년 봄학기가 시작되는 4월까지는 꽤 자유로운 시간이 남아있어 그동안 한 번도 다녀보지 못한 독일여행을 해보기로 했다. 먼저 둘만의 여행계획서를 써서 북조선영사관에 제출하여 허가가 나오기를 기다렸다. 그 사이에 영사관에서 둘에게 오라는 통지가 왔다. 둘은 조금 두려운 마음으로 영사관에 갔더니 그들이 제출한 여행계획서를 보면서 영사가 꼬치꼬치 물었다. 방문기관과 여행 중에 누구를 만나는지 등을 자세히 물어보고 나서 마지막으로 동독을 벗어나서는 안 된다는 말을 강조하였다. 또 하나 여행 중 남조선 사람으로 의심되는 사람과의 접촉을 피하라는 주의를 들었다. 그렇게 하여 허가가 나왔다.

둘이는 들뜬 마음으로 제일 먼저 튀링겐주에 있는 예나에 가기로 했다. 홍동무에게 전화를 걸어 교통편이며 묵을 숙소 등을 부탁하고 다음 일정은 홍동무에게 물어 결정하기로 하였다. 독일에 온 지도 반년이 지나 어느 정도 주변 환경에도 적응이 되고 독일 사람들의 일상의 표정이나 생활태도에도 익숙해져서 둘만이 낯선 곳을 찾아가는 것도 별로 긴장되지 않았다.

동부독일의 작센주나 튀링겐주 같은 내륙지방은 겨울동안 매우 찬 공기가 가득하고 하늘은 늘 찌푸린 것처럼 구름이 껴있고 눈이 쌓여 있어 추워도 맑은 하늘이 계속되는 강계와는 꽤 달랐다. 다만 기숙사의 실내온도는 늘 따뜻한 편이지만 일단 침대에 들어가면 우리나라 온돌방에서 느끼던 등을 따끈따끈하게 지져주는 열감이 없는 것이 불만이었다. 강계에서는 비록 건물은 부서지고 때로는 천막을 병실로 이용하고 있지만 일이 끝나거나 쉬는 시간에는 병원 일부를 온돌로 만들어 직원들이 몸의 피로를 풀 수 있도록 만들어놓았다. 특히 강계에는 인풍루 근처에 온천이 있어 젊은 직원들끼리 온천을 하면서 지내던 시절이 그리워졌다.

여행을 떠나기로 한 날이 다가왔다. 둘은 여행이란 것을 해본 적이 없었다. 고향을 떠난 이후 강계까지 수백 리를 걸었지만 그것은 여행이 아니라 목숨을 구하기 위한 피난이었고 조선을 떠나 독일에 온 것도 여행을 한다는 흥분을 느낀 적이 없었다. 늘 어떤 사명감을 가지고 긴장 속에 생활해왔을 뿐만 아니라 누군가의 지시와 감독을 받아왔다. 그런데 비록 영사관에서 조심하라는 주의를 받았지만 같은 사회주의 동지의 나라에서는 적어도 마음대로 돌아다닐 수가 있었다.

그들은 설레는 마음을 안고 열차를 타고 드레스덴을 출발하였다. 객차 안은 편안하고 따뜻하고 옆에 앉은 사람들은 얼굴에 미소를 띠며 이 수줍은 동양의 아가씨들을 환영하는 듯했다. 창가에 앉아 빠르게 지나가는 차창 밖의 경치를 보고 있자니 자신들이 꿈나라에 와있다는 착각을 하게되었다. 끝없이 펼쳐진 넓은 벌판은 하나의 하얀 캔버스 위에 절제된 검은 선 몇 개가 그어진 너무나 단순한 그림 같은 풍경이었다.

그림 속에는 명암도 없고 움직임도 없는 풍경이 연이어 뒤로 밀려갈 뿐이었다. 드레스덴을 출발한 열차는 4시간을 조용히 달려 예나역에 도착하였다. 둘이 서둘러 짐을 들고 플랫폼에 내리자 역 입구 쪽에서 두 사람의 남녀가 그들에게 다가왔다. 남자는 홍동무였고 다른 쪽은 체격이 자그마한 독일여자였다. 홍동무는 반갑게 금순네들을 맞이하고 같이 나온 여자를 그들에게 소개했다.

"먼 길에 잘 오셨습니다. 오시는 길에 불편한 점은 없으셨나요? 에, 그리고 이쪽을 소개합니다. 이 사람은 나와 약혼하기로 한 레나마르크스양입니다."

금순과 선옥이는 홍동무가 독일 여자를 사귀고 있으리라고 생각도 못했다가 이렇게 갑자기 소개를 받고 조금 당황했다. 그러나 레나마르크스는 너무나 상냥하고 예의가 발라서 바로 그녀에게 호감을 가지게 되었다. 그들은 천천히 역을 빠져나와 전차를 타고 홍동무가 사는 아파트로 향했다.

예나시도 드레스덴시와 느낌은 크게 다르지 않았다. 4, 5층의 독일식 무뚝뚝한 건물들이 가득하고 시청 앞 넓은 광장에는 독일민주공화국서기장 울브리히트의 거대한 동상이 세워져 있고 광장 양쪽에는 소련의 새로운 지도자 흐루쇼프와 울브리히트의 초상화가 나란히 걸려있었다. 스탈린 원수의 사진은 어느 곳에서도 볼 수 없고 이제 독일 전국에서 소련에 대한 새로운 평가가 진행되고 있는 중이었다.

그들은 권력의 무상함을 느끼며 홍동무가 예약해 놓은 예나대학 기숙사에 들었다. 독일대학들은 대부분 웅장한 건물들을 중심에 두고 다른 건물들이 배치되어있다. 이런 것은 모스크바에 들렀을 때 보았던 모스크바대학의 캠퍼스를 본뜬 것일 것이라고 생각했다. 눈이 하얗게 쌓인 기숙사를 나와 홍동무의 숙소를 방문하기로 했다. 홍동무의 숙소도 같은 기숙사 안에 있어 비좁기는 마찬가지였지만 방안 정면에 김일성 장군 사진과 인민공화국 국기가 걸려있는 것이 분위기를 따뜻하게 하였다.

금순이와 선옥이가 방문한다고 특별한 조선 음식을 마련한 것 같았다. 고국에서 멀리 타향에 있으니 음식자료도 다르고 혼자 사는 독신남자의 솜씨가 처녀들의 눈에는 신기하게 보였지만 그날 저녁의 푸짐한 환대를 받으며 오랜만에 실컷 조선말을 할 수 있었다. 레나도 말을 알아듣지는 못하였지만 금순의 독일어는 훌륭한 의사소통을 가능하게 했고 선옥이와 서로 손짓과 서투른 독일어로 의사를 교환하는 것이 더욱 친밀감을 느끼게 하는 것 같았다.

그 자리에서 홍동무는 금순과 선옥에게 석달 후 1958년 5월에 레나와 결혼하기로 약속했다고 말했다. 두 사람은 운명적으로 만나 결혼을 약속하였지만 레나의 부모님들은 낯선 동양의 작은 나라의 청년과의 결혼을 한사코 반대하였다. 결국 결혼식에는 레나의 부모님들은 참석하지 않고 친구들만이 참석하기로 하였고 홍동무 쪽에도 아무도 없으므로 금순과 선옥이에게 가능하면 꼭 참석하여 주면 좋겠다는 부탁을 하였다.

"혹시 두 분은 우리나라에 관한 소설을 독일어로 쓴 이미륵이라는 분에 대해 들은 적이 있나요?"

"아니요. 그분은 어떤 분인가요? 독일에 우리 조선 사람이 공부하고 있다는 말은 홍동무로부터 처음 듣습니다. 그분에 대해 좀 더 자세히 들려주시겠어요?"

"음. 이미륵 선생에 대해서 저도 잘은 모르지만 지금은 서쪽 독일에 계십니다. 이 선생은 경성의학전문학교를 다니다가 1920년대에 독일로 와서 뮌헨대학에서 동물학, 식물학, 철학을 공부하셨습니다. 나중에 그가 독일어로 여러 편의 소설을 발표했지만 그중 '압록강은 흐른다'라는 소설을 발표한 후 독일에서 매우 성공한 소설가로 평가받고 있어요. 지금은 독일이 동서로 갈라져 만날 수는 없지만 독일 사람들은 이미륵 선생을 대부분 알고 있습니다. 지금도 서점에 가면 이미륵 선생의 책을 살 수가 있어요."

"이미륵 선생은 지금도 생존해 계신가요?"

"네. 지금도 건강하게 살아계시고 말고요. 그분의 책에서는 일제가 우리나라를 침탈할 당시의 상황을 자세히 기록하여 많은 독일 사람들이 처음으로 우리 조선이 억울하게 일본의 지배를 받게 된 것을 알게 되었어요. 그분은 우리나라의 남북 어느 한쪽을 편들지 않고 그저 조선인으로 살고 싶어하는 것 같아요."

금순과 선옥이는 이미륵이라는 사람의 이야기를 듣고 독일은 그래도 우리 조선보다는 덜 불행하다고 느꼈다. 언젠가 시간이 있을 때 '압록강은 흐른다'를 꼭 사보려고 책이름을 기억해 두었다. 기회가 오면 이 선생을 만나보고 싶다는 생각도 했다.

그날 이후 이틀을 더 머물고 금순과 선옥이는 다음 목적지인 라이프치히로 떠났다. 라이프치히는 드레스덴이나 예나에 비해 훨씬 큰 도시였다. 도시의 인상은 비슷했으나 옛날 분위기의 건물이 많고 특히 라이프치히 대학의 본관과 부속건물들은 훨씬 웅장하였다. 숙소는 슈미트가 미리 연락하고 예약해준 대학 기숙사로 찾아 갔다. 캠퍼스는 넓고 젊은이들의 왕래가 활발하여 활기가 있었다.

　대학의 도서관이나 본부를 둘러보고 대학에서 가까운 니콜라이 교회를 찾아가 보았다. 지금은 아무도 드나들지 않고 예배도 보지 않고 비어있다고 한다. 금순이는 인민학교 시절 남의 눈을 피해 동생 상수를 앞세우고 밤중에 논두렁을 걸어 예배를 보러다니던 생각이 떠올라 이제 독일에서도 하느님은 계시지 않는 것인가 하고 의문을 가졌지만 누구에게도 물어볼 수는 없었다. 라이프치히 시청 앞의 넓은 광장에서 열리는 시장은 금순이들에게 큰 볼거리였다. 주말에만 열리는 시장에서 온갖 과일과 육류, 입던 옷들을 팔고 있는 사람들의 모습을 구경하였다.

　금순과 선옥이는 독일의 어디를 가던 사람들의 주목을 받았다. 다행히 대학의 기숙사에 있어서 그다지 남의 시선을 의식하지 않고 지내지만 이런 시장에 나오면 많은 사람들이 검은 머리의 동양처녀들을 매우 신기해했다. 대부분 친절하게 웃으며 대해주지만 때로는 짓궂은 장난기어린 태도를 보일 때도 있었다. 라이프치히관광을 마치고 그들은 드레스덴으로 돌아왔다. 이제부터 새로운 인생이 시작되는 것이다.

금순이는 어떠한 어려움이 있어도 공부를 열심히 하여 훌륭한 의사가 되는 것만이 자신의 불안정한 위치와 어디로 갔는지도 모르는 동생들을 찾는 가장 확실한 길이라고 믿었다.

늘 검고 찌푸린 날씨만이 계속될 것 같은 독일에도 6월이 되면서 햇볕이 따스해지고 밝은 잔디밭에는 거의 벌거벗다시피 한 독일 젊은이들이 앉거나 드러누워 햇볕쪼이기를 하였다. 금순이와 선옥이는 주말이면 시내공원이나 특히 근처의 츠빙겐궁전을 자주 찾았다. 겨울 동안 춥고 눈에 쌓인 시내를 걷기에는 마음이 움츠러들었지만 봄이 가까워오며 늦게 겨울잠에서 깬 거리는 눈부시게 아름다웠다.

츠빙겐궁전에서 궁전 역사에 대한 설명을 들으며 둘의 가슴은 유럽에 대한 감탄으로 가득했다. 츠빙겐궁전은 18세기 푀펠만이라는 건축가가 지은 아름다운 작센지방의 바로크건축의 대표적 건물로서 보는 이의 눈을 홀렸다.

그렇게 평온한 나날을 보내던 어느 날 예나의 홍동무와 레나로부터 결혼식초청이 왔다. 먼 타향에서 외로운 조선청년이 결혼한다고 생각하니 금순과 선옥이도 가슴이 뜨거워졌다. 반드시 참석하여 축하해주어야 한다는 생각으로 학교에는 결석계를 제출하고 슈미트 선생 부부에게도 알렸다.

홍동무는 의료훈련단이 있는 동안 몇 차례 방문하여 슈미트 선생과 자일러 선생에게도 낯익은 학생이었다. 슈미트 선생과 자일러 선생은 이 흔치 않은 결혼식을 축하하기 위해서 금순이들과 함께 결혼식에 참석하기로 하였다.

네 사람은 결혼식 전날 아침에 함께 열차를 타고 예나시를 방문하여 결혼식에 참석하였다. 결혼식은 신부집의 부모들도 참석하지 않아 매우 단출하게 진행되었다. 학생식당에 모인 친구들 앞에서 간단한 서약식을 하고 곧이어 축하 파티를 열었다. 슈미트 선생과 자일러 교수가 결국 축하객 중에선 제일 윗사람이 되어 축하의 인사말을 하였다.

홍동무와 레나양의 결혼식은 이렇게 끝났지만 참석한 친구들과 열린 축하파티는 어디에서도 맛볼 수 없는 행복하면서도 아련한 분위기로 진행되었다. 파티에 준비된 와인과 맥주에 취한 젊은 축하객들은 서로 자기나라의 전통 음악을 노래하며 어깨동무를 하기도 하고 춤을 추며 기쁜 마음으로 축하하였다.

레나의 축하객 중에는 생물학을 하는 청년도 섞여 있었다. 그는 예나대학 4학년생으로 파티가 진행되는 동안 금순을 유심히 바라보며 미소를 짓더니 파티가 끝날 무렵 금순과 선옥이 옆으로 자리를 바꾸어 앉아 자신을 소개하였다. 나이는 스물세 살, 생물학을 전공하고 있으며 이름을 알베르트라고 했다. 금순에게 독일에서는 무슨 공부를 하며 얼마동안 있을 것이냐고 물었다.

그날 저녁 그들은 파티가 끝난 후 시내의 다른 카페로 자리를 옮겨 꽤 늦은 시간까지 잡담을 하며 놀았다. 금순의 독일어는 이미 강계에서 거의 숙달되었지만 독일에 온 이후 더욱 세련되어 의사소통에 지장이 없었다. 알베르트는 신기한 듯 금순의 독일어를 들으며 재미난 독일어 표현을 들을 때마다 손뼉을 치며 웃었다.

다음날 아침 금순, 선옥, 슈미트, 자일러 일행은 홍동무와 레나의 배웅을 받으며 예나를 떠났다. 예나역에는 알베르트도 나와 이들과의 이별을 아쉬워했다.

금순이는 드레스덴으로 돌아와 이미륵 선생의 '압록강은 흐른다'를 사서 읽었다. 그의 문장은 독일어 문장으로도 너무나 쉽고 아름답고 자유로워서 금순이가 읽기에 마치 조선에서 교과서를 읽는 것처럼 막힘이 없이 술술 읽을 수 있었다. 금순이 일행이 압록강을 건널 때도 물 위에 물안개가 걷히며 아지랑이가 피어 가슴을 아리게 했던 기억이 났다. 이미륵 선생은 그의 고향 송림마을 앞바다로 파도가 밀려들어 오는 것을 환상적으로 표현하였다.

독일 사람들은 그러한 포근하고 따뜻하고 평화스러운 풍경을 보기 어렵다고 동양의 아름다운 나라 코리아를 칭찬하였다. 금순은 이미륵 선생의 『압록강은 흐른다』를 읽으며 흐르는 눈물을 주체할 수가 없었다. 그 표현은 그대로 청천강에도 해당하는 말이었다. 어렸을 적에 동생들과 신안주 집에서 멀지않은 청천강변에 놀러가 봄나물을 캐던 기억이 너무도 선명하게 떠오르는데 이미륵 선생의 표현은 마치 상수와 은수가 자기를 그리며 쓴 글처럼 느껴져 하염없이 하늘을 쳐다보며 울었다.

어느새 다가왔는지 선옥이가 금순이 곁으로 와 앉으며 물었다.

"무엇을 읽고 그렇게 눈물을 흘리고 있어? 어디 나도 좀 보여줘."

금순이는 소설책을 선옥이에게 넘겨주었다. 그러나 선옥의 독일어 실력은 아직 독일어 소설을 이해할 만큼 익숙하지 않았다. 금순이가 표현의 일부를 설명해주자 선옥이도 고개를 끄덕이며 눈물을 흘렸다. 오랜만에 서로 자신의 떠나온 고향 생각을 하였다.

9. 외갓집 중국으로 탈출

한편 상철이 식구들은 낭림 산속생활이 길어지면서도 산속에서 만난 사람들의 입을 통하여 마음의 불안은 없어졌다. 일단 장진호에서 중공군이 승리를 한 이후에는 전선이 남쪽으로 이동하여 이곳으로 다시 찾아올 위험이 없다는 것이었다. 겨울을 지내고 봄이 되어서도 산 능선을 따라 북으로 계속 이동하였다. 능선은 지난 이삼 년 동안 중공군들이 산악이동을 하며 곳곳에 이동호와 토굴을 만들어 놓은 것이 그대로 남아있었다. 눈이 녹은 후에도 산 아래로 내려와 도로를 걷기보다는 인적이 없는 산 능선길이 비교적 안전하였다. 그 사이사이 상철이는 형식이와 은수를 데리고 산토끼나 너구리 같은 작은 동물을 잡으러 다니곤 했다.

워낙 사람의 출입이 뜸한 산속이라 산토끼도 심심치 않게 잡혀 고기식량을 조달하기에 충분하고 그 말린 가죽은 아이들의 의복으로서 훌륭하였다. 상철이는 꽤 많은 토끼를 잡아 털을 곱게 베끼는 기술도 늘어 한 장 한 장 토끼 가죽을 말려놓았다. 그는 앞으로 산을 내려갈 때 자신들의 복장과 몰골을 생각하였다. 변변한 옷이 남아있을 리 없을 때 그가 생각한 것은 산토끼 가죽으로 몸을 둘러싼 산사람으로 나타나는 것이 한 방법이라고 생각했다. 그렇게 두 해를 산속에서 지내며 그들은 어느덧 만주와 국경선에 있는 혜산진에 접근하였다.

그동안 아이들도 아내와 은옥이도 산속에서 비교적 영양에 굶주리지 않아 건강은 오히려 좋아 보였다. 상철이와 아이들은 어깨에 수십 장씩의 토끼 가죽을 둘러메고 산악민족처럼 혜산진으로 내려왔다. 상철이는 우선 토끼 가죽을 파는 행상으로 혜산의 시장 주위를 빙빙 돌며 지리를 대강 둘러본 후 시장의 한 구석에 있는 작은 초가집을 빌려 들었다. 누가 물으면 산속에서 살다가 내려온 화전민이라고 하자고 식구들과 입을 맞추었다. 목숨을 내놓고 도망 다니다 산속에서 죽을 고비를 넘기며 몇 달을 살다 내려오니 사실 세상이 어떻게 변화했는지 알 수가 없었다.

이럴 때는 일부러라도 조금 모자란 듯 행동하는 것이 안전했다. 시장바닥에 쪼그리고 앉아 토끼 가죽을 몇 장 벌려놓고 지나가는 사람들을 바라보며 국경도시의 사람들의 살아가는 분위기를 살폈다. 시장바닥의 주막에 토끼 가죽 두어 장을 주자 그들 가족에게 며칠 동안의 국밥을 푸짐하게 먹여주었다. 이렇게 그들이 가지고 내려온 토끼 가죽은 그런 대로 당장의 생활에 도움이 되었다.

상철이는 혜산에 머물며 압록강을 건너 중국으로 건너갈 기회를 살폈다. 압록강 저편은 중국의 장백현이다. 그곳에 가면 그곳대로의 곤란과 고생이 있겠지만 그때는 그때대로 해결해 나가기로 마음먹었다. 이미 북조선에서는 발붙이고 살기에는 어려운 상황이니 새 세상을 찾아가리라 굳게 마음먹었다.

어느 날 상철이는 중국 상인으로 보이는 체격이 크고 인상이 좋은 사람을 만났다. 만났다기보다 뒤를 따라다니다가 그가 다른 사람들과 만나 이야기하는 중에 조선말을 하는 것을 듣고 그의 이름이 장씨라는 것도 확인했다. 중국에는 많은 조선 동포가 살고 있으며 그 사람들이 이번 전쟁동안 조선에 들어와서 장사도 하고 많은 활동을 하고 있다는 말을 들은 적이 있었다. 상철이는 상황을 살피다가 그가 혼자서 장터 주막에 앉아있을 때를 틈타 그의 앞에 나타났다. 장씨는 그의 남루한 모습을 보고 동냥이나 하는 거지가 왔나하며 요즈음은 전쟁 직후라 굶은 사람들이 많은 것을 알고 별 관심을 두지 않았다. 상철이는 그의 곁으로 가서 매우 공손한 말투로 말을 걸었다.

"중국에서 오신 장 대인께 드릴 말씀이 있습니다. 혹시 옆자리에 앉아도 되겠습니까?"

처음에는 거지라고 무시하듯 했던 그가 공손한 말씨로 말을 걸어오자 그도 자세를 바로 하고 앉으라고 손짓을 했다.

"자네 꼴을 보아하니 거지 같은데 나에게 무슨 용건이 있나? 또 나는 자넬 만난 적이 없는데 어떻게 나의 이름을 알고 있나?"

"예, 저는 산속에서 땅이나 파고 산짐승을 잡아서 생활하는 화전민 김상철이올시다. 장 대인께서는 조선에 자주 오시는지요?"

"그래? 그래도 자네 말씨를 들으니 상사람은 아닌듯한데. 나에게 무슨 용건이 있나?"

"실은 말씀드리기 황송하오나 대인께서는 저의 부탁을 들어주실 신의가 있으신 듯하여 이렇듯 따라왔습니다."

"허허, 자네가 사람을 잘못 보았네. 나야 잠깐 조선에 와서 장사나 하는 사람인데 신의고 뭐고 지킬 일이 있겠나?"

"그럴 리가 있겠습니까? 그럼 긴 말씀 안 드리고 부탁말씀 올리겠습니다. 저를 중국으로 데려다 주십시오. 사례는 하겠습니다."

"뭐? 사례를 하겠다. 보아하니 무일푼 거지로 보이는데 자네를 중국에 데려가서 무엇에 쓸 것이며, 더욱이 자네가 도대체 무슨 돈이 있어 사례를 한단 말인가?"

대화를 나누는 중에 장씨는 오랜 거래와 교류의 경험에 의해 앞에 앉은 사람의 자세며 말하는 품새가 어딘지 모르게 의젓한 것을 느꼈다. 자연 상철에게 대한 그의 말씨도 조금 달라졌다.

"여기서 자세한 말씀 듣기가 어려우니 우선 여기서 요기 나 한 후에 다른 곳으로 자리를 옮겨 자세한 말씀을 듣도록 합시다."

그들은 주모를 불러 뜨끈한 국밥 두 그릇을 시켜 서둘러 먹고 자리를 떠서 장씨가 머무르는 곳으로 갔다. 방에 들어 가 자리를 정하고 앉자 장씨가 말했다.

"자 이제 우리 둘만이 있으니 부탁의 말씀을 해보시오. 나는 중국의 조선족으로 장사를 하러 혜산을 들락거리는 장 이라는 사람이요."

"예, 아까는 실례가 많았습니다. 저는 중국같이 큰 나라 에 가서 크게 장사를 해보는 꿈을 가진 김상철이라 합니다. 장 대인을 뵌 것이 저에게 어떤 기회를 주게 되기를 바라면 서 부탁의 말씀을 드리겠습니다. 대인께서 저를 중국으로 데려다 주신다면 그 은혜를 꼭 갚을 것은 물론 데려다주시 는 비용도 모두 드리겠습니다."

장씨는 상철의 얼굴이며 태도를 면밀히 살폈다. 비록 남 루한 옷에 얼굴과 온몸은 검은 때로 덮여있으나 얼굴에 나 타나는 결의는 한 사람의 일꾼으로 쓸 만할 것 같은 인상이 었다.

"글쎄 김 선생을 중국으로 데려가는 것은 큰 문제는 아니 지만, 그 비용을 갚겠다는 것은 어떻게 하시는 말씀입니까?"

"솔직히 말씀드려서 저에게는 가진 돈이라곤 한 푼도 없습니다. 지금 저의 처와 아이들 넷이 저를 기다리고 있을 뿐 이곳 혜산에는 아는 사람도 없습니다."

"허허, 이제 서로 통성명했으니 솔직히 이야기합시다. 형 씨는 무슨 돈으로 비용을 낸다는 말씀입니까?"

"사실은 저는 고향을 버리고 중국으로 망명하려고 합니 다. 제가 살던 곳에는 제가 경영하던 벽돌공장과 집이 그대 로 남아있습니다. 만약 대인께서 저의 가족을 중국으로 데 려다 주신다면 저의 집문서를 몽땅 드리겠습니다."

이야기를 들은 장씨는 깜짝 놀랐다. 북조선에서 벽돌공 장이라면 대단한 지주 못지않은 부호이다. 아직도 집문서는 재산권으로서 북조선에서 효력이 있을 뿐만 아니라 중국인 인 자기가 집문서를 내밀면 북조선의 누가 감히 거절할 것 이냐 하는 자신감이 있었다. 그야말로 넝쿨째 떨어진 호박 이었다. 더욱이 김상철이라는 이 사람이 그 가족과 함께 중 국에 가서 같이 살면 그가 설마 자기를 속이고 배신할 것인 가? 여기까지 장사꾼의 본능으로 재빠른 계산이 끝나자

"좋소. 초면에 이렇게까지 날 믿어주고 부탁하니 나도 기 꺼이 김 선생을 돕도록 하겠소. 그럼 그 문서를 보여주시오."

"문서는 제 품에 있지 않고 제 처가 가지고 있으니 저를 믿으십시오."

"그럼 좋소. 사실 나도 내일 아침에 중국으로 돌아갈 준 비가 되어있으니 내일 아침 해뜰녘에 혜산진역으로 나오시

오. 내가 화물차 한 칸을 사용하고 있으니 그 화물칸의 한 쪽을 비어놓도록 하겠소. 요즈음 북조선에선 중국 상인들의 물건은 그다지 심하게 조사하지 않는 것이 천만다행이요."

상철은 장씨와 헤어져 가족들이 있는 곳으로 돌아와서 가족에게 내일 중국으로 들어갈 것이라고 알려주었다. 아내에게는 집을 떠나올 때 황망 중에도 가지고 나온 집과 공장의 문서를 다시 한 번 확인하고 아내에게 장씨와의 대화내용을 설명했다. 비로소 안심한 아내와 아이들은 그러나 남의 눈이 있으니 너무 호들갑 떨지 말고 조용히 잠을 자기로 했다.

다음 날 아침 새벽에 일어나 서둘러 역으로 갔다. 역에는 중국으로 출발할 기관차가 검은 연기를 내뿜으며 대기하여 있고 앞의 여객 칸에는 열차를 타려는 승객들이 왁자지껄 시끄럽게 모여 있었다. 뒤쪽 화물칸 부근에는 장씨가 일꾼으로 보이는 청년 두서너 명과 상철네 식구들을 기다리고 있다가 화물칸의 한쪽에 태우고 입구에서 보이지 않도록 짐으로 막았다.

그렇게 하여 생각보다 쉽게 열차를 타고 압록강철교를 건너 중국 측 국경도시 장백읍에 도착하였다. 국경의 조사도 장씨가 어떻게 손을 써놓았는지 화물칸 조사도 간단히 끝났다. 국경을 넘으니 이미 상철이 식구들은 도망 다닐 필요도 없는 자유인이 되었다. 장씨는 장백읍역에 도착하자 화물칸으로 직접 찾아와 상철이와 가족들을 나오게 한 후 앞의 객차로 옮기게 했다.

장씨는 중국의 동북지방에서 상당한 영향력을 가진 조선족 사업가로 중·조 국경을 사이에 두고 무역업을 하고 있었다. 상철은 이미 자신에게는 아무 쓸모도 없어진 집과 공장의 문서를 장씨에게 넘겨주었다. 장씨는 상철이를 자신의 무역업에서 유용하게 쓸 수 있는 인물로 판단하였다. 장씨의 이름은 장운복이라 하며 아버지 때에 조선의 남쪽 지방에서 만주로 이주하였다고 하였다. 이를테면 그도 조선독립을 위해 투쟁한 독립운동가의 자손이었던 것이다.

상철이는 장씨의 집안 내력을 듣고 마음속으로 안심하고 언젠가는 서로 마음을 터놓을 수 있으리라는 생각을 했다. 장씨의 집과 사업장은 용정에 있었다. 용정에는 많은 조선족이 살고 있었고 그들은 북조선에서 갓 넘어 온 상철이 식구를 조금도 구별하지 않고 따뜻하게 받아들였다. 용정은 비록 중국이라 하여도 중국말을 할 필요가 없을 정도로 조선동포가 많았다.

시내로 나가면 상점의 간판은 물론 공적으로 사용하는 정부문서도 모두 조선어와 중국어로 기록했다. 그것도 조선어를 먼저 쓰고 중국어를 뒤에 쓰는 식이었다. 상철이 부부는 용정에 도착하여 비로소 안심하고 그곳에 정착하여도 좋을 것이라는 판단을 내렸다. 다만 집을 장만하고 장사나 일을 하려면 어떻게 해야 할지 방법이 떠오르지 않아 장씨에게 의논했다.

장씨는 사실 상철에게서 받은 집문서와 공장의 문서를 보고 이 사람이 북조선에서 상당한 재력과 사업을 운영해본 사람이라는 것을 알았다. 더욱이 현재로서는 그 가치를 가늠할 수 없지만 제대로 권리행사가 되면 그 재산의 가치는 용정의 웬만한 부호가 부럽지 않을 것이라는 것을 파악하였다. 장씨는 마음속으로 이 사람을 잘 도와주면 앞으로 자신의 사업에도 상당한 도움이 될 것이라는 확신을 가지게 되었다. 그래서 말했다.

"김 선생. 내가 보아하니 김 선생은 북조선에서 상당한 사업경험이 있는 것으로 보입니다. 여기서는 잠시 쉬시면서 이곳의 상황을 보시기로 하고 우선 살 집을 마련해 드리겠습니다. 모든 것은 저를 믿으시고 천천히 시작하십시다. 그리고 아이들을 이곳 조선학교에 넣는 것이 어떻겠습니까?"

"아이고 장 선생님. 제가 무슨 운이 이렇게 좋아서 장 선생님을 만나게 되었는지 모르겠습니다. 중국으로 데려다 준 것만으로도 감사한데 집도 아이들 학교까지 돌봐주신다니 이 은혜를 어떻게 갚아야할지 모르겠습니다."

장씨가 마련해준 집은 용정시 중심에서 그리 멀지 않은 곳에 있고 상철네 식구가 살기에는 더할 나위 없는 조선식 기와집이었다. 상철이 내외는 우선 아이들을 더이상 놀릴 필요 없이 학교에 넣기로 했다. 상철이 내외는 은수를 아예 양자로 삼아 버리면 여러 가지 수속이나 남들에게 구차한 설명을 하지 않아도 될 것이며 더욱이 형식이 형남이 은옥이가 은수와 한 살 또는 두 살씩 차이가 나고 사이도 좋아 양자 삼는데 걸림이 없다고 판단하여 아이들을 불러놓고 말했다.

"애들아 아버지 어머니 말씀을 잘 들어라. 은수도 외삼촌, 외숙모의 말을 들어라. 재작년 겨울에 고향을 떠나 그 험한 산을 넘고 여기 중국까지 무사히 왔구나. 무엇보다 너희들이 건강하게 잘 따라주어서 이렇게 살아남게 되었다. 이제 이곳 용정에서부터는 우리도 떳떳하게 살아갈 수 있을 것이다. 그래서 이곳에서 너희들을 학교에 보내려고 한다. 아버지 어머니 생각으로는 은수를 너희들과 똑같이 친아들로 삼으려고 하는데 너희들 생각은 어떠냐?"

형식이 형남이 은옥이는 갑자기 무슨 말씀을 하시나 하고 눈을 말똥말똥 뜨고 있더니 어린 나이에도 그것이 무엇을 의미하는지 알았는지 일제히 은수 쪽으로 돌아보며 소리쳤다.

"좋아요. 은수는 이제 돌아갈 곳도 없잖아요. 저희들 형제로 삼아주세요. 우리는 사이좋게 잘 지낼게요."

은수는 외사촌들의 얼굴을 하나하나 바라보다가 얼굴에

눈물을 주르르 흘리며 외삼촌식구들을 향하여 자세를 고쳐 꿇어 앉으며 말했다.

"외삼촌, 아니 아버지 어머니 고맙습니다. 불쌍한 저를 자식으로 삼아주신다니 형제들과 사이좋게 지내고 그 은혜를 잊지 않겠습니다."

은수의 어른스러운 대답을 듣고 상철이네 부부는 물론 형제들도 이제부터 친형제로 지내기로 마음먹었다. 은수도 벌써 열 살이 되었다. 외갓집에 오기 전 고향에서 누나와 형과 여동생과 지내던 몇 년 전 일이 꿈처럼 머릿속을 스쳐 지나갔지만 이제는 모든 것을 잊고 이 형제들과 잘 지내야 한다. 눈물이 살짝 비치려고 하는 것을 억지로 참고 얼굴에 웃음을 띠었다. 눈치 빠른 은수가 자신의 처지가 어떤지 모를리 없었고 외삼촌이 자신을 차별을 두지 않고 사랑해 주는 것에 늘 감사하게 생각하고 있던 참이었다. 그렇게 해서 아이들은 용정의 조선인인민학교에 입학하게 되었다. 학교에서는 3남 1녀의 가족이 입학한 것으로 알고 아무 의심도 하지 않았다. 형식이는 4학년, 은수는 3학년, 은옥이는 2학년 형남이는 1학년에 들어가 온 집안이 오랜만에 공부하는 분위기로 가득했다.

아이들이 학교에 입학하여 네 형제가 학교와 집을 들락날락하니 상철이 부부도 이제 마음도 안정이 되고 새로운 생활에 대한 꿈을 가지기 시작했다. 장 사장은 상철에게 우선 자신의 사무실로 나와 다른 직원들과 얼굴을 익히고 자신의 사업이 어떻게 돌아가는지 상황을 익히라고 하고 상철이 처에게도 낮에는 동네의 여성동맹에 참가하도록 권하였다. 중국은 공산사회가 되면서 '여자들이 가정에 머물지 않고 사회를 위하여 일하여야 한다'는 모택동 주석의 가르침을 철저히 지키고 있었다.

은수는 사실 조선에서는 학교 들어가기 전에 전쟁이 일어나 학교의 문턱도 밟아본 적이 없었다. 학교에 다닌 적이 없는 것은 네 형제가 모두 같았기 때문에 조금 무리일 것이라고 생각되었지만 중국의 조선학교에는 다양한 나이와 환경의 학생들이 들어오므로 학교에서도 양해하고 받아주었다. 오랜만에 평화라는 것을 맛보며 학교를 다니니 세상이 달라지는 것을 느꼈다.

학교에서는 제일 먼저 조선글을 가르쳤다. 철없는 아이들이지만 남의 나라에서 우리글을 배운다는 것에 가슴이 뜨거워지는지 장난한 번 치지 않고 열심히 배웠다. 이어서 가르치는 중국 한자에 비하면 우리글은 그야말로 식은 죽 먹기였다. 거의 일주일도 되지 않아 한글을 완전히 익히고 두 달도 되지 않아 조선어 교과서는 물론 조선어로 쓰여진 이야기책도 읽을 정도가 되었다. 용정은 조선인들이 많이 살고 그들은 대부분 일제침략에 항거하다가 만주로 이주한 사람들의 후손이어서 민족정신이 투철하고 아이들을 가르치는 데에도 그러한 경향이 뚜렷했다.

상철이는 장 사장의 사업이 어떤 사업이며 어느 정도의 규모인지를 대략 알 수 있게 되었다. 상철이 자신이 벽돌공장을 운영해본 경험이 크게 도움이 되었다. 장 사장은 북조선의 금광, 탄광 등 광물을 중국으로 수입하고 중국의 농산물을 북조선으로 수출하는 무역업을 했다.

북조선이 전쟁으로 농촌이 피폐하여 당분간은 거의 모든 농산물을 중국에 의지하고 있는 상황이었다. 장 사장은 상철이가 북조선에서 중국으로 망명한 이유라든가에 대해 크게 신경 쓰지 않았다. 그가 북조선에서 상당한 재산을 버리고 중국으로 넘어온 데에야 그만한 이유가 있을 것이고 그것은 장 사장이 일하는 데에 큰 문제가 되지 않을 것이라 생각했기 때문이다. 상철이는 현황이 파악되고 용정에서의 장 사장의 위치를 알게 된 뒤부터 매우 성실하게 열심히 일했다.

상철네 식구가 중국으로 온 지도 3년이 지났다. 그사이 조선에서는 휴전된 지도 여러 해 되고 북조선에서는 전후 복구를 위해 중국과 소련에서 막대한 원조물자가 조선으로 흘러 들어가 북조선에서는 경제부흥이 불꽃처럼 일어났다. 북조선에 인접한 동북삼성의 경제도 영향을 받아 덩달아 함께 일어났다. 상철의 식구들도 용정에서의 생활에 자리가 잡히고 주위 사람들에게도 인정을 받았다. 아이들도 열심히 공부한 보람이 있어 형식이와 은수는 우수한 학생으로 졸업하고 이웃에 있는 용정중학교로 진학했다.

용정에는 일본침략에 맞서 인재를 양성하려는 목적으로 설립된 서전서숙(瑞甸書塾)을 비롯하여 명동(明東)학교, 동창(東昌)학교, 영신(永新)학교 등 여러 학교가 있었다. 그중에서 명동골의 은진(恩眞)중학교에는 만주 일대에서 활동하고 있는 거의 모든 조선인 지도자들이 이 중학교를 거쳐 갔다. 특히 나운규(羅雲奎)와 전옥(全玉) 같은 왕년의 영화배우도 이 학교 출신이었다. 더욱이 조선을 강제합방한 일본의 이등박문을 사살한 안중근 의사도 명동촌 문안골의 바위를 가상 적의 표적으로 삼아 사격연습을 하였다는 이야기가 전해 내려온다. 또 최근에는 형식이도 은수도 일본에서 유학생으로서 독립운동하다가 억울하게 옥사한 윤동주라는 선배의 이름도 듣고 존경하는 마음이 생겼다. 자신들도 언젠가는 민족을 위한 일에 온몸을 바쳐 일해야겠다는 결심을 했다.

은수는 어릴 때 할아버지를 본 기억이 있지만 그 할아버지가 중국 상해에서 독립운동을 하다 해방이 되어 조국으로 돌아왔고 곧이어 남으로 내려간 것을 희미하게나마 알고 있었다. 자신의 몸속에도 독립운동가의 뜨거운 피가 흐르고 있다는 굳은 결의가 느껴졌다. 어느 해 설날 누나와 형과 동생과 함께 모두 예쁜 한복을 입고 할아버지 할머니 아버지

어머니 앞에서 세배도 드리고 '까치까치 설날' 노래도 부른 것을 어렴풋이나마 기억하고 있었다.

그 아름답고 그리운 옛날이 한 폭의 아름다운 그림으로 그의 마음속에 자리 잡고 있었다. 아 그들은 지금 다 어디로 간 것일까. 아버지는 왜 나를 혼자 외갓집에 놔두고 간 것일까? 은수는 도무지 이해할 수 없었다. 상철이 부부도 아이들이 아직 너무 어려서 집안의 내력이나 왜 집을 떠나 도망하다시피 중국으로 망명했는지를 말해주지 않았다. 은수는 학교에서 늘 우등을 놓치지 않았다.

물론 형식이 형남이 은옥이도 똑똑하고 건강하고 쾌활하여 동네나 학교 아이들 사이에서 인기가 있었지만 은수는 늘 마음속에 다짐하는 것이 있어서 학교공부에서도 남들보다 더욱 열심히 하였다. 언젠가는 고향으로 돌아가 가슴속에 감춰져있는 아름다운 그림 속 가족들을 찾아보리라는 결심이었다. 그러기 위해서는 공부를 잘하여 자신의 능력으로 성공하지 않으면 안 된다고 굳게 믿었다.

'아, 그들은 모두 어디로 사라져 버린 것일까.' 은수는 추운 겨울날 저녁 따뜻한 방안에서 어머니 앞에 바싹 다가앉아 어머니 얼굴을 빤히 바라보면서 어머니 무릎에 앉아있는 옥순의 손을 만지작거리던 그 감촉을 아직 잊지 않고 있었다. 또 어느 날 형과 함께 동네 큰아이들 사이에서 놀다가 형의 말에 따라 재빨리 집에 가서 무쇠솥에서 아직도 따끈따끈한 삶은 고구마와 강냉이를 들고 와서 형에게 주었던 기억도 생생하였다. '나는 늘 형 뒤만 따라다녔지.'

은수 형제는 어머니가 재봉틀로 만들어준 똑같은 모자이크 무늬의 어린이 양복을 입었다. 형과 은수는 나이가 두 살 차이지만 쌍둥이처럼 똑같은 옷을 입고 다녔다. 그들이 새 옷을 입고 나가면 동네 아주머니들이 신기한 듯 만져보고 동네 아이들은 부러워했다. 어머니는 신식여자였다. 아이들이 보기에도 쪽진 신식머리에 동백기름을 바르고 외출할 때는 늘 접었다 세웠다하는 경대를 앞에 놓고 분을 바르셨다.

은수는 늘 형의 뒤를 따라 쫓아다녔다. 형이 가는 곳에는 무엇인가 재미있는 장난들이 있었다. 형이 놀러 나가려는 눈치가 보이면 은수도 따라 나갈 준비를 하고 형이 나가는 길목을 지키곤 했다. 어떤 때는 데리고 나가기도 했지만 어떤 때는 따라오지 말라고 머리를 때리기도 했다. 동생을 때리는 것을 아버지에게 들키면 형은 혼이 나곤 했다.

어느 날, 역 앞 광장에 드럼통이 산처럼 쌓인 적이 있었다. 형과 은수는 드럼통들이 궁금하여 몰래 다가가 보았더니 터진 틈으로 달콤한 엿이 흘러나오고 있었다. 그 통들은 며칠 후에 사라져 버렸지만 그 며칠 동안 동네 아이들은 얼마나 신나는 날들을 보냈는지 모른다. 역에서 철길을 따라 북으로 멀지않은 곳에 청천강 철교가 있었다. 형과 함께 청천강에 가서 형이 새알을 찾아 풀밭을 뒤지고 은수는 작은 바구니를 들고 형 뒤를 졸졸 따라다니던 추억, 멀리 강 건너편에 너무 멀어 희미하고 푸른색이 도는 나지막한 산들 위로 두둥실 떠있던 흰 구름은 얼마나 아름다웠던가. 강물을 박차고 푸다닥 날아오르던 물닭과 물오리들, 그 한없이 넓어 보이던 강물이 도도히 흘러가던 모습. 그것들이 사라져 버렸다니 믿을 수 없었다.

가끔 은수와 형식이는 용정시를 둘러싸고 있는 야트막한 산에 올라가 양산처럼 서있는 소나무 그늘 아래에 앉아 용정 시내를 내려다보며 미래의 꿈에 대해서도 이야기하곤 했다. 훌륭한 사람이 되겠다던가 혹은 장사를 해서 돈을 많이 벌겠다는 그 나름의 포부를 말하곤 했다. 은수는 어리지만 나름대로 계획이 있었다. 중학교에서 선생님들이 말하는 것을 가만히 들으며 용정중학교를 졸업한 훌륭한 인재들은 대부분 북경에 있는 대학으로 진학한다는 말을 들었다. 북경이 어디인지도 잘 모르면서도 은수도 막연하지만 언젠가는 자신도 북경대학에 들어가 인민들을 행복하게 하는 공부를 하겠다고 마음속에 다짐하고 있었다.

중국에서는 조선에서처럼 족보라든가 어느 성씨라는 개념이 없어 자신만 능력이 있으면 얼마든지 출세할 수 있다는 것도 차차 알게 되었다. 중국의 인민학교에서도 아이들이 10살이 되면 누구나 예외 없이 소년단에 들어갔다. 소년단은 군대와 같은 조직으로 한 달에 한 번씩 하는 종합훈련 때는 소대, 중대, 대대 등의 편성으로 운동장을 행진하곤 했다.

형식이와 은수는 소년단에서도 고급 간부가 되어 학생들을 통솔하였다. 특히 은수는 간부생활 중에 능력을 인정받아 학교 동창회에서 뽑는 우수인재상을 받았고 이것은 장차 북경대학에 진학할 수 있는 가장 확실한 자격이 되었다.

한편 상철이는 장 사장의 신임을 받고 용정에서 장 사장의 대리인으로서 확고한 자리를 잡았다. 장 사장은 중국에서의 위치와 재력을 바탕으로 북조선을 마음대로 출입하며 상철이에게서 받은 문서에 기재된 순천의 가옥과 공장을 둘러보고 상철이의 신분을 백퍼센트 믿었다. 순천의 공장과 토지 및 가옥의 가치는 중국에서의 환률로 계산하여도 어마어마한 재산이었다. 상철이가 왜 그 많은 재산을 버리고 고향을 떠났는지도 알게 되었다.

북조선에서 독립운동가나 남조선으로 도망간 사람과 연계된 소위 반동분자가 어떻게 처벌되는지 잘 알고 있는 장 사장은 상철의 처지를 이해할 수 있었다. 실제로 장 사장 자신도 알고 보면 상철이와 비슷한 가족관계를 가지고 있었던 것이다. 할아버지 때에 남조선의 어느 지방에서 간도 지방으로 가족을 데리고 망명하여 독립운동을 한 독립운동가의 자손이라는 점과 할아버지 형제며 일가친척이 남조선에 살고 있다는 점들이 어쩌면 상철이의 처지와 닮았어도 너무 비슷했다.

　장 사장으로서는 순천의 토지와 공장의 가치를 북조선에서 돈으로 환산하여 받는 일은 어려운 일이 아니었다. 그는 서두르지 않고 상황을 보아가면서 천천히 처리하기로 마음먹었다. 장 사장은 속으로 이게 어떻게 된 복덩어리가 나에게 들어왔나 하는 마음으로 상철이 식구를 귀하게 대우하였다.

　은수는 철이 들면서 자신의 할아버지와 아버지 그리고 누나, 형 등이 어디로 갔는지 관심을 가지기 시작했다. 아주 까마득한 기억이지만 형과 둘이서 다른 아이들과는 떨어져 신안주역의 개찰구에서 기차에서 내리는 사람들을 유심히 기다린 적이 있다. 그들이 찾는 사람은 콧수염이 멋있게 난 중절모를 쓴 신사였다. 그 사람은 온 집안이 존경하고 기다리던 할아버지였다.

　할아버지는 송성의 큰할아버지 형제들 중 막내로서 3·1 만세운동 때 중국으로 망명하여 상해에서 독립운동을 하고 해방이 되어 귀국하였다. 할아버지는 구안주(안주는 본래 오래된 도시로 일제가 경인선 철도를 놓으며 안주에서 수 km 떨어진 곳에 새 역을 만들어 그곳에 생겨난 도시와 구분하여 구안주와 신안주라고 불렀다)에 살았는데 형과 은수가 할아버지 댁에 가면 할머니 할아버지가 매우 귀여워하였다. 그러나 할아버지는 언제부터인가 멀리 떠나셨다고 하였다. 철없는 은수 형제에게 자세한 이야기는 하지 않았지만 남조선 경성으로 갔다고 한 것을 기억한다. 은수 형제는 그 할아버지가 역에 내려서 오실 것만 같아 틈만 나면 역에 나가 놀면서 역에서 나오는 콧수염 난 사람이 나타나기를 기다렸다.

그렇게 행복하고 세월 가는 줄 모르게 지냈지만 어머니가 갑자기 돌아가시자 아버지는 자기를 외갓집에 데려다 맡긴 것이다. 그러한 사실 외에 은수가 아는 것은 아무것도 없었다. 자상하게 자기를 귀여워해 주던 예쁜 명순이 누나는 어디로 갔는지? 사랑하던 막내동생 옥순이는 어떻게 되었는지 등등, 외갓집이 전쟁으로 도망치듯 중국으로 건너온 것은 무슨 이유인지, 신안주와 송성에 남아있을 아버지와 누나, 형 등은 전쟁통에 어떻게 되었는지 은수가 철이 들어갈수록 자신을 둘러싸고 있는 의문을 언젠가 풀어야 되겠다는 의식이 점점 자라나기 시작했다.

어느 날, 은수는 형식이 형제에게 간도 일대의 독립운동 유적지를 찾아보자고 제안했다. 그들이 제일 처음 찾아간 곳은 신흥무관학교가 있던 통화시 류하현이었다. 통화시까지는 버스를 타고 가서 류하현을 물어물어 찾아갔다. 버스를 타고 가는데도 4시간가량 걸렸지만 류하현의 무관학교를 찾는 데는 상당한 시간이 걸렸다.

무관학교 건물이 있었다는 넓은 벌판은 잡초만이 우거지고 현재는 사람이 살지 않는 폐허의 벌판이었다. 인가가 있는 마을에서도 상당히 떨어져 있어 일부러 찾아 들어가지 않으면 그런 곳에 건물이나 사람이 살고 있으리라고 알 수도 없는 외진 골짜기였다. 가까이에 살고있는 조선인 농부에게 들은 이야기는 대략 이러하였다.

"조선의 독립운동을 하기 위하여 이곳에 무관학교가 있었다는 이야기는 오래전에 들었지만 그것도 30년도 전에 있었던 일이라 아무도 자세한 것은 모릅니다. 그 유명한 청산리 전투도 이곳 신흥무관학교 학생들이 중심이 되어 큰 승리를 이루었다는 이야기가 전해옵니다. 독립운동가들이 특히 이동녕 선생, 이회영 선생, 장유순 선생 등이 중심이 되고 지청천 장군, 이범석 장군도 생도들 교육에 참여하였다고 합니다. 그러나 김좌진 장군이 지휘한 청산리 전투에서 대패한 일제가 중국에 압력을 가하여 결국 폐교되고 말았다고 합니다. 참 애석한 일이었습니다."

신흥무관학교가 폐교된 뒤로 독립군들은 이곳저곳으로 분산되고 대부분은 중·러 국경을 넘어 러시아로 이동했다고 한다. 은수와 형식이 형남이 들은 이미 혈기 넘치는 20대 초반의 청년이 되어 무관학교와 청산리전투 이야기를 들으며 통한의 울분을 토했다. 그들은 내친김에 봉오동 전투가 일어났던 현장으로 갔다. 그곳은 훈춘과 연길의 중간 정도의 두만강변에 있었다. 봉오동전투를 지휘한 홍범도 장군과 최진동, 안무 장군 등이 지리적 이점을 잘 이용하여 병력수와 장비에서 압도적인 일본군을 무찌른 이야기는 청년들의 피를 끓게 했다. 이어서 찾아간 청산리 전투가 일어났던 전투현장은 청산리의 2도구와 3도구에 걸친 넓은 지역이어서 일대를 돌아보는 데에도 이틀이나 걸렸다. 봉오동전투와 4개월 후에 벌어진 청산리전투를 살펴본 이번 여행을 계기로 그들은 마음속에 민족에 대한 자부심을 가지게 되었다.

그들은 집으로 돌아와서 상철이 부부에게 자신들의 장래에 대한 희망을 이야기하면서 상철이 식구가 왜 순천에서 그렇게 황급히 집을 떠나야 했는지 또 은수의 아버지에게 무슨 일이 있어 은수를 외갓집에 맡기고 아무 소식도 없게 되었는지를 물었다. 상철이 부부도 이미 아이들이라고 부를 수 없을 정도로 씩씩한 청년으로 큰 자식들을 바라보면서 과거의 집안 사연을 이야기하였다.

"그래 이제 너희들도 나이가 찾으니 집안 내력을 알아야 하리라 생각한다. 그러니까 벌써 십 년이 넘었구나. 순천의 우리 집에서 가재도구도 집도 다 버리고 떠나게 된 것은 북조선에 다시 공산정권이 들어서면서 사상적으로 위험하다는 경고를 받았기 때문이었다. 우리 할아버지는 순천 일대에서 큰 벽돌공장을 운영하고 많은 토지를 가지고 있었고 너희들의 고모 중 큰고모는 해방이 되자 바로 남조선으로 내려갔단다. 작은고모 즉, 은수 어머니는 안주로 시집을 갔는데 은수 할아버지는 중국 상해에서 독립운동을 하시다가 해방이 되어 고향으로 귀국하였지만 공산정권이 들어서자 역시 남조선으로 월남하셨다. 다시 말하면 우리 집은 북조선에서 보면 반동지주계급에 해당되어 북조선에서는 그냥 살 수가 없다는 것을 알게 된 것이다."

"그렇다면 중국에서도 사상적으로 위험하지 않나요?"

은수가 물어보자 아이들의 눈동자도 그렇지 않느냐는 듯 의문의 빛이 떠돌았다.

"물론 중국에서도 사상검증을 하면 위험하지. 그러나 이곳 용정이나 만주 일대에 있는 조선족들은 본래가 일본에 대항하여 싸우기 위해 만주로 이주한 독립운동가들의 자손이 많은 관계로 조선인들 사이에 북조선과 남조선의 어느 쪽을 편드는 행동은 드러내놓고 하지 않으려는 경향이어서 그것이 다행이다. 다만 너희들도 너무 사상문제에 깊게 관여하는 행동을 자제하는 것이 좋을 듯하다. 언젠가는 우리나라에도 통일이 되거나 자유로운 왕래가 실현되면 좋으련만."

10. 옥순이

어머니가 애기를 낳다가 돌아가실 무렵 옥순이는 다섯 살이었다. 온 가족이 통곡하며 장례를 지낼 때의 슬프고 애통하던 것을 옥순이도 어렴풋이 기억한다. 어머니의 따뜻한 손길을 독차지하던 시기에 엄마를 잃은 옥순이는 장례가 끝나고 석 달도 지나지 않아 곧바로 송성의 변씨 친척집에 맡겨졌다.

아버지는 아내가 죽고 뒤이어 월남한 할아버지로부터 위로의 편지를 받은 것이 공산당국에 보고되어 새로 출범한 북한 사회로부터 반동분자라는 낙인이 찍히고 온 재산과 집을 몰수당하고 한데로 쫓겨났다. 비록 고향이지만 동네 이웃과 일가친척 누구도 동정하거나 돌보아 주는 사람이 없는 매정한 사회로 돌변한 곳에서 네 명의 어린 자식을 혼자 돌보는 것은 불가능했을 것이다.

어느 날, 언니 오빠들이 눈치채지 못하는 사이에 아버지는 옥순이를 데리고 걸어서 송성으로 갔다. 늘 옥순이를 등에 업고 노래를 흥얼거리며 다니던 정다운 고향 송성으로 가는 길에 이번에는 가슴에 통곡하며 옥순이를 업고 가는 아버지의 심정은 어떠했을까는 상상도 할 수 없다. 송성에는 아버지와 8촌쯤 되는 사십대의 부부가 자식이 없이 적적하게 살고 있었다. 무자식일망정 그래도 논밭은 꽤 있어 생활걱정 없이 사는 집이었다.

아버지로부터 처음 막내딸을 맡아달라는 부탁을 받았을 때 재옥이 부부는 겉으로는 나타내지 않았지만 앞이 환히 밝아지는 기쁨을 느꼈다. 마다할 일도 아니지만 그렇다고 대놓고 반가워 할 수도 없어서 마지 못하는 듯 말했다.

"자네가 큰 불행을 당했는데 일가친척이라며 무어라 위로할 말도 없네만, 자네 아이를 데려온다면 내 정성껏 키워서 훗날 좋은 곳에 시집까지 보내줌세. 아무 염려 말고 데려오시게."

그렇게 하여 옥순이는 전혀 얼굴도 모르는 낯선 집에 갑자기 맡겨진 것이다. 그 집의 재옥이 부부는 옥순이가 울고불고 보채는 것을 참을성을 가지고 잦아들기를 기다리며 정성껏 보살펴 빠른 시간에 옥순이의 마음을 얻을 수 있었다. 부부는 옥순에게 아버지, 어머니라고 부르도록 가르치고 한편 일가친척집을 다니며 홍옥의 막내딸 옥순이를 양녀로 삼았다고 알릴뿐만 아니라 날을 잡아 성대한 잔치를 베풀었다.

송성은 본래 변씨 동성마을로 조선왕조 세조임금 때 이

곳으로 귀양 온 변씨의 자손이 이룬 마을이다. 귀양 온 지 5백 년 동안 갖은 고생과 어려움 속에서도 자식들을 가르치고 부지런히 농사를 지어 조선말에는 평안남북도에서 내로라하는 집안으로 자리를 잡은 것이다. 변씨 마을에는 과거 진사시험에 합격한 사람이 손꼽을 수 없이 많아 이미 진사시험합격은 평범한 일이 될 정도였다.

마을 앞에 넓게 펼쳐진 안주평야는 평안남북도를 포함한 북부지방에서 최대의 곡창지대이고 이 평야의 대부분이 변씨의 소유였다. 송성 앞을 가로지르는 신작로는 남북을 왕래하는 주요 도로이며 이 길을 지나는 선비들은 송성 마을 앞을 지날 때는 갓을 벗어 예의를 표했다고 한다. 비록 귀양으로 낙향한 가문의 자손이지만 자부심이 대단한 집안이 되었다.

이렇듯 가문과 혈통을 중시하는 송성에서도 홍옥이의 아내가 죽고 집안이 하루아침에 쫓겨난 이유를 모를 리 없었지만 그래도 서로의 끈끈한 정을 알고 도와주려는 마음이 있어 옥순이는 순조롭게 송성에서 자랄 수 있었다.

옥순이가 송성에 온 지 대여섯 달이 지난 여름 어느 날 옥순이는 평소와 같이 마을 한가운데 넓은 마당에서 동네아이들과 어울려 소꿉놀이를 하고 있었다. 아이들 사이로 어떤 낯선 언니가 다가와 옥순이를 와락 껴안고 울기 시작하였다. 주위의 아이들은 갑자기 일어난 상황을 이해하지 못하고 멀뚱멀뚱 쳐다보고 있었다. 옥순이의 볼과 머리를 쓰다듬는 그 언니는 지난겨울에 헤어진 큰언니 명순이였다.

옥순이는 자기를 안고 통곡하는 사람이 꿈에도 그리던 언니인 것을 알고는 언니에게 매달려 울음을 터뜨렸다. 명순이도 옥순이도 어머니가 돌아가신 이후로 아버지는 어디로 갔는지 행방도 소식도 모르는 고아 같은 신세였다. 명순이는 옥순이를 부둥켜안고 울다가 떨어지지 않으려고 몸부림치는 옥순이를 밀어낼 수밖에 없었다. 옥순이는 이미 다른 집의 딸로서 호적이 바뀐 상태이고, 자신도 큰할아버지 집이라고 하여도 결국 다른 일가들의 눈칫밥을 먹고 있는 신세가 아닌가. 할아버지가 계시고 어머니가 살아 있을 때는 송성마을에서 명순이 옥순이는 가장 부러움을 받는 자매였다. 그러나 지금 온 가족의 사랑과 귀여움을 받던 막내 동생을 남의 집으로 들여보내면서 언젠가는 다시 한 집에서 살게 되기를 마음속으로 바랄 수밖에 없었다. 명순이는 풀죽어 돌아가는 옥순이를 애처롭게 바라보다 눈물을 훔치며 돌아섰다.

최근 몇 달 사이에 송성을 비롯한 안주 일대도 예전처럼 조용한 시골이 아니었다. 한 달쯤 전부터 처음 보는 B29라는 비행기가 으르렁 소리를 내며 시골 하늘을 지나갔다. 때로는 멀리 보이는 안주읍에서 제일 큰 건물에 비행기에서 떨어뜨린 폭탄이 터지고 많은 사람이 죽기도 했다. 송성마을 앞 신작로로 군가를 부르며 지나가던 군용트럭들도 낮에는 볼 수 없고 밤에만 몇 대씩 지나갔다.

송성은 그해 가을 10월까지만 해도 큰 변화가 없었다. 10월말에는 인민군이 북으로 밀려나고 대신 낙하산부대를 앞세운 유엔군과 국방군이 들어왔다. 사람들은 어디서 구했는지 수많은 태극기를 들고 나와 열광하며 환영했다. 조금 있으면 곧 통일이 되고 전쟁은 끝난다고 하였다. 유엔군이 혜산진까지 올라가 수통에 압록강 물을 담았다는 소문도 들려왔다.

통일의 기대가 한창 부풀어 있는 어느 날 저녁 무렵 명순이가 있는 큰할아버지 댁에 아버지가 상수를 데리고 나타났다. 아버지는 큰할아버지에게 큰절을 드리고 그동안의 상황을 간단히 말씀드리고 앞으로 국방군에 의해 통일이 되어 세상이 변하면 다시 고향에 돌아와 살겠다고 말씀드렸다. 홍옥이는 그날 밤 명순이와 상수를 데리고 송성을 떠났다.

그러는 사이 시간이 지날수록 불안한 소문이 떠돌고 전세는 차차 유엔군에 불리한 쪽으로 변하는 듯하였다. 첫눈도 내리고 길에는 하얀 눈이 수북이 쌓인 12월도 가까워질 무렵 송성에도 거의 절망적인 분위기가 닥치기 시작했다. 송성 앞 신작로에는 얼마 전까지만 하여도 북으로 국방군과 유엔군 병사들을 가득 태우고 행진가를 부르면서 지나가는 것이 낮익은 광경이었는데 언제부터인가 달구지를 끌고 보따리를 지거나 머리에 인 피난민들이 길을 메우고 남으로 향하는 것이었다. 어린 옥순이도 무언가 불안한 것을 느끼고 아이들과 어울려 놀지도 않았다.

재옥이 부부는 옥순이를 얻어 부러운 것이 없이 행복한 나날을 보내던 가운데 전세가 점점 나빠진다는 소문을 들으며, 장차 어떻게 될까 걱정을 하며 이리저리 상황을 살피다가 송성의 많은 집들이 벌써 짐을 싸 가지고 어디론가 떠난 것을 알았다. 그래서 그들도 다른 사람들이 하는 대로 떠나기로 결정하였다.

이미 밤이면 북쪽 하늘을 붉게 물들이고 쿵쿵 땅을 울리는 소리가 점점 가까이 오고 있었다. 붉은 불덩이가 하늘로 올라가 환하게 불빛을 밝히고 떠있을 동안에는 발밑의 개미들이 기어다니는 것이 보일 정도로 환했다. 불빛이 한동안 떠있다 서서히 꺼지면 새로운 불덩어리가 올라가기를 밤새껏 계속하는 것이었다. 그런 날이 이삼일 계속되고 드디어 본격적인 후퇴가 시작되었는지 군인과 농민들이 한데 섞여서 신작로를 메우고 내려왔다.

재옥이 부부는 더 미룰 수도 없어 간단한 보따리를 만들어 이고 지고 옥순이를 앞세우고 집을 나섰다. 그렇다고 다른 사람들과 마찬가지로 목적지가 정해진 것도 아니었다. 무작정 황망 중에 집을 나섰지만 그날이 저물기도 전에 힘이 부치고 다리가 아파 주저앉고 말았다. 옥순이는 아버지

어머니가 걱정이 되어 조그만 것이 다른 사람들이 걸어가는 것을 바라보며 손을 끌었다. 그날은 결국 어디인지도 모를 농촌마을의 빈집에 들어가 다른 피난민들 속에 섞여 하룻밤을 지샜다. 다음날 새벽에 이미 사람들은 앞서거니 뒤서거니 앞 다투어 피난길을 재촉하는 것을 보고 재옥이 부부도 옥순이를 앞세우고 출발하였다.

그렇게 일주일가량을 조금씩 조금씩 걸어서 도착한 곳이 진남포근처의 작은 포구였다. 평생 바다를 본 적도 없는 어른들은 물론 옥순이도 이렇게 넓은 바다에 가득한 물을 보고 입이 벌어졌지만 부두에 모인 사람들은 얻어 탈 배를 구하기에 싸움이 붙을 지경이었다. 물가에 매어놓았던 배라는 배는 모조리 피난 가는 사람들이 돈을 주고 샀다. 재옥이 부부도 떠날 때 가지고 온 금반지등 패물을 주고 엔진이 달린 배를 얻어 탈 수 있었다. 선장이라는 사람은 자신의 식구들은 선장실에 태우고 갑판과 아래선실에 사람들을 태울 수 있을 만큼 가득 태웠다.

밤이 깊어 옥순이네는 아직도 피난민들의 아우성과 울음소리로 소란한 부두를 떠났다. 어디로 간다는 목적지도 정하지 않았고 누구도 어디로 가야 한다는 주장을 하거나 의견을 내놓지도 않았다. 사람을 가득 태운 배는 다행히 파도가 심하지 않은 바다를 조용히 미끄러져 통통거리며 남으로 향했다. 밤이 지나고 동쪽 야트막한 산 위에 해가 뜨는 것을 바라보며 안도의 한숨을 쉬기도 하고 해안의 산세를 바라보면 여기가 어디쯤일 것이라며 아는 체를 하는 사람들도 있었다.

사람들 중에는 진남포에서 인천까지 가려면 황해도 장산곶을 돌아야 하고 저기 보이는 저 뾰죽한 산이 아마 장산곶일 것이며 이곳은 옛날에 심청이가 빠져 죽은 인당수가 될 것이라고 하였다. 인당수는 예부터 파도가 심한 곳으로 유명한데 오늘은 파도가 그다지 크지 않아 다행이라고 하였다. 배에 타고 있는 동안은 몸을 움직일 수 없을 정도로 끼어 앉아 음식을 먹을 수도 물을 마실 수도 없고 남녀노소의 체면도 가릴 수 없이 배변을 그 자리에서 처리해야 하는 등 지옥과 같은 삼일 간을 보낸 후 한강하구의 어느 포구에 도착하였다.

재옥이 부부는 낯선 곳이지만 우선 남조선에 온 것을 다행으로 여기며 바로 서울을 향해 길을 재촉하였다. 길은 어느 곳이든 피난민으로 인산인해를 이루고 소달구지와 군인의 차량들이 뒤섞인 사이로 피난민들이 보따리를 이고 지고 몰려갔다. 그해는 하늘이 도왔는지 1월의 소한 대한의 추위도 그다지 심하지 않은 것이 천만다행이었다. 다만 재옥이 부부가 먼 길을 걷는 데에는 너무 다리가 아프고 짐까지 이고 지었으니 빨리 걸을 수가 없었다. 옥순이는 두 어른들 사이에서 헤어지지 않으려고 무지하게 애를 썼다. 겨울 해는 금방 떨어져 어느 마을 앞에서 결국 묵어가기로 했다.

다음날 일찍 피난민들이 아우성치는 속에 섞여서 앞으로 가던 옥순이는 아무리 둘러보아도 아버지 어머니를 찾을 수가 없었다. 피난민 사이를 뚫고 앞으로 뛰어갔다 뒤로 다시 뛰어가기를 반복해보아도 아버지 어머니를 발견할 수가 없었다. 옥순이는 부모를 잃어버렸다는 것을 깨달은 순간 눈앞이 캄캄해지며 주위에 있는 사람들이 모두 똑같아 보였다. 앞을 보아도 뒤를 보아도 구별할 수 없는 똑같은 사람들이 황급하게 지나갈 뿐이었다.

어디서 어떻게 잃어버렸는지 멀리서 아버지 어머니가 자신을 찾는 목소리가 들리는 것도 같아 그쪽으로 가보면 역시 모르는 사람들이 아이들의 손을 잡고 이리 저리 밀리며 지나갈 뿐이었다. 옥순이는 두려움에 휩싸여 울기 시작했다. 큰소리로 울어도 아무도 쳐다보지도 않았고 주위에는 자기처럼 부모를 잃은 아이들이 여기저기서 울고 있었다. 옥순이는 울다 지쳐 이제 울음소리도 허기진 뱃속으로 잦아들고 눈물만이 때 묻은 볼을 타고 흐를 뿐이었다. 아침도 점심도 저녁도 굶으며 비실비실 걷다 길가에서 벗어난 외딴 농가의 외양간에 쓰러져 잠이 들었다.

지나가는 누구도 그곳에 어린아이가 잠들어 있으리라고 생각하지 않았다. 자신의 아이들도 간수하기 힘든 판에 아이 하나가 길가에서 잠이 들었다고 눈여겨보는 상황이 아니었다. 그곳은 다행히 바람막이가 되어 얼어 죽지는 않았다. 누군가 흔들어 깨우는 바람에 겨우 힘없이 눈을 떠보니 낯선 사람이 자신을 들여다보며 물었다. 무엇이라고 말하는지 알아듣지도 못하며 바라만 보고 있자 입에 손바닥으로 무엇을 떠먹는 시늉을 하였다. 옥순이는 비로소 자신에게 무엇을 먹겠느냐고 묻는 것이라 생각하고 고개를 아래위로 끄덕였다. 흔들던 사람은 옥순이를 일으켜 앉히고 그릇에 담긴 것을 먹으라고 숟가락을 입으로 가져왔다. 그것은 며칠간 물 한 모금도 마시지 못한 옥순이의 허기진 식욕을 끌어당기는 강렬한 힘이 되었다.

옥순이는 손을 뻗어 숟가락을 입으로 가져가 미친 듯 핥아먹었다. 그것은 금방 끓인 죽과 같은 것인데 향기롭기가 그지없었다. 옥순이에게 먹을 것을 준 사람은 우리나라 사람이 아니고 하얀 얼굴에 노랑머리를 한 외국여자였다. 그 여자 외에도 몇 명의 외국 군인들이 먹던 수프를 옥순에게 준 것이었다. 그들은 휴식이 끝나고 떠나면서 혼자 버려진 여자아이를 자신들이 타고 가는 작은 스리쿼터 트럭에 태웠다.

그들은 캐나다에서 한국전쟁에 파견한 패트리샤 공주 경보병연대소속의 병사들이었다. 이들은 후퇴과정에서 부대에서 낙오된 일부로서 피난민들로 점령된 도로를 헤쳐 나가는 데에 애를 먹었다. 옥순이는 천만다행으로 이들에게 구조되어 부대원들의 보호를 받으며 대전을 거쳐 대구까지 내려왔다. 옥순이는 부모님을 잃어버리고 당황하고 두려움 속에 피난민 속을 헤매다가 이들에게 구조된 뒤 며칠 동안 친절한 군인들의 보살핌을 받다보니 이들에게 흠뻑 정이 들었다.

특히 병사들 중에서도 패티라는 여자 병사는 옥순이를 마치 자신의 동생이나 딸이나 되는 것처럼 돌보아주었다. 대구를 거쳐 부산에 도착하여 부대가 다시 정비될 때 부대장은 옥순이를 부산의 고아원으로 보낼 것을 결정하였으나 패티는 강력하게 반대하고 자신이 옥순이를 돌보다가 귀국할 때는 캐나다로 데리고 가겠다고 의견을 냈다. 옥순이는 패티로부터 베티라는 서양 이름을 받고 부대원들의 마스코트처럼 되었다. 모든 부대원들은 옥순이를 "베티, 베티" 하고 부르며 초콜릿, 과자 등을 갖다 주고 옥순이를 차례로 안아보려고 기다릴 정도였다.

시간은 흘러 부산에서 일 년을 더 보낸 후 패티는 군복무를 마치고 캐나다로 귀국하게 되었다. 패티는 캐나다 동부의 아름다운 섬 PEI(프린스 에드워드 아일랜드)주 출신이다. PEI주의 주도는 샬럿타운이라는 작고 아담한 항구로서 '빨간머리 앤' 소설의 작가 루시 모드 몽고메리의 고향이기도 하다. 베티는 이곳에서 패티의 부모인 윈터씨 부부의 보살핌을 받으며 살게 되었다.

캐나다에 온 지 2년이 되어 캐나다의 소학교에 입학하여 공부를 시작하면서 베티의 영리함이 나타나기 시작했다. 베티는 영어와 불란서어를 자유롭게 구사할 수 있게 되면서 타고난 긍정적인 성격이 친구들에게 인기를 끌게 되고 학교 성적도 우수하여 행복한 생활을 하게 되었다. 다만 자신의 어떤 먼 과거가 막연한 기억 속에 남아있어 그것이 무엇인가 하는 의문 속에 지내었다.

초등학교 3학년말에 학교에서는 '빨간머리 앤'을 연극으로 발표하는 행사를 하게 되었고 베티는 학생들의 추천에 의해 연극의 주인공인 앤셜리의 역을 맡게 되었다. 연극에서는 앤이 고아원에서 마슈·마릴라 남매에게 입양되는 장면에서부터 시작하여 훌륭한 선생님이며 작가로 성장하는 줄거리가 베티의 과거와 너무도 닮아서 베티는 연극을 준비하고 마칠 때까지 정말로 자신을 보여준다는 마음으로 연기하였다.

학교 강당에 모인 관중들은 처음에는 작은 체구의 동양 여자아이가 주인공으로 나온 것을 의아하게 생각하였으나 차츰 연극이 진행되자 아이의 재치와 귀여운 몸놀림에 완전히 빠져들고 말았다. 연극이 끝나고 마지막 무대 인사를 하러 나온 여자아이는 그때까지 쓰고 있던 빨간 머리를 벗어버리고 까만 머리로 인사를 했다. 반짝이는 까만 눈동자와 발그레한 뺨, 붙임성 있는 미소가 사람들을 끌어당겼다.

학예회는 베티에게 큰 전환점이 되었다. 우선 학교뿐만 아니라 작은 시골 도시 샬럿타운에서 모르는 사람이 없을 정도로 유명해졌다. 동양에서 입양되어 온 어린 소녀가 어쩌면 그렇게 깜찍하게 연기를 잘하느냐고 소문이 쫙 퍼져다. 베티에게는 앞으로 앤과 같이 훌륭한 사람이 되어야겠다는 결심을 하게 된 계기가 생긴 것이다. 베티에게 샬럿타운의 생활은 그야말로 희망 그 자체였다.

베티를 이곳의 자기 고향집에 데려다 맡긴 패티는 다시 바로 떠났다. 패티의 부모들은 외동딸인 패티가 항상 쾌활하고 적극적이어서 늘 딸에 대해 자부심을 가지고 있었다. 그 딸이 어느 날 더 넓은 세상을 보고 싶다고 군대에 지원하였다. 그마저도 모자라 불의를 참을 수 없다며 부모의 허락도 없이 세상의 어디에 있는지도 모를 작은 나라에서 벌어진 전쟁에 참가하였다. 전쟁소식이 전해올 때마다 수많은 군인들이 죽고 다친다는 말을 듣고 걱정이 말이 아니더니 3년 정도 지난 어느 날 갑자기 고향집에 온다는 기별이 온 것이었다. 부모들은 외동딸을 만난다는 기쁨에 밤잠을 설치며 기다렸더니 집에 들른 외동딸이 낯선 동양여자아이를 하나 집에다 맡기고 사라져 버린 것이다.

외롭게 지내는 부모를 배려한 딸의 사려 깊은 생각이라고 생각하여 옥순이를 받아 양녀로 삼고 키우게 된 것이다. 베티라는 이름을 새로 받은 옥순이는 양부모의 보살핌 속에 건강하게 무럭무럭 자랐다. 베티는 성격도 활달할 뿐만 아니라 활동적이어서 학교의 남학생들이 주로 하는 아이스하키, 스키, 수영 등 못하는 운동이 없었다.

일반적으로 북극에 가까운 곳의 사람들은 춥고 어두운 겨울철을 지내기 위한 여러 가지 풍습을 가지고 있다. 짧은 여름날 햇빛이 비칠 때면 서둘러 잔디밭에 자리를 펴고 일광욕을 하고, 겨울이 되면 할로윈데이, 크리스마스 등 어둠을 밝혀줄 불꽃을 밝혀놓고 마귀를 쫓는 의미로 종을 치거나 노래를 하면서 외로움을 달랜다. 긴 겨울동안 체력을 단련하기 위해서는 얼음 위에서 아이스하키, 스케이트를 하거나, 때로는 얼음을 깨고 찬물 속에 맨 몸으로 들어가는 용감한 관습들도 있다.

이곳은 캐나다 북동부에 위치한 섬이어서 여름이 짧고 겨울이 길다. 겨울은 눈이 많이 내리고 춥지만 다행히 대서양 남쪽에서 올라오는 멕시코만류가 운반해오는 따뜻한 바닷물 덕분에 겨울에도 영하 10도 이하로 내려가는 일이 드물다. 주민들은 주로 북유럽에서 건너온 사람들이 자리를 잡고 19세기 초까지만 하여도 북아메리카에서 가장 문명화되고 생활수준이 높은 곳이다.

베티는 굳센 마음으로 먼 타국에서 잘 자랐다. 3학년 때 연극을 준비하면서 읽은 '빨간 머리 앤'에서 주인공 앤은 누구의 도움도 없이 자신의 장래를 개척해나가는 씩씩한 소녀였다. 베티는 주인공 앤셜리처럼 자신을 구해주고 키워준 패티와 그녀의 부모의 은혜에 보답하고 어른이 되면 자기처럼 외로운 고아들을 돕겠다는 생각을 하였다.

베티는 소설의 배경이 된 앤셜리의 고향인 핼리팩스라는 도시에 대하여 동경하는 마음이 생겼다. 실제로 핼리팩스는 PEI섬에 이웃한 노바스코시아주의 주도인 도시다. 세계2차 대전 전까지만 하여도 북유럽으로부터 아메리카로 왕래하는 모든 선박들은 제일 먼저 핼리팩스에 입항하였다. 유명한 호화유람선 타이타닉호도 영국의 포츠머스 항을 출항하여 캐나다의 핼리팩스로 입항할 예정이었다. 말하자면 핼리팩스는 동북아메리카의 중심부와 같은 도시였다. 핼리팩스에는 유명한 대학도 여럿 있어 교육의 도시로서 알려져있다. 베티는 언젠가 반드시 핼리팩스로 유학을 가겠다는 마음을 가지고 있었다.

그렇게 편안한 날들이 지나가고 베티는 드디어 고등학교를 졸업하게 되었다. 패티도 십여 년간 복무한 군 생활을 청산하고 고향으로 돌아와 부모와 함께 살게 되었다. 패티는 집을 떠나 있으면서도 자기가 전쟁터에서 데려다 부모에게 맡긴 베티를 늘 걱정하고 있었다. 패티는 다행히 자신의 부모역시 베티를 사랑으로 잘 돌보아주고 베티도 스스럼없이 새 부모와 이웃의 사랑을 받으면서 초등학교와 중·고등학교를 무사히 졸업하게 된 것을 기뻐하였다.

패티는 베티의 장래를 위하여 베티가 그렇게도 바라는 핼리팩스로 이사 가서 살기로 결심하였다. 넓은 세계를 돌아다니며 젊음을 불태워온 패티가 살기에는 샬롯타운은 너무도 좁고 답답했다. 베티의 고등학교 성적은 전교에서 1, 2등을 하였기에 노바스코시아주의 최고 명문대학인 달하우지대학에 입학하는 것도 어렵지 않았다. 샬롯타운이나 핼리팩스 모두 바닷가 도시이지만 핼리팩스는 샬롯타운에 비하여 비교도 안 될 정도로 크고 번화한 도시였다.

핼리팩스와 작은 베드포드만을 사이에 두고 다트마우스라는 작은 도시가 있다. 두 도시는 맥도널드 다리와 매킨지 다리로 연결되어 있다. 항구의 부두에는 늘 수만 톤 급의 호화유람선이 정박하여 있고 유럽에서 유행하는 물건은 무엇이든지 제일 먼저 핼리팩스에 나타났다. 베티는 달하우지대학의 생물학부에 입학했다.

본래 달하우지대학은 캐나다 동북부의 해양분야 연구의 중심지이다. 북대서양에서 조업하는 대부분의 어선들은 핼리팩스인근의 어촌에서 출항하고 더 북쪽의 뉴펀드랜드를 포함한 전 지역의 수산물생산과 관리도 핼리팩스와 베드포드에 있는 수산연구소에서 담당한다. 베드포드항에는 캐나다에서도 첫째가는 해양연구소가 있다. 해양연구소에서는 해양의 환경, 지질, 물리적 및 화학적성질의 변화 등을 종합적으로 연구하므로 수많은 연구자들이 세계의 곳곳에서 모여든다.

달하우지대학에는 해양학부가 있고 베드포드 해양연구소와 연결하여 캐나다해양연구의 메카역할을 담당한다. 패티는 이런 학문적 전망을 보고 베티가 생물학을 연구한다는 것에 전적으로 동의했다. 베티에게 생물학은 그녀의 활동적이고 적극적인 성격과도 잘 어울리는 학문이었다. 그녀는 해양에 대한 연구에 눈을 뜨면서 바다가 인류에게 무한한 희망이라는 생각을 가지고 해양생물학을 연구하기로 하였다.

패티는 베티를 위해서 달하우지대학에 가까운 벨레뷔 거리에 주택을 구입했다. 이 일대는 핼리팩스시내에서 가까우면서도 울창한 숲과 바닷가 공원이 가까이 있는 주택가여서 일대를 산책하기에 안성맞춤이었다. 가까이에 있는 포인트플래젠트 공원은 대서양쪽으로 돌출한 작은 언덕을 중심으로 조성된 공원이어서 공원꼭대기에 올라가면 멀리서 항구로 들어오는 여객선이나 어선들이 모두 보인다. 공원아래 바닷가에는 1차세계대전과 2차세계대전 때 걸어놓은 대포들이 아직도 바다를 향해 포구를 열고 있었다. 패티와 베티는 손을 잡고 이 공원을 산책하곤 했다.

사실 베티는 어려서부터 바다를 본 적이 없다. 샬롯타운에 와서 처음 바다를 보았으나 그것은 건너편 해안이 마주 보이는 바다였고 파도도 그다지 심하지 않아 그 정도가 바다라고 생각하였다. 그러나 플래젠트 공원에서 바라보는 바다는 그보다 훨씬 넓고 광활하여 그야말로 가슴이 뻥 뚫리는 듯한 시원함을 느끼게 했다.

어느 주말 오후, 공원을 산책하던 패티와 베티는 한 동양인 남자와 백인 여자가 손을 잡고 지나가는 것을 발견하였다. 그 남녀는 20대 중반 정도의 젊은 두 사람이 손을 꼭 잡고 한가로이 가는 것으로 보아 부부가 아닐까 하는 생각이 들었다. 동양 남자와 백인 여자의 부부라니 좀처럼 마주할 수 없는 한 쌍의 부부를 베티는 그냥 지나치면서도 마음 속으로 매우 궁금했다. 혹시 중국남자일까? 하며 집으로 돌아온 후 그러한 부부가 있는지 이웃 사람에게 물어보았으나 잘 모른다고 하였다.

노바스코시아주나 핼리팍스는 인구가 적고 더욱이 동양인이 적어서 웬만한 사람들은 서로 알아볼 수가 있었다. 아마 새로 온 부부겠지 하며 지나쳤다. 그 후 베티는 학교생활에 몰두하여 그 일은 까맣게 잊고 있었다. 달하우지 대학의 생물학부는 북대서양의 모든 해양에 대한 연구의 중심이었기 때문에 교수도 수십 명, 학생 수도 수백 명에 달하는 거대한 대학이었다.

특히 해양생물분야의 연구는 미국동부의 마사스세츠의 우즈홀 연구소와 함께 세계적인 명성을 얻고 있었다. 베티는 대학에 들어가서 자신이 무엇을 해야 할 지를 비로소 알게 되었다. 대학생활은 그녀에게 새로운 세계와 가능성을 열어주어 그녀는 대학 신입생 시절부터 대학에서 밤늦도록 책을 보고 과제물을 쓰고 강의실과 도서관에서 살다시피 했다. 그녀는 생물 중에서도 해양생물에 흥미를 느꼈다. 바다 속에 그처럼 많은 생물이 존재할 수 있다는 사실을 믿을 수 없을 정도였다. 인류를 비롯하여 육지의 모든 생물이 처음에는 바다에서 시작되었다는 것도 신기하였다.

대학을 졸업하고 곧바로 대학원에 진학한 후 시내의 한 고등학교에서 교직을 얻었다. 학교에 수업이 빈 시간에는 대학원의 강의나 세미나에 출석하여 요즘 새로 발견한 심해어에 대한 연구를 하고 있었다. 어느 날 오전, 마침 강의가 없어 머리도 식힐 겸 부두 가에 있는 수족관을 보기로 했다.

핼리팩스 부두에는 수많은 배들이 정박해 있었고 베드포드만 안쪽에는 캐나다의 해군함정들이 정박해있었다. 수족관을 천천히 그러나 하나하나 놓치지 않으려는 듯 노트에 모양을 그려 넣고 설명을 적어 넣으면서 관찰하였다. 저것들 중에 어느 것이 앞으로 자기와 평생 인연을 맺게 될지 모를 일이다. 진지하게 관찰하다보니 점심도 거르고 오후 늦은 시간이 되어 밖으로 나왔다.

6월의 태양이 밝게 빛나는 거리를 천천히 걸어 마침 수족관 주변 언덕에 있는 옛 성 시타델로 올라갔다. 시타델은 핼리팩스를 지키기 위하여 별모양으로 성벽을 쌓고 해군이 주둔하던 곳이다. 현재는 플래젠트 공원처럼 옛날 대포들만 이 남아있고 주위는 온통 잔디를 심어 시민이 휴식을 취하는 공원이 되어있었다.

베티는 시타델 둘레 길가에 있는 작은 가게에서 샌드위치 한 조각을 사들고 잔디밭에 앉아 바다를 바라보면서 먹었다. 멀리 수평선은 햇빛에 빛나고 푸른 바다는 거울처럼 조용하다. 몇 척의 배들이 지평선위에 머무는 듯 떠있었다. 그때 누군가가 다가와서 베티에게 말을 걸었다.

"당신은 어느 나라 사람인가요? 혹시 중국이나 일본사람 아닌가요?"

깜짝 놀라 뒤돌아보자 한 동양인 남자가 서 있었다.

"아 네. 저는 한국 사람입니다. 당신은요?"

"그렇군요. 반갑습니다. 저도 한국 사람입니다. 지난번 플래젠트 공원에서 한 번 뵌 적이 있지요? 저는 혹시 중국 사람일 것이라 생각했습니다. 이곳에서는 한국 사람을 거의 볼 수 없어서.. 정말 반갑습니다. 그러면 이곳에 공부하러 오셨나요?'

"네. 저는 유학생은 아닙니다. 저는 전쟁 때 이곳으로 입양되어 와서 PEI의 샤롯타운에 살고 있습니다. 지금 달하우지 대학부설 고등학에서 교사를 하고 있습니다."

이 대화는 모두 영어로 이루어 졌다. 대화가 이어지면서 베티는 상대편 남자의 영어가 그다지 익숙하지 않음을 깨달

았다. 혹시 이 사람은 어떤 목적이 있어서 이곳에 온 것이
아닌가하는 의문이 생겼다.

"보아하니 선생님께서는 이곳에 공부하러 온 것 같지는
않은데 혹시 무슨 사업을 하고 있으십니까?"

순간 남자는 아차 이 여자가 나의 신분을 의심하는구나
하는 느낌을 받았다.

"아참, 제가 먼저 제 소개를 했어야 했는데. 실례가 많았
습니다. 저는 정창호라고 합니다. 저는 공부를 하러 온 것은
아니고 앞으로 사업을 해볼까 구상 중입니다. 혹시 언제든
시간을 내시어 저희 집에 한번 놀러 오시면 좋겠습니다. 저
의 신분에 대해 의심이 있을 수도 있는데 지난번 공원에서
본 여자는 저의 아내입니다. 저의 집에 오시면 자세한 말씀
도 나눌 수 있겠지요. 지난번 공원에서 함께 걸으시던 분은
그러면 어머니신가요?"

"어머니는 아니고 언니라고 해야겠지요. 그 언니의 부모
님이 저의 부모입니다. 저나 정 선생님이나 간단히 이야기할
수 없는 사연이 있을 것 같군요. 오늘은 제가 학교 수업도 남
아있어서 다음에 다시 만나 이야기를 나누면 좋겠습니다. 먼
타향 이곳에서 같은 나라 사람을 만난 것은 참으로 반가운
일입니다. 여기 저의 주소와 전화번호를 드리겠습니다."

둘이는 서로 주소와 전화번호를 교환하고 헤어졌다. 베
티의 그 남자에 대한 느낌은 그다지 나쁘지 않았다. 더구나

캐나다에서도 맨 동쪽 끝 이곳에서 같은 한국 사람을 만난다는 것은 정말로 반가운 일이다. 베티는 집으로 돌아와 패티에게 정창호를 만난 이야기를 했다. 패티도 그런 사람을 만난 것을 기뻐하였다. 며칠 후 베티에게 정창호로부터 초대전화가 왔다. 베티와 패티를 저녁식사에 초대한다는 것이었다.

그의 집도 플래젠트 공원에서 가까운 주택이었다. 그 주택지는 할리팩스 신학대학에 이웃해 있어 신학대학 교수와 학생들은 물론 신학대학에 관련 있는 사람들이 많이 살았다. 정창호의 아내 제니는 남편이 만나고 온 사람이 달하우지대학 부속학교 선생님이고 PEI의 샤롯타운에서 이곳으로 유학 와서 선생님이 된 진귀한 손님이라고 생각되어 정성스럽게 한식도 포함된 저녁 식사를 마련하였다. 주인과 손님들은 맛있는 식사와 음료들을 마시며 오랜만에 대서양이 내려다보이는 테라스에 앉아 이야기꽃을 피웠다. 그날 저녁 정창호와 제니가 들려준 이야기는 대략 다음과 같다.

11. 정창호의 이야기

　1958년 충청남도 공주에 파란 눈의 목사가 왔다. 이미 공주에는 1910년대부터 서양인 선교사들이 머물며 교회를 짓고 선교활동을 하고 있었으므로 새로 온 서양 목사를 새삼스레 주목하는 사람은 별로 없었다. 다만 새로 온 목사는 캐나다 프로테스탄트 교회에서 파견되어온 웰슬리 목사로서 아내 메리와 어린 딸을 데리고 왔다. 공주는 예부터 소위 양반들의 고장으로서 외부인이 정착하기 어려운 곳이었지만 선교사들에 대해서는 대체로 관대하였다.

　공주에는 선교사들이 지은 벽돌건물이 몇 채 들어섰다. 산중턱에 서양의 중세주택처럼 뾰족한 지붕에 붉은 벽돌로 지은 3, 4층 건물들은 산 아래의 초가지붕과 기와집이 대부분인 공주읍의 집들과는 너무도 달라 멀리서도 독특한 이국적 모습이 눈에 띄었다. 공주 사람들은 이 집들을 선교사집이라 불렀다. 선교사 집에서는 소나무 사이로 난 오솔길을 따라 시내로 내려올 수 있고 건물주위에 만든 밭에 채소를 심어 길렀다. 대부분의 선교사들은 이 벽돌집에 모여 살면서 주민들과는 조금 분리된 생활을 하고 있었다.

그러나 웬슬리 목사는 공주에 올 때 미리 살 집을 시내 중심에 가까운 봉황동에 구했다. 어린 딸이 낯선 나라에서 외톨이로 자라지 않고 현지의 아이들과도 친하게 자라게 하고 싶은 배려였다. 전통적인 한옥은 앞에 넓은 마당이 있고 마당 한 켠에는 작은 밭이 있어서 간단한 채소는 손수 가꾸어 먹을 수 있었다. 봉황동에는 공주농업고등학교를 비롯하여 여러 고등학교는 물론 공주사범학교가 있고 소학교도 있어 공주를 교육도시라고 부를만했다.

웬슬리 목사의 딸 제니는 이제 만 5살로서 소학교에 입학할 나이가 되어 집에서 가까운 소학교에 넣기로 했다. 아직 말도 통하지 않고 나이도 어렸지만 목사 내외는 제니를 현지 아이들과 같이 놀고 공부도 같이하는 것이 좋다는 생각을 가지고 있었다. 다행히 제니는 붙임성이 좋고 성격이 쾌활하여 이사 온 다음날부터 동네아이들과 어울려 놀았다.

동네 아이들은 눈동자가 파랗고 머리가 노란 서양 계집아이가 너무나 귀엽게 보여 저마다 같이 놀고 싶어 했다. 비록 말은 안 통하지만 그들은 어린이다운 친화력으로 말이 필요 없는 몸놀림과 표정으로 어려움 없이 어울려 놀았다. 동네아이들은 이 서양소녀를 자기들 집으로 데리고 가서 삶은 고구마, 감자, 옥수수 등을 권하기도 하고 망치기, 고무줄넘기 등 재미난 어린이 놀이를 함께 가르쳐주고 놀았다.

아이들은 어른들보다 단순하다고 하지만 실제로 아이들의 교감은 복잡 미묘한 내용을 간단하게 하는 능력을 가지고 있다. 제니는 이미 공주 둘레의 산이나 논, 밭은 물론 금강변까지도 뛰어다니며 공주의 강과 산에 흠뻑 정이 들었다. 아이들의 청각은 미묘한 발음도 모두 구별하고 원주민들만이 쓰는 발음도 조금도 차별 없이 소리 낼 수 있다. 제니는 공주에 온 지 서너 달이 되자 이미 공주의 아이들과 의사소통이 거의 가능해졌다.

느린 충청도 사투리로 공주 사람들에게 말을 하여 배꼽을 잡게 했다. 아버지 어머니와 시장에 가거나 사람들이 많이 모이는 곳에서는 곧잘 통역역할을 할 정도가 되었다. 별도의 외국학생을 위한 학교가 있을 리 없는 공주에서 제니는 소학교에서 한국의 아이들과 공부하는데 조금도 불편을 느끼지 않을 만큼 익숙해졌다. 다른 선교사들의 아이들은 부모들이 개인적인 교육을 고집하거나 서양 아이들만을 교육하는 대도시의 학교에 다니는 방법을 택하고 있었다.

제니의 집 생활도 한국 어린이들과 별반 다르지 않았다. 안방의 따뜻한 온돌 위에서 배를 깔고 엎드려 숙제를 하거나 방석위에서 책상다리를 하고 낮은 책상 위에서 연필로 꾹꾹 눌러서 한글을 써가는 모습이 한국아이들과 너무도 닮았다. 제니는 가끔 자신이 떠나온 캐나다 노바스코시아주 헬리팩스의 이야기를 하기도 했지만 공주에서의 생활을 즐기고 있는 것이 분명했다.

아버지 어머니가 함께 나가지 않아도 친구들과 어울려 하루 종일 동네를 쏘다니기도 하고 남의 집에서 음식을 얻어먹기도 했다. 반에서는 가장 인기 있는 아이가 되어 거의 모든 모임에 초대받았다. 그것은 그의 용모가 귀엽고 특이하기도 하였지만 그보다 그의 붙임성 있고 활달한 성품 탓이었다. 그는 남자아이들이 하는 축구 같은 운동에도 열심히 참가하였다. 차차 학년이 올라가고 소학교를 마칠 때에는 매우 우수한 성적으로 졸업하였다. 그는 이미 충청남도에서 모르는 사람이 거의 없을 정도로 활동적이었다. 5학년 때에는 한국어 웅변대회도 나가 충청도 억양이 섞인 말로 청중들을 사로잡기도 하였다. 소학교를 졸업하고는 공주중학교에 진학하였다.

제니가 살고 있는 집 뒤에 초가가 한 채 있었다. 그 집에는 늙은 할머니와 손자가 함께 살고 있었는데 그 손자는 제니가 이사 오기 전부터 쭉 그 집에서 살고 있었다. 어렵사리 생활하고 있는 이웃을 웬슬리 목사와 그의 아내 메리는 조금이라도 도와주려고 노력했다. 할머니의 아들과 며느리는 몇 년 전 병으로 죽고 할머니가 혼자서 손자를 키우고 있는 것이었다. 손자는 인물도 번듯하고 비록 어렵고 가난한 살림에도 조금도 기가 죽지 않았다. 할머니의 손자는 제니보다 서너 살은 더 먹었고 학교에서도 공부도 잘하고 활동적이어서 학생들 대표로 선출되기도 하였다. 그의 이름은 정창호라고 하였다.

창호는 비록 부모도 없이 가난하지만 조금도 굴곡지지 않은 쾌활한 성격에 모든 일에 적극적이었다. 제니가 중학교에 들어갔을 때 창호는 고등학생이었다. 창호와 할머니는 신앙심이 깊어 교회 일에 열심이었고 창호는 성가대에서 지휘를 하는 등 젊은 학생들의 리더 노릇을 했다. 웬슬리 목사 부부도 창호의 남다르게 씩씩하고 적극적인 성격이 맘에 들었다.

1978년, 웬슬리 목사가 한국에 산 지 이미 이십 년이 되었다. 제니는 5살에 와서 이미 한국의 대학을 졸업한 25살의 아름다운 처녀가 되어있었다. 아버지 어머니가 이젠 고국으로 돌아가려고 마음먹고 한국을 떠날 준비를 하고 있었지만 제니는 전혀 돌아가려는 마음의 준비가 되어있지 않았다. 더욱이 제니에게는 남몰래 키워온 사랑이 움트고 있었다. 성격이 외향적이고 활달한 제니이지만 왠지 사랑이라는 말만 하면 가슴이 뛰고 얼굴이 붉어졌다. 그것은 창호를 향한 남몰래 키운 연모의 정이었다.

그해 4월 첫째 일요일에 교회에서는 마곡사로 야외 예배 행사를 갔다. 날씨는 따뜻하고 봄을 서두르는 나무들에서는 파란 새싹이 트기 시작할 때였다. 아침부터 눈부신 햇살이 퍼지는 그날은 야외예배로서 더할 나위없는 날씨였다. 야외예배를 기뻐한 사람들은 젊은 신도들로 창호와 제니가 가장 열심히 일을 계획하고 젊은이들을 통솔하였다.

당시의 마곡사는 교통이 불편하여 공주버스조합에서 버스 한 대를 빌리기로 했다. 도로는 포장이 되어있지 않았고 시외버스도 하루에 4번 정도 있을 정도였다. 빌린 버스를 이용하여 30여 명의 회원들이 떠들썩하게 마곡사에 도착한 시각은 10시 반경으로 먼저 자리를 정하고 예배를 드린 후 점심을 먹고 여흥시간을 가졌다. 야외예배에 따라온 목사님은 비교적 젊은 정 목사가 와서 예배를 보아 주었다.

점심식사를 하는 시간에 보물찾기라는 놀이를 했다. 예배 보는 시간에 제니와 창호가 주변의 숨길만 한 장소에 미리 적어놓은 보물쪽지를 숨기는 시간에 둘이는 조용한 숲속을 거닐다 제니의 손바닥이 무심결에 창호의 손에 닿았다. 창호는 순간 특별한 자극을 느끼며 제니의 얼굴을 바라보았다. 늘 교회에서 태연하게 바라보던 제니의 얼굴이 그 순간에는 붉게 물들었다. 그러한 느낌은 어느 순간 남녀에게 공통으로 오는 것 같다. 화들짝 놀라는 태도를 보이는 것은 자기 마음을 들키는 것이다. 평소 제니는 창호에게 친밀감 이상의 마음을 느끼고 있었다. 이심전심으로 창호도 같은 감정을 가졌지만 마음을 전할 수 있는 기회가 없었다.

그날은 전과는 다른 기분이 들은 제니는 밝은 햇살 아래

흥에 겨워 즐겁게 노는 젊은 친구들을 보며 조금 지나면 이
곳을 떠나 자기의 조국 캐나다로 돌아가야 한다는 마음과
함께 정말로 이곳을 떠날 수 있을까 하고 혼자 자문해 보았
다. 캐나다를 떠난 것은 이십 년 전 이미 그곳에서의 추억도
기억도 희미해져 정든 사람들도 이곳이 훨씬 많았다. 즐겁
게 놀던 젊은이들 몇이 제니에게 다가와 손을 끌었다. 함께
즐겁게 놀자고 하는 손길에 끌려나가면서도 마지못한 미소
뿐 그다지 흥이 나지 않았다. 그러나 억지로 어울려 뛰고 춤
추며 즐거운 척했지만 마음 속은 쓸쓸함이 밀려왔다. 노는
중에창호를 살짝 곁눈질해보니 평소 같으면 모두를 리드하
며 신나게 흥을 돋우던 창호도 그날의 표정은 그다지 밝지
가 않았다.

그해 가을 웬슬리 목사 가족은 캐나다로 돌아왔다. 목사
의 부모들도 이미 나이가 80이 되고 목사 부부도 60이 가
까이 되어 고향에서 조용히 살기로 마음먹었다. 다만 문제
는 목사 부부의 딸 제니가 고향을 떠나 한국의 공주라는 시
골도시에서 20년을 살아서 거의 한국적인 생활과 사고방식
에 익숙해졌다는 것이다. 그래도 제니는 부모님을 따라 부
모님의 고향 노바스코시아의 핼리팩스로 돌아왔지만 전혀
고국에 돌아온 포근함을 느낄 수 없었다.

제니는 노바스코시아주의 신학대학 대학원에 입학하였
다. 평소에 갈망하던 신학교 생활이었지만 제니는 학교생활

에 전혀 흥미를 느끼지 못했다. 제니의 부모는 한국에 있을 때 그렇게 쾌활하고 매일 즐거움에 넘쳐 시간가는 것을 아까워하던 제니의 생활태도가 완전히 변해버린 것에 놀라움과 함께 걱정이 말이 아니었다. 겨울이 지나고 다음해 봄이 왔다. 핼리팩스의 봄은 늦게 오는 만큼 나무의 싹이 돋고 꽃이 피는 것이 화려하기 그지없다. 그런 봄을 맞이하고도 여전히 맥없이 지내는 제니를 부모는 걱정하기 시작했다. 어느 날 엄마 메리가 제니에게 물었다.

"제니. 학교생활이 그다지 즐겁지 않니? 오랫동안 한국에서 살다오니 마음이 잡히지 않니? 무슨 일인지 엄마 아빠에게 의논하렴."

그 말을 듣자 제니는 그녀답지 않게 눈물을 주르르 흘리면서 말했다.

"저도 잘 모르겠어요. 한국을 떠난 후로 모든 일이 시들하고 캐나다에서 사는 것이 너무 괴로워요."

"혹시 너 한국의 그 창호를 사랑하는 것은 아니니? 너는 공주에서 창호랑 너무 신나게 교회 일을 함께했지? 네가 창호랑 그렇게 잘 어울리더니 이곳에 와서는 창호만큼 친한 사람이 없구나. 그래 네 솔직한 심정은 어떠니?"

"엄마, 저는 매일 창호 꿈을 꾸고 있어요. 늘 마음은 창호 곁에 있는 것 같아요. 공주를 떠나올 때는 돌아가서 시간이 지나면 차차 잊히리라 생각했는데 그렇지가 않아요. 시간이 갈수록 창호를 잊을 수가 없어요. 실은 제가 창호와 한 번 편지를 교환했어요. 창호도 저를 보고싶어 해요. 엄마. 제가 창호와 결혼할 수도 있을까요?"

제니의 갑작스러운 물음에 메리는 깜짝 놀랐다. 갑자기 어떻게 대답해야 할지 망설이다가 겨우 말했다.

"글쎄. 네가 정말로 원하면 못할 것이야 없겠지만. 아빠와 좀 의논해보마."

결국 웬슬리 목사 부부는 제니의 사랑을 이해하고 창호와의 결혼을 반대하지 않는다고 말했다. 제니는 금방 생기가 돌아오며 앞으로 어떻게 해야 할지를 엄마에게 의논했다. 제니는 부모님의 허락이 떨어진 이상 가만히 시간만 허비할 수가 없었다. 서둘러 창호에게 편지를 쓰고 엄마와 함께 공주에 갈 것이라고 알렸다.

한편 공주에서 제니의 가족이 캐나다로 떠난 이후 창호는 실의에 빠져 학교에도 가지 않고 마곡사 뒷편의 작은 암자에 들어가 마음의 안정을 찾으려고 노력했다. 할머니는 창호가 방황하는 것을 잘 이해하지 못하고 아직 철이 덜 들어 그런 것이라고 짐작하고 있을 뿐이었다. 설마 그 서양의 노랑머리처녀 때문에 자신의 손자가 그렇게 실의에 빠져있으리란 것은 꿈에도 상상을 못하였다.

창호는 누구에게도 자신의 고민을 털어놓지 못하였다.

공주에서 생각하는 캐나다는 지구에서 달나라만큼이나 멀고 아득한 별개의 세계였다. 자신 같은 가난하고 부모도 없는 젊은이가 서양의 처녀를 사랑한다는 것에 스스로 생각하여도 너무도 불가능한 생각이었다. 제니가 떠나고 계절이 바뀌기를 두 번 차차 제니가 자신을 잊었을 것이라고 마음을 정리하여야겠다는 생각이 들 무렵 그에게 국제우편이 배달되어왔다.

그가 겉표지에 빨간 줄과 파란 줄이 그어져 있는 가로쓰기 봉투를 받아본 것은 이번이 두 번째였다. 제니가 캐나다로 돌아가고 벌써 일 년 가까이 지나는 동안 안부편지를 한 번 주고받았을 뿐이었다. 마음속에 늘 제니를 사랑하는 마음이 있는 것을 숨기고 있었다. 자신이 제니와 결혼을 꿈꾼다는 것부터가 불가능해 보이고 미래에 대한 계획도 아직 분명한 것이 없었다. 다만 지난 편지에는 큰맘 먹고 자신의 마음을 솔직하게 써 보냈다. 그리고 그 답장이 오기를 초조하게 기다리고 있었다.

그러나 제니로부터 부정적인 답변을 받게 되지 않을까 은근히 걱정스런 마음이었다. 그런데 제니가 보내온 편지의 내용은 그가 생각하였던 것보다 훨씬 솔직하고 뜨거운 것이었다. 그들 둘이는 헤어질 때도 그렇게 강렬하게 서로를 못 잊을 줄을 몰랐던 것이다. 창호가 고민하고 실의에 빠졌던 것만큼이나 아니 그보다 더 제니도 창호에 대한 그리움으로 괴로워하고 있다는 내용이 편지 가득 쓰여 있었다.

편지를 읽은 뒤 창호는 마곡사 뒤 태화산으로 올라가 몇 해 전 제니와 같이 와본 적이 있는 소나무를 붙잡고 눈물을 흘렸다. 수만리를 떨어져서도 서로 그리워하는 마음이 이렇게 통한다니. 사랑은 물리적인 거리만으로 멀어질 수 없는 것이라고 생각했다. 창호는 이제 자신만이 정신 차리고 노력한다면 언젠가는 제니와 다시 만날 수 있으리라는 희망이 보이는 듯했다. 창호는 눈물에 젖은 제니의 편지를 소중히 간직하고 집으로 돌아왔다.

그가 기쁨에 들떠 할머니에게 사실을 의논하려고 대문을 밀치고 안으로 들어가니 할머니는 그 동안의 외로움과 과로에 지쳐 거의 거동이 힘들 정도로 병이 들어있었다. 창호는 너무도 놀라고 자신의 무책임함을 자책하며 할머니를 열심히 간병하였으나 할머니는 이미 기력이 쇠진하고 연세도 많아 회복의 기미가 보이지 않았다.

결국 그해 연말 할머니는 창호를 남기고 숨을 거두고 말았다. 창호는 할머니 장례를 지내고 교회의 도움을 받아 교회숙소에서 지내게 되었다. 차차 마음의 안정을 찾은 후 창호는 제니의 편지에 대한 답장을 보냈다. 자신도 제니를 사랑하고 있음을 제니가 떠난 후에야 알게 되었다는 것과 자신은 할머니가 돌아가시고 혼자 남게 되었다는 것, 그리고 지금은 제니를 만나보는 것만이 유일한 희망이라는 사연을 써 보냈다.

해를 넘기고 봄이 되었다. 캐나다로부터 다시 한 통의 편지가 배달되어왔다. 그 편지의 내용은 창호에게 세상이 뒤집힐 듯한 기쁨의 충격을 주었다. 제니의 부모님들이 창호와의 결혼을 허락하였으며 곧 제니가 어머니와 함께 자신을 보기위해 공주에 올 것이란 내용이었다. 이미 자신들이 원하고 그리던 모든 것이 현실로 다가오고 있는 것이다. 친구들은 창호의 행운을 부러워하며 자신들의 행운인 것처럼 기뻐해주고 교회의 목사님과 신도들도 축하의 기도를 해주었다.

창호는 기쁨으로 가슴이 터질듯하면서도 너무나 갑작스럽게 다가온 행운에 겁도 났다. 이것이 정말로 자신에게 일어난 행운인가. 이제부터 자신은 어떻게 해야 할까. 제니를 따라서 캐나다로 가는 것이 옳은 판단인가? 가서는 무엇을 하고 살 것인가 등등 진정하려하여도 좀처럼 마음이 가라앉지 않았다. 만약 캐나다로 가게 된다면 아직 나이가 젊으니까 대학부터 다시 공부를 해야겠다는 결심이 섰다. 그렇게 마음을 결정하자 캐나다로 가기 전에 현재 자신에게 남겨진 공주의 작은 재산이라도 정리해둘 필요가 있다고 생각하였다. 그러나 자신이 살아온 초라한 초가집을 사려는 사람이 있을까? 그렇게 생각하는 중에 금방 머리에 떠오른 사람은 얼마 전에 공주의 K대학에 전임강사로 오게 된 변상수 교수였다.

변상수 교수는 본래 이북이 고향이며 1·4후퇴 당시 월남하여 서울에 자리를 잡았으나 계룡산이 가까운 공주에 터를 잡을 생각을 가지고 있다는 말을 들은 적이 있었다. 이삼일 후 변상수 교수가 공주에 내려온 기회에 창호는 만나자고 연락을 했다. 변 교수는 공주 중앙교회에서 몇 번 만난 적이 있으며 성격이 쾌활하고 서글서글하여 금방 교회의 젊은 사람들에게 호감을 주었다. 창호는 변 교수의 나이가 자신보다 7, 8년은 위라고 생각하였다. 공주라는 좁은 사회에서 외지에서 온 사람들이 공주현지인들과 친해지기는 조금 어려운 점이 있었다. 그러나 변 교수는 교회나 동네 사람들과도 매우 친하게 지내는 것이 정창호에게도 호감을 가지게 하던 참이었다.

"변 교수님 오랫만입니다. 이번에 공주엔 얼마나 계실건가요? 제가 만나 뵙자고 한 것은 교수님과 좀 의논할 일이 있어서 그럽니다."

"삼사일 있다가 주말에 다시 올라가려고 합니다. 그런데 정 선생에게 좋은 일이 생겼다는 소문은 나도 들었어요. 정말 축하해요. 정 선생처럼 가족도 없이 외로운 사람에게 그렇게 남들이 부러워할 행운이 온 것은 역시 하느님이 보살펴주시는 은혜라고 생각해요. 그런데 저와 의논할 일이란게 무엇인가요?"

"교수님이 이미 들으셨다니 터놓고 말씀드리겠습니다. 혹시 교수님 공주에 집을 사실 생각은 없으시나요? 제가 만약에 한국을 떠나게 되면 현재 살고있는 집을 처분하려고 합니다. 아시다시피 제 집은 교회 바로 옆이고 시내 중심이 가깝지 않습니까? 만약 교수님께서 생각이 있으시다면 특별히 싸게 넘겨드리고 싶습니다."

"실은 제 고향이 이북이 아닙니까? 월남해서 고향도 없으니 공주 같은 좋은 곳에 집을 사서 살면서 정을 붙이고 싶은 생각도 있지요."

"저도 우리 할머니로부터 들은 바에 의하면 할아버지께서 이북에서 월남했다고 해서 교수님에게 은근한 친근감을 느끼고 있던 참입니다. 공주에는 전쟁 때 월남한 사람들이 상당히 많지 않습니까? 어디 공주뿐입니까? 계룡산 주변에 이북사람들이 많이 정착했지요. 교수님은 고향이 어디십니까?"

"평안남도 안주라는 곳입니다. 청천강변의 아름다운 고장이지요. 그건 그렇고 만약 정선생이 캐나다로 정말로 떠나게 되면 그 집을 나에게 넘기세요."

그렇게 하여 창호는 집 문제를 간단히 해결 짓고 제니가 오기를 기다렸다. 제니와 엄마 메리는 6월에 공주에 도착했다. 캐나다로 떠난 지 1년 6개월만이었다. 이미 서로의 마음을 고백한 두 젊은이의 행동은 빨랐다. 정창호도 홀가분한 마음으로 제니를 따라 캐나다로 떠났다.

정창호와 제니가 서로 도와가며 들려준 이야기는 한 편의 사랑이야기였다. 베티는 그들의 결혼을 진심으로 축하하며 이야기를 다 듣고 난 후 패티와 베티가 만나게 된 사연을 이야기했다. 먼저 패티가 이야기를 시작했다.

"먼저 저의 이야기를 시작할게요. 저는 어려서부터 이 좁은 지방에 사는 것이 답답했습니다. 그래서 넓은 세상을 구경하고 싶었습니다. 그러기 위해서는 군대가 제일이라고 생각했습니다. 제가 군에 입대하자 바로 한국이라는 나라에서 전쟁이 터졌습니다.

저는 1951년 캐나다 패트리샤 공주 경보병부대 소속으로 한국전투에 파견되었습니다. 서울 북부의 가평전투에도 참가하였지요. 그렇지만 멀지 않아 만주에서 중공군이 대거 밀려오면서 남으로 후퇴하게 되었지요. 우리부대의 일부는 본대에서 떨어져서 피난민들과 함께 서울의 한강을 건너 남으로 후퇴하였습니다.

서울의 남쪽 어느 시골 마을의 초가집을 지나다보니 작은 여자아이 하나가 창고의 볏짚 위에 쓰러져 잠이 들어 있는 것을 발견했습니다. 저는 그 아이가 너무 불쌍하고 애처로워 우리부대의 트럭에 태우기로 했습니다. 그 아이가 베티예요. 베티는 우리가 후퇴하는 동안 귀여운 재롱으로 부대원들의 사랑을 받고 부대 마스코트가 되었어요. 부산까지 후퇴하였다가 휴전 후 제가 귀국할 때 베티를 데리고 왔습니다.

귀국 후 저는 베티를 샤롯타운의 부모님에게 맡기고 다시 군생활을 계속하다가 4년 전에 제대했습니다. 그동안 부모님들은 베티를 잘 키워주었고 베티도 건강하게 자라서 이젠 저와 함께 살게 되었어요. 저는 결혼보다는 베티의 뒷바라지를 해주며 살기로 결심했습니다."

이야기를 매우 흥미롭게 듣고 있던 정창호가 패티의 말이 끝나자 물었다.

"베티의 한국 이름은 무엇입니까? 패티에게 발견되기 전에는 어디에서 그곳에 온 것입니까?"

"저의 한국 이름은 변옥순이라 합니다. 저는 아주 어렸을 때 그러니까 제가 5살쯤 되었을 때 저의 어머니가 동생을 낳다가 돌아가시고 아버지는 저를 저의 고향 송성이라는 마을의 어느 집에 맡긴 것 같습니다. 너무 어려서 자세한 것은 잘 기억에 나지 않지만…"

베티는 옛날 생각이 되살아나면서 설움이 복받쳐 울먹이다가 겨우 진정하고 이야기를 계속했다.

"…저에게는 언니와 오빠 둘이 있었는데 제가 송성의 자식이 없는 변씨 부부에게 맡겨진 후 얼마 되지 않아 한국전쟁이 일어났습니다. 최근 읽어 본 기록에 의하면 전쟁초기에는 북조선이 유리하여 남쪽 낙동강까지 진격했지만 맥아더 장군의 인천상륙작전의 성공으로 북한 인민군은 압록강까지 후퇴했다고 합니다. 그러나 중공군이 만주에서 압록강을 건너 밀려오자 유엔군도 남으로 총퇴각을 했습니다. 이것이 소위 1·4후퇴라는 것입니다. 후퇴작전에는 군인뿐만 아니라 많은 북한 주민들도 함께 남으로 이동했습니다.

저의 양부모님과 저는 송성을 떠나 걷고 걸어서 어느 바닷가 도시에 도착하여 겨우 배를 얻어 탄 것으로 기억합니다. 피난민들이 가득 탄 배는 아슬아슬하게 남으로 남으로 이동하여 어느 어촌에 우리를 내려주었습니다. 그곳에서도 발 디딜 틈 없이 밀려가는 피난민 속에서 그만 양부모님을 잃어버리고 말았습니다. 저는 너무나 당황스럽고 무서워서 울면서 부모를 찾으러 헤매다가 배고픔과 추위에 지쳐 어느 집 부엌인지 곡간인지 볏짚 위에 쓰러졌습니다."

말을 어느 정도 마치고 진정하기를 기다려 창호가 다시 물었다.

"그 송성이라는 곳은 어디입니까? 평양보다 북쪽인가요?"

"글쎄요. 잘 모르겠는데, 제가 기억하는 이름은 신안주와 송성이라는 두 곳뿐입니다. 아버지가 저를 업고 자주 신안주에서 송성까지 걸어 다녔으니까요. 송성은 변씨들이 모여 사는 마을이었다고 생각합니다."

이야기를 듣던 정창호는 베티의 말 중에서 낯익은 지명

을 듣고 깜짝 놀라 물었다.

"혹시 언니와 오빠들은 몇 살 정도라고 기억하십니까?"

"언니로부터 두 살 또는 세 살씩 터울이니까 아마 작은오빠가 저보다 두 살 위, 큰오빠가 4살 아니면 5살 위이고 언니는 8살쯤 위라고 생각합니다."

창호는 언뜻 공주에서 자기 집을 산 변상수 교수가 떠올랐다. 변 교수는 자신이 평안남도 안주에서 1·4후퇴 때 월남하였다고 말했던 것이 기억났다.

"제가 한국에서 떠날 때 저의 집을 산 사람이 평안남도 안주에서 1·4후퇴 당시에 피난 내려 와서 교수가 되신 분이 계셨는데 이름이 뭐였더라? 아마 변치수 아니 변상수였지요. 혹시 오빠들 이름과 같지 않나요?"

"저의 큰오빠 이름이 변상수예요. 나이는 얼마나 되었나요?"

"아마 베티 씨보다 4, 5살 많은 듯합니다. 제가 보기에도 베티 씨 얼굴에서 많은 부분이 그 사람의 얼굴과 닮은 것을 느꼈습니다. 이런 우연이 어떻게 있을 수 있지요? 제가 한번 알아보겠습니다."

베티는 반신반의하면서도 창호가 말하는 사람이 자신이 그렇게 그리워하던 큰오빠라면 얼마나 좋을까 하며 웃는 얼굴에 눈물을 줄줄 흘리며 패티와 손을 맞잡고 팔짝팔짝 뛰었다. 베티는 아버지와 언니 오빠들이 어떻게 되었는지

한 번도 들은 바가 없다. 자신만이 이곳 캐나다라는 나라에서 살고 있고 나머지 가족은 모두 북조선에 그대로 남아 있으리라고 막연히 짐작하고 있었던 것이다. 그날 정창호의 말을 듣고 비로소 아버지도 언니도 큰오빠도 남쪽으로 내려왔을 것이란 가능성을 생각하게 되었다. 하여튼 그날의 창호네 집 방문은 뜻하지 않은 성과를 얻어 베티에게 새로운 희망을 안겨주었다.

12. 홍동무의 귀국

　금순이와 선옥이의 생활은 대학에 입학하고부터 비로소 안정되었다. 학교에서 지원하는 장학금은 기숙사비와 책값을 충당하고도 남을 정도로 풍족했다. 들은 바에 의하면 동부독일의 생활수준은 이웃의 체코슬로바키아나 폴란드보다도 높고 심지어 소련보다도 높다고 하였다.

　전쟁의 폐허 속에서 굶주림을 일상처럼 살아온 금순과 선옥에게 독일의 생활은 너무나 풍족하고 한가로웠다. 물론 둘이는 공부를 열심히 하였다. 기숙사나 도서관에서 둘은 언제나 제일 늦게까지 논문을 읽고 연구에 몰두하기에 주위의 독일 학생들도 놀라는 대상이 되었다. 둘의 머릿속에는 이러한 풍족한 생활과 공부를 얼마든지 할 수 있도록 만들어준 기본은 우리조국을 전쟁으로부터 지켜준 김일성 장군이라고 굳게 믿고 있었으며 따라서 김 장군을 위하여 몸과 마음을 다 바쳐 열심히 공부하여 조국에 이바지하여야 하겠다는 신념을 가지고 있었다.

　그렇게 밤낮을 가리지 않고 열심히 공부에 빠져있던 6월

말의 어느 날 금순에게 편지 한 통이 배달되어왔다. 금순이는 자신에게 편지를 보낼 사람이 있을 리 만무하다고 생각하며 편지봉투의 발신인을 보니 알베르트라는 사람으로부터였다. 금순이는 의아하게 생각하며 편지를 개봉하여 읽었다.

"이 편지를 받으시고 뜻밖이라고 놀라시리라 생각합니다. 지난번 홍동무와 레나의 결혼식 때 뵌 이후로 금순 씨를 한시도 잊은 적이 없습니다. 이국에서 공부하시는데 조금도 도움이 되지 않을지 모르겠지만 저로서는 금순 씨를 도울 수 있는 일이라면 무슨 일이라도 하고 싶고 그렇게 하는 것이 저의 행복을 위하는 일이라고 생각합니다. 저의 마음을 이해하신다면 저에게 기회를 주십시오."

대략 이런 내용의 편지였다. 금순이는 편지를 읽고 난 후 한동안 어안이 벙벙하였다. 이것이 무엇을 의미하는 것인가? 한참이 지난 후 비로소 제정신이 돌아온 금순은 편지를 좀 더 자세히 읽어 내려갔다. 혹시 자신이 잘못 이해한 독일어 낱말이나 관용구가 없는가를 살핀 후 편지를 접어 서랍에 넣었다.

이건 너무나 엄청난 편지였다. 지금까지 한 번도 남자와 사귀어 본 적도 없을 뿐만 아니라 남자에 대하여 관심을 가져 본 적도 없는 금순으로서는 이것을 어떻게 처리해야 할지 혼자서는 판단할 수가 없었다. 그 이후 금순이는 공부도 다른 일도 제대로 손에 잡히지 않았다. 여러 날을 혼자 고민하던 끝에 드디어 자기 주위에서는 가장 믿고 의지할 수밖에 없는 선옥이에게 말을 꺼냈다.

"언니, 뭐 좀 의논해도 돼? 사실은 며칠 전에 이런 편지를 받았어. 나 혼자서는 결정할 수도 없고 또 이런 일은 처음이라서 어떻게 처리해야 할지 모르겠어?"

뭔데 그러냐는 표정으로 금순이를 바라보던 선옥이는 금순이가 건네준 편지를 읽어보더니 비로소 얼굴에 미소를 띠다가 끝내는 깔깔대고 웃기 시작했다.

"아니 언니 왜 그래? 남은 심각한데 언니 미쳤어?"

"금순아, 이게 무슨 편지인지 몰라서 그래? 이건 소위 연애편지잖아? 너 사랑의 고백 편지를 받은 거야. 금순아, 축하한다. 우리 금순이가 비로소 여자가 되는구나."

"무슨 말이야? 내가 여자가 되다니? 이런 먼 나라에서 내가 어떻게 하라고? 언니 웃지만 말고 말 좀 해봐."

웃음을 거두고 선옥이는 금순이를 똑바로 쳐다보며 말했다.

"이건 말이야 우리나라 말로 하면 너에게 사랑을 고백한 거야. 너와 사랑을 하고 싶다는 말이야. 알겠니? 금순아 축하한다. 이 먼 타국에 와서 독일 남자로부터 사랑의 고백을 받았으니 얼마나 기쁜일이냐? 축하한다. 조금 마음이 안정되면 그때 잘 생각해서 답장을 써라."

선옥이의 부러움과 칭찬을 들으며 그래도 금순의 마음은

떨리고 불안했다. 지난번 홍동무와 레나의 결혼식에서 보았던 알베르트의 얼굴을 떠올려 보려 하였지만 이미 얼굴은 남아있지 않았다. 다만 그와 나누었던 대화 몇 마디와 서양인답지 않게 아담한 체격만이 기억났다. 며칠간을 생각하던 끝에 홍동무와 레나에게 편지를 썼다. 알베르트로부터 받은 편지의 내용을 대략 말하고 그 청년의 성격과 그의 집안 배경 등에 대한 의견을 물었다. 며칠이 되지 않아 답장이 왔다. 대략 다음과 같은 내용이었다.

'편지의 내용을 보니 알베르트가 금순 씨에게 호감을 가진 것 같다. 알베르트는 결혼식 이후 자신들에게 몇 번 더 놀러 와서 금순 씨에 대해 많은 것을 물어보았다. 그는 성실하고 차분한 성격이며 주위 친구들과의 관계도 원만하다. 그는 폴란드계 집안 출신이며 사상도 사회적 위치도 건전하다. 만약 금순 씨가 그에 대해 호감을 가지고 있다면 사귀어 보는 것도 좋을 것이다. 우리처럼 그와의 결혼까지도 가능할 것이다.'

금순이는 답장을 받고도 마음에 결정을 내리지 못하고 시간을 보내고 있었다. 만약 자신이 독일 사람과 결혼하면 자신은 독일에서 살아야 하며 그렇게 되면 불쌍한 동생들을 찾아보는 것은 불가능한 것이 아닌가 하는 불안감이 가장 컸다. 이런 마음을 선옥이에게 이야기하자 선옥이는 고개를 좌우로 흔들었다.

"그건 그렇지 않아. 네가 독일인과 결혼해도 네가 마음만 있다면 오히려 네 동생들을 찾아보는 것이 쉬울 거야. 네가 독일 국적을 가지고 북조선에 있는 독일대사관을 통해 가족을 찾으면 그것이 더 쉽지 않을까? 금순아 내 생각에는 동생을 찾는 것은 나중에 생각해도 돼. 중요한 것은 네가 그 남자를 사랑하는지 아닌지 하는 거야. 이곳에서는 부모들이 억지로 시키는 결혼도 아니잖니? 네가 좋아서 선택한 남자라면 네가 결혼하기로 결정하면 되는 거야."

선옥이의 말은 듣고도 결정을 미룬 채 날짜만 보내고 있었다. 6월도 다 지나고 유럽에서는 가장 화사한 계절이라는 7월이 시작되려는 어느 날 기숙사로 누가 찾아왔다는 연락을 받았다. 찾아올 사람도 없을뿐더러 기숙사로 찾아올 사람이 누구인가? 의아해하며 기숙사 입구로 나가자 그곳에 알베르트가 서 있었다. 그는 금순이를 보자 활짝 웃으며 다가와 손을 내밀었다. 금순이는 남자와 손을 잡아본 적도 없고 만나는 것 자체가 쑥스러워 얼굴을 붉히며 그러나 그를 모르는 척 할 수만도 없었다.

그렇다. 이곳은 독일이 아닌가. 이미 많은 독일 학생들이 남녀교제를 자유롭게 하는 것을 보아온 그녀는 그를 이끌고 학생회관의 접견실로 안내했다. 차를 시키고 둘이 마주앉아 서로 바라보는 것조차 부끄러웠지만 마음을 진정시키고 먼 길을 온 이유가 무엇인지 무슨 용건이 있어 왔는지를 물었다. 알베르트는 서양 사람답게 유머러스한 표정과 제스처로서 자리를 부드럽게 하며 말했다.

자신은 동양여자를 만난 것이 처음이다. 레나가 홍동무와 결혼하는 것을 보고 독일 여자보다는 동양의 여자와 결혼하고 싶은 생각이 들었다. 더욱이 금순이를 처음 본 순간부터 오늘까지 한순간도 금순이를 잊은 적이 없다. 자기는 생물학을 전공하지만 금순이가 외과를 전공한 의사가 된다면 독일에서도 다른 나라에서도 얼마든지 살 수 있다. 아직은 잘 모르겠지만 처음에 친구처럼 교제를 시작하여 만약 서로 좋아지면 결혼해도 좋지 않으냐? 금순이는 그의 말을 다소곳이 들으며 생각했다. 이 정도로 멀리 찾아와 사랑을 고백하는 남자라면 동서양을 막론하고 괜찮은 남자가 아닐까.

금순이는 우선 선옥이에게 연락하여 같이 알베르트를 접대하자고 제안하였다. 선옥이도 쾌히 승낙하고 외출준비를 하였다. 매일 강의실과 기숙사에 박혀 햇빛을 보지 못하던 사이 자연은 찬란한 무대를 준비해놓고 있었다. 셋은 전차를 타고 가까운 곳에 있는 츠빙거궁전으로 갔다. 이 궁전은 중세 신성로마제국시대에 작센공국의 왕이 살던 집이다. 궁전 입구에는 카페들이 문을 열고 카페 앞에 테이블과 의자에는 많은 손님들이 앉아 이야기를 나누고 있었다. 유럽에도 이런 날씨가 있었나 할 정도로 하늘은 푸르고 날씨는 포근하였다. 궁전 앞 잔디밭을 거닐며 긴 겨울을 이기고 피어난 꽃들을 보자 고향에서 보았던 화려한 봄이 생각났다.

안주의 할아버지 집에 놀러갔을 때 온천지를 밝게 비치듯 흐드러지게 피었던 벚꽃이며 살구꽃, 진달래, 개나리 등 우리나라에 피는 꽃들을 떠올리며 잠시 회상에 잠겼다. 독일에서는 벚꽃을 보는 것은 매우 드문 일이지만 유채꽃, 개나리, 튜립, 수선화 등이 잔디밭 사이에 피어있었다. 노천카페에 앉아 이야기를 하는 사람들 중에 동양인은 그들뿐이었다. 처음에는 서로 조금 쑥스럽기도 하고 부끄럽기도 하였지만 알베르트의 차분하고 부드러운 미소를 보며 금순이의 마음도 편안해졌다.

그날 오후 금순이는 알베르트를 역까지 배웅하면서 둘이서 츠빙거궁전 숲길을 걸었다. 선옥이는 할 일이 있다면서 둘만의 자리를 마련해주기 위해 일찍 숙소로 돌아갔다. 둘만이 남은 금순과 알베르트는 호젓한 숲길을 걷다가 빈 벤치를 발견하고 앉았다. 늦은 오후 햇빛이 찬란하게 나뭇잎들 사이를 비집고 숲속에 아름다운 빛의 물결을 이루고 있었다. 평소에 보던 햇빛과는 다른 황홀한 색깔로 신비스러운 각종 그림을 만들고 있었다.

금순은 왜 이 남자와 앉으니 이렇게 가슴이 뛰고 보이는 모든 것이 어제와 다르게 아름답게 보일까하며 어렸을 적 어머니가 들려준 춘향이와 이도령이 만나던 벚꽃 핀 정자와 그네를 생각했다. '그때 춘향이는 이도령의 사랑노래를 듣

고 있었지.' 하는 생각을 하고 있는 순간 알베르트의 얼굴이
가까이 다가와 있음을 느꼈다.

금순이는 어떻게 해야 할지 태도를 정할 수가 없었다. 처
음 경험하는 이성과의 접촉을 온몸에 힘이 빠진 상태에서
알베르트가 하자는 대로 맥없이 순순히 따라갔다. 그것은
조용하고 평화스러운 포옹이었지만 알베르트의 품에서 금
순이는 이 세상에 태어나 처음으로 포근한 행복을 느꼈다.
영원할 것 같은 꿈같은 시간은 금방 지나갔다. 알베르트는
포옹했던 팔을 풀고 주머니에서 예쁜 종이에 싸가지고 온
반지를 꺼내어 금순의 손가락에 끼워주었다. 그것이 무슨
의미인지 스물여섯의 노처녀는 금방 알았다. 그렇게 둘만의
장래를 약속했다.

알베르트는 저녁 열차를 타고 예나로 돌아갔다. 금순이
는 그날을 계기로 독일에서 살게 될 것을 예감하였다. 알베
르트로부터는 그 이후 거의 매주 한 번꼴로 편지나 전화가
왔다. 아직 그에게 사랑하는 마음이 생긴 것은 아니지만 마
음속에 바다 위의 작은 배처럼 흔들리던 마음이 안정되는
것을 느끼고 이래서 결혼을 하는 모양이로구나 하고 생각했
다. 그사이에 레나가 아들을 출산했다는 소식을 들었다.

금순이는 레나의 출산소식이 자신의 미래를 보여주는 것
처럼 느껴져 뜨거운 감격을 느꼈다. 금순이와 선옥이는 이
제는 한결 정이든 드레스덴의 엘베강변을 산책하기도 하며

미래에 대한 자신들의 계획을 의논하기도 하였다. 금순과 선옥이는 홍동무와 레나의 득남을 축하하기도 할 겸 알베르트의 방문에 대한 답방의 의미를 생각하여 연말을 앞에 두고 예나를 다시 방문하였다.

홍동무에게 전화를 하여 방문 날짜를 알려주고 10월의 주말 예나역에 내렸다. 역에는 홍동무와 알베르트가 나란히 서서 기다리고 있다가 홍동무보다도 알베르트가 먼저 앞으로 나와 금순의 손을 잡았다. 금순은 순간 홍동무를 향해 고개를 숙여 인사를 하면서도 얼굴이 빨개져 어쩔 줄을 몰랐다. 역시 서양 사람들은 자신의 감정을 표현하는 데에 솔직한 모양이라고 생각하며 함께 홍동무의 아파트로 향했다.

홍동무와 레나는 결혼 이후 대학 주변의 아파트를 구하여 기숙사를 나온 것이다. 아담한 아파트에 들어가자 레나가 아이를 안고 반갑게 맞이하였다. 그들은 이미 구면일 뿐만 아니라 이역만리 타향에서 위로받을 수 있는 유일한 동포가 아닌가. 한 해가 다가는 연말에 그렇지 않아도 고향 생각이 간절한 세 사람에게 오랜만에 만나 이야기를 나누는 것이 만남의 목적이었다.

자그마한 식탁에 둘러앉아 여러 가지 이야기를 나누던 중 금순이는 홍동무가 어떻게 레나와 만나게 되었으며 결혼까지 하게 되었는지 물었다. 사실은 전부터 그것이 가장 궁금하였지만 처녀가 그런 것을 묻는 것이 부끄러워 미루어 왔던 것이다. 홍동무는 레나와 우연치도 않게 첫 강의 시간에 옆 자리에 앉아 그것이 이렇게 인연이 연장되었다고 했다.

이야기 도중에 레나도 끼어들어 첫 만남의 순간 둘의 눈에서는 불꽃이 튀듯이 사랑의 감정이 시작되었다고 거들었다. 첫 만남의 순간에 불꽃이 튄다는 말은 소설에서는 흔히 읽었지만 실제로 그런 일이 벌어졌다는 데에 당사자는 물론 듣고 있는 금순이와 선옥이도 놀라고 신기하여 감탄을 금치 못하였다. 레나가 한 말은 이러하였다.

"저는 일학년 일반화학 강의를 신청하고 강의실에 들어 갔어요. 그곳에는 전혀 예상치도 못한 동양인 남학생이 들어와 앉았는데 우연히 우리 두 사람이 옆자리에 같이 앉게 되었어요. 그 남학생의 인상은 한눈에 확 뜨이는 것이었어요. 키가 훤칠하고 독일 청년 못지않게 흰 얼굴에 뒤로 넘긴 검은 머리가 특히 인상적이었어요. 아마 첫 데이트를 신청한 것도 제가 했을 거예요. 왜냐하면 홍동무는 언제나 조금 수줍어하는 태도였으니까요."

홍동무는 레나의 말이 끝나기를 기다려 그들이 결혼까지 오게 된 과정을 담담하게 이야기를 이어갔다. 홍동무의 말은 금순이와 알베르트가 이미 교제를 시작하였다는 것을 눈치채고 그들의 앞날에 풀어야 할 문제를 제시한다는 의미를 가지고 있는 듯했다.

"저는 정말 독일에 도착하여 첫 강의에 출석하기까지에

는 아무 생각도 할 수가 없었어요. 우선 독일어가 서툴러 독일인과의 대화가 안 되는 것은 물론 온통 정신이 독일어 공부에만 집중되어있었거든요. 독일에 온 지 육 개월이 지나 처음 강의에 출석하게 되었는데 이 또한 저에게는 큰 난관이었어요. 독일어를 배울 때는 독일인 이외의 외국인들만의 교실이었지만 대학강의에는 저 혼자만이 외국인이고 모두 독일 학생들뿐이었지요.

첫 시간에 강의실에 들어가니 모든 학생들이 저에게 주목하는 속에 제가 자리를 어떻게 잡았는지도 기억에 없어요. 강의가 끝날 때쯤 제 옆에 독일 여학생이 앉아있는 것을 알았어요. 그녀가 레나예요. 그 후 레나는 저의 안내인이며 보호자 역할을 해 주었어요. 2년간 교제를 하면서 우리는 결혼하기로 마음먹었지요. 레나의 부모님에게 찾아가 인사를 드렸지만 그다지 마음에 들지 않는 것 같았어요. 그래도 우리는 서로 헤어질 수 없다는 것을 알고 우리끼리 만이라도 결혼하자고 다짐을 했지요. 그러나 난관은 또 있었어요.

첫째는 제가 저의 부모님과 조국으로부터 독일 여자와 결혼하는 허가를 받는 것이었어요. 이 허가사항은 꽤 시간을 끌었어요. 우선 부모님들에게 허락을 받은 다음에 독일에 있는 북조선 영사관에 결혼허가 신청서를 내고 기다렸습니다. 둘째는 독일은 독일인이 외국인과 결혼하는 것에 까다로운 조건을 두고 있어요. 그것은 독일인 이외의 모든 외국인에게 해당되지만 아시아인이나 유색인종에게는 특히 심했어요. 외국인은 독일이 필요로 하는 분야의 학사학위이상을 가지고 있을 것과 기본 재산이 어느 정도 이상일 것 및 독일에서 2년 이상 거주한 자 등의 조건을 만족해야만 했어요."

이야기를 들으며 금순이와 선옥이는 물론 알베르트도 홍동무의 말을 주의 깊게 들었다. 이야기 끝에 홍동무는 한 가지 말을 덧붙였다.

"내년이면 제가 독일에 온 지 5년째 되는데 아마 내년쯤 본국에서 귀국명령이 내려올 것 같아요. 제가 귀국하게 되면 레나와 아이를 데리고 가고 싶지만 아시다시피 우리나라는 아직도 전쟁피해로 불편한 점이 많잖아요. 그래서 가능하면 독일에 체류하는 기간을 연장하려고 하는데 잘 될지 모르겠어요."

유학생들이 모이면 주로 생활의 고충에 대한 것, 독일에서의 신분변화에 관한 것, 본국과의 관계에 관한 것들에 대한 정보를 서로 교환하게 되어 많은 도움을 받지만 이런 대화를 할 때는 무엇인가 살얼음 위를 걷는 것 같은 긴장감을 느끼게 되었다. 금순이와 선옥이도 독일에 온지 2년째에 접어들어 많은 상황에 익숙해 졌지만 홍동무가 이야기한 구체적 사항들은 많은 정보를 주었다. 예나에서 3일을 더 머무르고 드레스덴으로 돌아왔다.

그로부터 반년이 다시 흐르고 다음해가 되었다. 금순이는 지난번 예나에서 홍동무가 내년에는 조국으로부터 귀국하라는 명령이 있을 것 같다는 이야기를 들은 기억이 났다. 독일에 아내와 아이를 남겨놓고 귀국하면 남아있는 가족은 어떻게 될까. 금순이가 듣기에는 홍동무의 연구는 아직 진행 중이고 그의 연구는 조국 북조선에는 대단히 필요한 연구라고 들었는데 그렇다면 조국에서도 그의 처지와 연구 진도를 고려하여 귀국날짜를 좀 더 늦추어 주지 않을까 하는 한 가닥 희망을 가졌었다.

며칠 후 금순이에게 전화가 걸려왔다. 그것은 홍동무가 떠나기를 며칠 앞두고 금순에게 부탁의 말을 하려고 한 전화였다. 홍동무는 이 먼 이국땅에서 그의 아내가 독일여자이지만 혼자 남겨놓고 떠나는 것이 불안하고 안타까워 자신을 가장 잘 이해하고 부탁하여도 좋을 사람으로 금순이를 선택한 것이었다.

"금순 씨, 저는 며칠 후에 독일을 떠나 조국으로 돌아갑니다. 장군님의 사랑과 은혜에 보답하기 위하여 장군님의 품으로 돌아가 더욱 가열차게 연구를 계속하여 조국의 이름을 빛내도록 노력하겠습니다. 다만 제가 떠나면서 레나와 아이를 남겨놓고 가는 것이 마음 아픕니다. 언젠가 레나를 데려가던가 아니면 장군님께 부탁하여 다시 한 번 독일에 올 수 있도록 노력할 것입니다. 금순 씨 우리 레나는 금순 씨에게 가장 큰 신뢰를 보내고 있습니다. 제가 없는 동안에 학업과 연구에 바쁘시겠지만 저의 가족을 가끔 찾아주십시오. 부탁합니다."

전화에서 흘러나오는 목소리는 차분했지만 울음을 억지로 참는 느낌을 감출 수가 없었다. 금순이도 홍동무의 마음을 이해하고 무어라고 위로의 말을 하려고 하였으나 다만 전화기를 붙들고 눈물을 흘릴 뿐 아무 말도 하지 못하고 전화를 끝냈다. 홍동무와의 이별을 계기로 금순이와 선옥이는 믿고 의지하던, 아니면 외풍을 막아주던 든든한 바람벽이 사라진 듯한 허전함을 느꼈다. 둘만이 동그마니 외로운 들판에 남겨진 것은 그들에게 두려움을 느끼게 하는 한편 어떻게 해서라도 살아남아야 하겠다는 용기를 갖게 되는 계기가 되었다. 위기는 새로운 희망을 만드는 전기가 되는 법.

13. 문화혁명

　1949년, 사회주의를 표방하는 중국 공산당이 정권을 장악했다. 공산당은 그 이듬해 조선전쟁을 거치면서 국공내전으로 인해 불안정했던 국내의 질서를 안정시켰다. 1952년에는 토지개혁운동을 끝내고 구시대의 기성 지주계급을 타파하고 중국인민을 경제적 착취와 사회적 억압으로부터 해방시켰다고 선전했다. 1956년 사유재산제를 완전히 폐지하고 모든 것은 국유화되었다. 상철이를 돌보아주던 장 사장의 사업도 국가에 몰수되고 성(省)정부에서 파견된 공산당 당원들이 운영하게 되었다.

　연변 등 동북3성의 조선족에도 국유화의 물결이 밀려오고 용정의 각급기관과 학교는 물론이고 각 가정에도 마오쩌둥(毛澤東)을 숭배하는 행사가 벌어졌다. 마을마다 마오쩌둥의 사상에 봉헌된 충성의 방이 세워졌고, 각 농민가정에는 집안에 걸어놓은 충성액자 앞에서 주석에게 경의를 표했다. 국유화정책에 따라 60년대 초까지 급성장하던 자발적인 자본주의 경향은 저지되었다.

농민들의 농토에만 허용되었던 텃밭이 소규모로 제한되어 농촌의 자유시장은 완전히 폐지되지는 않았지만 엄격하게 제한되었다. 농민은 사적으로 생산한 가정부업생산물만을 정부가 결정한 가격으로 국가의 상업조직에 팔아야 하는 강력한 정치적 사상적 압력을 받았다. 상철네는 모든 재산을 북조선에 버리고 온 것을 오히려 다행으로 여기게 되었다.

그런 분위기 속에서도 은수와 형식이에게 행운이 될 수 있는 기회가 찾아왔다. 의료와 교육부문이 도시에서 농촌으로 이동하는 정책이 시행되어 초보적인 의료인력은 농촌에서 양성하는 계획이 수립되었다. 용정의 많은 젊은이들이 이 계획에 참여하였고 은수와 형식이도 의사로서의 자격을 취득하게 되었다.

이런 변화 속에서 문화대혁명이 일어났다. 1966~1976년의 10년간 중국의 최고 지도자 마오쩌둥(毛澤東)이 주도한 극좌적 사회주의 운동으로, 공식 명칭은 '프롤레타리아 문화대혁명(무산계급 문화대혁명)'이다. 자본주의 길을 걷는 중앙의 당권파(當權派)가 수정주의 정치노선을 지향하고 있었기 때문에, 과거와 같은 투쟁 방식보다는 '문화대혁명'을 실행하여 공개적 전면적으로 아래로부터의 군중운동 방식을 통해 주자파(走資派)로부터 권력을 탈취해야 한다는 것이었다.

즉 마오쩌둥이 주도한 계급투쟁을 강조하는 대중운동이었으며, 그 힘을 빌려 중국공산당 내부의 반대파들을 제거하기 위한 극좌적인 권력투쟁이었다. 공산당의 대약진 운동의 실패로부터 민생경제를 회복하기 위해 일부 자본주의 정책을 수용하여야 한다는 류사오치(劉少奇)를 숙청하고 전면 탈권을 시행했다. 권력의 위기를 느낀 마오쩌둥은 부르주아 세력의 타파와 자본주의 타도를 외치면서 이를 위해 청소년이 나서야 한다고 주장했다.

전국 각지마다 청소년으로 구성된 홍위병이 조직되었고, 마오쩌둥의 지시에 따라 혁명운동은 전국을 휩쓸어 중국은 일시에 경직된 사회로 전락하였다. 마오쩌둥에 반대되는 세력은 모두 실각되거나 숙청되었고, 이때 장칭(江靑)·린바오(林彪) 등은 기회에 편승하여 "모든 것을 타도하고, 전면 내전"을 주장했다. 홍위병들은 각 사회지도층들을 탄압하고, '혁명'이라는 이름아래 살인도 보편화됐다.

1966년 붉은 책을 든 무리들이 거리로 뛰쳐나왔다. 그것은 10년 간 중국을 뒤흔든 문화대혁명을 알리는 서막이었다. 이들이 거리로 뛰쳐나가서 한 일들을 살펴보면 문화대혁명이 아니라 문화 대파괴라고 불러야 마땅했다. 홍위병들이 박살낸 공식적인 문화재의 목록들이야 조사된 기록들을 통해 알 수 있지만, 이것들도 극히 일부에 불과할 뿐 실제로는 훨씬 더 많은 문화유산이 파괴되었다.

물론 이 동란에도 간신히 살아남은 유적들도 있었다. 자금성, 포탈라궁, 막고굴 등도 역시 중국 문화대혁명 당시 홍위병들에 의해서 재가 될 뻔 했으나 저우언라이(周恩來)가 경비병을 보내서 엄호한 덕에 간신히 화를 면할 수 있었다. 저우언라이는 자신의 힘이 닿는 대로 문화재를 지켜보려고 애를 썼다.

그럼에도 파괴된 것은 문화재 뿐만이 아니었다. 중국의 전통 연극인 경극과 전통 음악, 전통 무술 등의 무형 문화재도 마찬가지였다. 연극에 필요한 가면과 의상, 대본은 불태워졌으며 무대는 사라졌다. 전통 악기의 울림 대신 마오쩌둥과 공산주의 혁명을 찬양하는 나팔의 합창이 대륙을 뒤덮었다. 소림사에서 전해져 내려온 쿵푸도 끊기고 시설은 소실되었다. 지식인이나 예술인, 과학자 등은 홍위병들에 의해서 조리돌림을 당했다. 황실 만찬에 등장하는 요리비법을 전한 만한전석(滿漢全席)과 요리사들도 한순간에 증발했는데 훗날 만한전석을 복원하려고 청대의 환관을 불러서 물었지만 하도 나이가 많아서 기억이 안 나는지라 최면요법을 동원하기까지 했다고 한다.

이러한 문화대혁명에 수반되어 전 사회를 뒤흔든 것이 도시 지식인을 농촌으로 방출하는 즉 '하방'이었다. 하방(下放)은 중화인민공화국에서 1957년 이후 상급 간부들의 관료화를 막기 위해서 실시한 운동이다. 중국공산당 당원 및 국가 공무원들을 벽지 농촌이나 공장에 보내 실제로 노동에 종사시키는 일이다. 또 도시의 학교를 졸업한 젊은이들을 변경 지방에 정착시킴으로써 정신노동자와 육체 노동자간의 거리감을 없앨 수 있도록 하고, 낙후된 농촌 산간 지역을 근대화시키려는 목적에서 실시되었다.

이 하방운동의 일환으로 은수와 형식이도 산간벽지로 가지 않을 수 없었다. 은수는 농촌의 낙후된 의료혜택을 지원한다는 인력으로 동원되어 흑룡강성의 최북단의 농촌으로 갔다. 은수 외에도 조선족 수십 명이 이곳으로 갔지만 실제로 하림이라는 농촌에 도착한 것은 은수 혼자였다. 의사가 머무르는 소위 위생실은 일반 주택과 다름없는 토담집에 아무런 의료시설도 없었다. 은수는 그곳에 갈 때 둘렀던 장춘의 의료국에서 가져온 소독약과 소화제 해열제 등을 가지고 치료를 시작했다.

소문은 언제 돌았는지 평생 병원치료를 받아본 적이 없다는 사람들이 수십 킬로미터 떨어진 외진 곳에서 걸어서 은수가 있는 위생실을 찾아왔다. 은수는 경험도 없고 의료시설도 없는 곳에서 상처에 소독약으로 옥도정기나 바르고 속이 아픈 사람에게는 소화제를 처방하는 정도로 치료하였으나 신기하게도 위생실을 찾아왔던 환자들은 대부분 대단히 만족하고 돌아갔다.

그 농촌에서 계절에 따라 일손이 딸릴 때에는 밭고랑이

나 논에 직접 들어가 농민들을 도우면서 은수도 차차 농촌에 적응해 갔다. 마을에는 조선족 중에 고씨 가족이 있었다. 고씨의 이름은 고진수로 본래 남조선의 제주도가 본향이지만 경성에서 중학교까지 다니다가 이곳 만주의 작은 마을 까지 흘러온 것이라고 한다. 그는 북만주의 중심 도시인 하얼빈에도 가끔 나가 조선의 항일 단체대원들과도 교류를 하고 있었다.

고진수는 마을에서 가장 유식하고 신중한 생활태도를 가지고 있어 마을의 조선족은 물론 한족사이에서도 존경을 받고 있었다. 그에게는 3남 2녀의 자식이 있었는데 장녀 정숙이 아래로 아들 셋과 막내딸을 두었다. 정숙이는 활달하고 용모도 그다지 떨어지는 편이 아니어서 많은 청년들의 관심의 대상이었다. 은수가 그 마을에 하방되어 오자 정숙이는 대놓고 은수의 모든 생활의 뒤을 보아주기로 마음속에 다짐했다. 은수가 자신에게 어울리는 연배인데다 당시로서는 세상어디에서도 우러러보는 의사라는 직업이 아닌가?

정숙이는 자기의 마음을 숨기려고 하지 않았다. 정숙은 의사가 왔으면 적어도 간호부가 있어야 되는 것이 아닌가하며 은수가 혼자인 것을 은근히 다행으로 생각하였다. 그녀는 시골에서 제대로 배운 것은 없지만 아버지와 어머니로부터 가정교육을 잘 받아 간단한 한글과 한문은 깨친 수준이었다. 또한 눈썰미가 있어 은수가 환자를 맞을 때는 옆에 대

266

기하고 있다가 눈치껏 임기응변으로 대처하여 많은 도움이
되었다. 그녀는 은수가 온 이후 매일 매일이 뜬구름 위를 걷
는 것 같은 흥분 속에 싸여 살았다. 은수도 이 산골에서 언
제 해방되어 나갈지 장래가 막막하고 혼자 사는 것이 불편
한 점이 한두 가지가 아니고 하여 정숙의 활달한 접근을 은
근히 반기기도 하였다.

은수가 그 마을에 온 지 한해가 지났을 무렵 새로운 사람
이 하방되어 왔다. 은수는 호기심도 있고 자신이 먼저 온 사
람으로서 결국은 앞으로 동료가 될 수밖에 없는 관계이므로
일부러 쉬는 날 틈을 내어 그가 거처하는 집으로 찾아갔다.
은수의 위생실과 별반 다르지 않은 토담집에 그는 혼자 책
을 보고 있었다.

"에헴. 실례합니다. 책을 보고 계시는군요. 저는 이 마을
의 의료를 담당하고 있는 의사 김은수라고 합니다. 선생께
서 오셨다는 말을 듣고 인사를 드리러 왔습니다."

책을 한 옆으로 밀어 놓고 그가 인사를 받으며 말했다.

"어서 오십시오. 저는 아직 마을을 둘러보지도 못하고 우
선 제 자리를 정돈한 다음에 선생님을 찾아뵈려고 하던 참
이었습니다. 저는 송량이라고 합니다. 북경에서 왔습니다.
앞으로 많은 지도편달과 도움을 바랍니다."

"이 마을에는 농가가 약 30채이고 주민이 약 300명 가량
됩니다. 대부분 농사를 짓고 있지만 모두 함께 집단으로 농

사일을 하면서 행복하게 생활하고 있습니다. 저는 연길에서 의사양성과정을 거쳐 이곳에 왔지만 경험도 없고 의료시설도 모자라 가벼운 병이나 상처만을 치료해주고 있습니다."

"천만의 말씀입니다. 선생처럼 젊은 의사들이 이 척박한 농촌에서 환자를 치료해주시니까 농민들이 마음 놓고 생활할 수 있는 것이 아니겠습니까. 김 선생은 조선족이십니까? 이곳은 조선족이 많이 계셔서 문화수준이 매우 높은 것으로 들어왔습니다. 제가 북경에서 공부할 때도 조선족 출신의 우수하고 총명한 청년들을 만나 본 적이 있습니다. 저는 소수민족의 역사를 전공하고 있습니다. 이번에 사실은 조선족이 분포하는 동북지방의 역사에 대해 좀 더 공부해볼 생각으로 이곳을 택해 왔습니다. 앞으로 많은 도움을 부탁드립니다."

은수와 송량은 이후에 자주 만나서 농촌 일을 의논하기도 하고 사회문제에 대하여 토론하기도 하면서 서로에게 깊은 신뢰감을 가지게 되었다. 송량은 은수보다 열 살 정도 나이가 위였으나 조금도 윗사람 티를 내지 않고 마치 동년배처럼 지냈다. 이런 점은 중국인의 대인관계에서 년배를 구별하지 않는 습관이기도 했다. 둘은 지금의 중국이 어떻게 변화해야 할 것이며 앞으로 세계 속에서 중국이 어떠한 역할을 해야 할 것이며 중국이라는 거대한 국가 안에서 소수민족들이 어떠한 역할을 하며 혜택을 받을 것인가 등 무궁

한 화제를 가지고 심심치 않은 시간을 보냈다. 은수는 송량이 대단히 명석한 두뇌를 가지고 있으면서도 어느 한쪽에 편향되지 않은 사고방식을 가지고 사회를 바라보는 태도에 호감을 가졌다.

어느 무더운 여름날이었다. 이곳은 북경에 비해 북쪽에 위치해 있지만 여름 한낮의 최고기온은 훨씬 높았다. 한낮에는 뜨거운 햇살을 피해 가능하면 농토에 나가지 않았다. 농작물을 돌보거나 하는 일은 새벽녘의 서늘한 시간에 하고 한낮에는 집안에서 낮잠을 자는 것이 농장에서도 허락되어 있었다. 그 뜨거운 햇볕을 토란대로 가리고 한 사람이 위생실로 급히 다가왔다.

"선생님, 큰일 났습니다. 송 선생이 복통을 일으켜 방안을 데굴데굴 구르고 있습니다. 빨리 와 주십시오."

하고 서두르는 것이었다. 은수는 서둘러 왕진 나갈 준비를 하자 정숙이도 왕진용 가방을 들고 그 사람의 뒤를 따라 송량의 집으로 달려갔다. 송량은 과연 상의를 훌딱 벗고도 얼굴과 온몸에 땀을 흘리며 방바닥을 기다시피 고통을 느끼고 있었다. 은수는 단번에 이것은 여름에 흔한 복통이라고 알아차렸다. 물론 다른 병이라면 은수로서도 손을 놓을 수밖에 없을 것이다. 은수는 침착하게 송량에게 물었다.

"송 선생님. 오늘 특별이 드신 것이 있으십니까?"

"아니요. 별로 특이한 것은 없었고 목이 말라 샘물을 평소처럼 한 모금 마신 것뿐입니다. 아이구. 왜 이렇게 아픈지. 이렇게 아파보기는 처음입니다. 김 선생 빨리 좀 고쳐주시오. 아아."

은수는 정숙에게 부엌으로 들어가 솥에 물을 끓이게 했다. 물이 팔팔 끓을 때를 기다려 한 그릇 들고 들어오게 해서 송량에게 마시기를 권했다.

"이 물이 대단히 뜨겁지만 입을 데이지 않게 후후 불면서 천천히 다 마십시오. 한 그릇을 다 마셔야 합니다."

송량은 은수가 주는 물그릇을 받아들고는 조금 못 마땅해 하였다. 이렇게 아플 때 복통에 잘 듣는 무슨 약을 줄 것으로 기대하였으나 그냥 맹물 끓인 것을 마시라고 권하니 조금 실망하였다. 그러나 은수가 옆에 앉아 지켜보면서 권하니 마지못하여 물을 입으로 불어가면서 한 그릇을 다 마셨다. 물 한 그릇을 다 마시지도 않은 사이에 송량은 신기하게도 뱃속의 통증이 언제 그랬냐는 듯 사라진 것을 느꼈다. 사실 은수가 끓인 물을 마시게 한 것은 처방할 약도 없을 뿐만 아니라 이 더위에 더위를 먹어 배가 뒤틀리는 것에 마지막 방법으로 쓴 것이 요행 효과가 있었던 것이다. 이번 일을 계기로 송량은 은수를 절대 신뢰하게 되어 둘이는 이후 하방을 끝내고 돌아갈 때까지 둘도 없는 친구로 지냈다.

1976년 마오쩌둥이 사망하자 송량도 다시 북경의 본직으로 복직하게 되었다. 은수는 비록 문화대혁명이 끝나고 하방운동도 끝났지만 자신을 믿고 따라준 마을 사람들을 그대로 내치고 떠날 수가 없었다. 더구나 자신이 하방되어 있는 동안 정성을 다해 자신을 도와준 정숙을 그냥 떼어놓고 떠날 수가 없었다. 그동안에 정숙에게 동료 이상의 감정도 생겼다. 한편 정숙이는 혹시 은수가 자신을 버리고 떠날까보아 밤낮을 가리지 않고 그의 동태를 감시하듯 했다. 은수는 결심했다. 이토록 자신을 사랑하고 돌보아 주는 여자라면 한평생을 함께해도 좋을 것이라고 은수는 생각했다. 그래서 하루 기회를 보아 정숙을 불렀다. 정숙은 이미 마음속에 짐작가는 바가 있어 마음을 단단히 먹고 은수 앞에 섰다.

"정숙이 그동안 참 고생 많았어. 이제 하방도 끝나서 송 선생도 북경으로 돌아갔고 나도 언젠가는 이곳을 떠나야 할텐데 정숙이는 어떻게 할 생각이야?"

은수의 말이 끝나자 정숙이는 참았던 눈물을 쏟아내며 은수 앞으로 쓰러졌다.

"선생님은 어쩌면 그렇게 매정할 수가 있어요? 제가 몇 년 동안 선생님 앞에서 이렇게 철없는 소녀처럼 뛰어다닌 것을 어떻게 생각하세요? 솔직히 말씀드릴게요. 선생님이 안 계시면 이 세상에 더 살아갈 희망이 없어요. 오직 선생님 한 분만 보고 지금까지 살아온 거예요. 선생님이 떠나신다면 저도 선생님을 따라갈래요. 그곳이 설사 지옥이라 하더라도 선생님만 계신다면 저는 무서울 것이 아무것도 없어요."

정숙의 말은 그녀의 천성대로 솔직하고 자신의 마음을 숨김없이 다 내보인 것이었다. 은수는 정숙의 말을 듣는 순간 감동과 거역할 수 없는 어떤 인연의 끈을 느꼈다. 은수는 거리낌 없이 정숙에게 다가가 양 팔을 벌려 그녀를 활짝 끌어안았다. 그렇다, 이 여자는 내 여자다. 나를 기다리며 이 외딴 시골구석에서 이때까지 기다린 것이다.

그 날 저녁 은수는 고씨 집안의 어른들을 찾아갔다. 고진수씨는 미리 정숙이로부터 오늘 은수가 결혼 허락을 받으러 집으로 올 것이라는 귀띔을 받은 터라 대략 집안 안팎을 청소하고 기다리고 있었다. 은수가 도착하자 정숙의 남동생들은 큰 누나의 신랑, 장래의 큰 매형을 보려고 앞 다투어 몰려나왔다. 은수도 이미 정숙의 남동생들을 잘 알고 있는 터라 빙긋 웃으며 장난기 어린 인사를 나누었다.

고진수는 자신이 맞이할 이 과분한 사윗감을 바라보며 부엌에 소리를 질렀다. 정숙의 어머니는 비록 전쟁으로 이곳에 살고 있지만 본래 현대교육을 받은 인테리 여성이다. 특별한 음식은 없지만 격식있게 보이도록 깔끔하게 차린 상을 들고 남편과 사윗감이 있는 마루로 나갔다. 은수는 고씨 부부가 모두 모이자 꿇어 앉아 찾아온 용건을 말했다.

"두 분 어른께 말씀드리고자 합니다. 간단히 말씀드리면 두 분의 따님 고정숙을 저에게 주십시오. 저는 이곳에 하방되어 와 있는 동안 따님으로 해서 별 고생없이 잘 지냈습니다. 따님은 오랫동안 살펴 본 바 현모양처로 손색이 없고 집안을 훌륭히 꾸려나갈 자질이 있다고 생각됩니다. 만약 저에게 주신다면 둘이 서로 사랑하면서 훌륭한 가정을 만들어 보이겠습니다. 얼마 지나면 저도 이곳을 떠날 것입니다. 허락하신다면 떠나기 전에 두 어른을 모시고 혼례를 올리고 싶습니다."

은수가 간곡한 말을 하는 동안 부모님 옆에 앉아 그의 말을 듣고 있는 정숙은 평소의 그녀답지 않게 치마끝단을 들어 흐르는 눈물을 닦고 있었다.

"자네의 진정한 말을 듣고 우리 내외야 거절할 이유가 없네. 우리 정숙이는 산골에서 배운 것도 없이 뿔난 망아지처럼 버릇없이 자란 것인데 자네같이 훌륭한 사윗감을 맞이하게 되다니 도리어 우리가 황송하네. 부디 데리고 가서 고생이나 시키지 말고 잘 거두어주면 고맙겠네."

이렇게 정숙이 부모의 허가를 받고 은수는 용정에 바로 연락을 하여 고정숙이라는 현숙한 처녀와 혼인을 하려고 한다는 말과 두 사람의 혼인 날짜를 잡았다는 서신을 띠웠다. 이미 신랑도 신부도 혼기를 훨씬 넘기고 사회가 어수선하던 때라 은수는 용정의 부모님 즉, 상철이 부부에게도 미처 예절을 갖춘 혼인 통지도 못한 채 혼인식을 올렸던 것이다.

그렇게 혼인식을 끝내고 마을을 떠날 궁리를 하고 있던

어느 날 북경의 송량에게서 서신이 왔다. 10년간의 문화대혁명으로 많은 지식인과 인재들이 처벌되거나 양성되지 않아 인재가 많이 부족하다는 이야기와 북경대학 의학부에 새로운 고급의사 양성계획이 있으니 지원해보지 않겠느냐는 것이었다.

은수도 이곳에서 세월을 허송세월할 수는 없다고 생각하던 차에 송량의 편지를 받고 곧 마음을 결정하였다. 그는 상철이 부부에게 긴 안부편지를 보내고 북경으로 출발했다.

아버님 어머님 안녕하신지요? 그동안 자주 문안드리지 못하여 죄송합니다. 저는 두 분의 보살핌으로 잘 자라서 이번 십 년간의 문화대혁명기간에도 별고 없이 잘 지냈습니다. 저의 혼인식에는 양가의 형편과 교통의 불편 등으로 격식을 갖춘 혼인식을 올리지 못한 점을 한없이 죄송하게 생각합니다. 앞으로 사회가 안정되고 저희들도 자리가 잡히는 날 두 분을 찾아뵙는 날이 올 것이라 생각합니다.

늘 두 분의 아들로서 두 분께 조금의 부끄러움도 없는 생활을 하려고 노력하고 있습니다. 부모도 형제도 모두 잃어버린 저를 거두어 주시고 저를 친자식처럼 길러주신 두 분께 존경과 사랑을 드립니다. 그동안 세상이 변하여 장 사장님 같은 분들이 사회에서 축출되는 것 같은 변혁에도 두 분이 무사하심을 감사하게 생각하고 있습니다. 저도 다행히 대혁명과 하방운동도 끝나 용정으로 돌아가야 하겠지만 제가 중앙으로 진출할 수 있는 기회가 있기에 이제 북경으로 가서 공부를 더 계속하려로 합니다. 늘 두 분의 아들임을 명심하며 이만 소식드립니다.

서기 1979년 4월 은수 드림

은수는 우선 그동안 마련한 약간의 여비를 가지고 북경으로 출발하였다. 정숙이는 은수가 북경에서 자리가 잡히면 그때 데려가겠다고 하고 친정집에 당분간 얹혀살도록 부탁했다. 장춘을 거쳐 북경까지의 길은 은수에게 새로운 계획과 포부를 꿈꾸게 하였다. 은수의 마음속에는 언제나 혼자서는 풀 수 없는 수수께끼 같은 자신의 과거가 있었다. 그것은 그 자신만이 풀어야 하는 숙명 같은 것이었다. 그것을 풀기 위해서는 누구에게도 의지할 수 없고 자신의 노력과 운만을 믿을 수 있었다. 그것은 소위 사상과 운명을 뛰어넘는 것으로 언젠가는 반드시 풀지 않으면 안 되는 숙제였다.

은수는 북경에 도착하여 송량에게 연락하였다. 흑룡강성에서 죽음을 함께 한 동지로서 다시 만나는 느낌은 각별한 것이었다. 송량은 은수의 능력과 사상을 믿어 그를 북경대학 의학부에 입학을 추천한 것이었다. 모든 서류에는 송량이 보증을 섰다. 송량은 흑룡강성의 작은 마을에서 지내는 동안에도 은수에게 한 번도 자신의 신분에 대하여 이야기한 적이 없었으나 그는 중국정부 사회과학원의 고급간부였다.

그는 역사학자로서 만주와 그 일대의 고대사에 대해서 객관적인 안목을 가지고 있었다. 근대사에 들어오며 만주와 동북지방에 대한 역사왜곡에 대하여도 상당히 비판적인 시각을 가지고 있어 은수와 대화하는데 별로 충돌이 없었다. 은수는 의학부에 무난히 입학하여 본격적인 의사로서의 공부를 하게 되었다. 의학부에는 소수민족출신자들은 거의 볼 수 없고 은수만이 유일한 조선족 출신이었다.

은수는 머리도 명석할 뿐만 아니라 장래에 대한 목표의식이 뚜렷하였다. 훌륭한 의사가 되는 것만이 자신의 문제를 해결해주는 지름길이 된다고 생각하여 심혈을 다하여 열심히하였다. 은수의 노력의 결과는 곧 교수들의 눈에 띄었다. 소수민족 조선족의 유일한 학생으로서 학업에서도 성실성에서도 호평을 받게 되었다. 은수를 추천한 송량은 은수의 첫해 평가가 전 학생들 사이에 두드러지게 나타나자 기쁜 마음을 감추지 않고 기숙사로 찾아와 축하해 주었다.

"김 선생은 내가 보아온 조선족 청년들 중에서도 목표에 대한 의지가 가장 강한 노력파입니다. 김 선생처럼 노력하면 국가박사를 따는 것도 그다지 어렵지 않을 것입니다. 그러고 보니 지난날 저에게 실시했던 끓는 물 처방이 생각나는군요. 하하 그런 독창적이고 과감한 결단력이 의학에서도 필요하지요."

송량과 은수는 간단한 음식을 앞에 놓고 오랫동안 이야기를 나누었다. 은수는 송량에게 하림마을에서 보았던 고정숙과의 결혼 사실을 털어놓았다. 송량은 자신이 머무는 동안 독신생활에서 있었던 여러 가지 불편한 일들을 알뜰하게 돌보아 주었던 얌전한 조선족 처녀를 기억하고 있었다. 그렇지 않아도 송량 자신이 두 사람의 혼인을 권하려고 하였는데 마침 잘 되었다며 하루빨리 정숙이를 데려와야만 은수의 연구도 본격적으로 결실이 나오게 될 것이라며 기뻐하여 주었다.

송량이 다녀가고 나서 은수는 지도교수를 맡고 있는 유교수로부터 특별 장학금의 수급자로 선정되었음을 통보받았다. 그의 뛰어난 성적이 그런 장학금 수급자로 만들었겠지만 송량의 지원이 어느 정도 힘이 된 것이라는 인상을 받았다.

그러한 근거로서 그 때는 장학금을 신청하거나 장학생을 모집하는 시기가 아니라는 점과 송량이 다녀간 지 얼마 되지 않아 바로 그런 조치가 일어났기 때문이었다. 어쨌거나 송량은 사회과학원이라는 중국의 중요한 중추기관에서 상당한 지위에 있음을 알 수 있었다. 은수는 곧 정숙을 북경으로 데려와 학교 밖에 숙소를 구하여 북경에서의 새로운 생활을 시작하였다. 물론 송량의 보이지 않는 지원이 있어 북경대학을 다니면서 경제적인 면이라든가 생활에서 별 어려움을 겪지 않고 학업을 계속할 수가 있었다.

14. 옥순이와 상수의 상봉

공주에는 전쟁 중에 북에서 피난 온 사람들이 많이 모여들었다. 공주는 계룡산이 가까운 위치 때문에 난이 일어나면 안전한 피난처로 예부터 점 찍혀 있었다. 특히 계룡산 남쪽 기슭에 자리 잡은 신도안은 조선 초기에 정감록의 예언에 따라 후천선경(後天仙境) 도읍의 후보지로 선정되어 왕궁을 건축하려던 건물자재가 남아있어 후세에도 많은 사람들이 신비한 고장으로 생각하고 있었다.

최근까지도 신도안에는 무당, 무수리, 점쟁이, 등 각종 신비스러운 종교의 총본산이 모여 세계 잡신의 총본부와 같은 곳이었다. 공주도 그 영향을 받아 많은 피난민들이 안식처로 생각하고 모여들었다. 정착한 피난민들은 주로 천을 짜는 직조업에 종사하거나 냉면 등 이북음식점을 열었다.

상수의 아버지는 아내가 출산 때 산통으로 죽자 4남매 중 어린 것 둘은 친척집과 외갓집에 맡기고 큰딸과 아들만을 데리고 1951년 1월 초순 유엔군의 총 퇴각 때 다른 피난민들과 함께 평양까지 피난을 나왔다. 평양에서 상황을 판단하면서 여러 날을 머무적거리다 중공군에 의해 평양이 포위당할 위급한 상황에 상수를 데리고 대동강을 도강하려고 하였다. 그러나 수많은 피난민이 한꺼번에 몰려드는 바람에 다리를 건너는 것이 어려웠지만 다행히 철교의 상판을 타고 강을 건널 수 있었다. 교각 아래 주위에는 떨어져 죽은 사람 물에 빠져 죽은 사람 등 시체가 수북이 쌓이고 피가 시뻘겋게 물든 것을 내려다보면서 넘어야 했다. 겨우 철교를 넘어온 아버지는 강을 건너자 자욱한 연기로 휩싸인 평양 시내를 뒤돌아보며 눈물을 흘렸다. 평양에 남기고 온 큰 딸 명순이를 생각하고 '어린것이 어떻게 혼자 살아갈까? 지금이라도 다시 되돌아가 데리고 올까?' 하고 생각하였으나 그러나 그것은 이미 불가능한 일이었다. 강 저편에 구름처럼 모여든 피난민들을 뚫고 되돌아가는 것은 있을 수 없는 일이었다. 다른 사람들도 아버지처럼 뒤를 돌아보고 남겨두고 온 가족을 걱정하다가 서로를 위로하였다.

"설마 유엔군이 평양을 포기하갔습네까? 한 일 주일 어디 가서 기다리고 있다가 돌아오면 되갔지요."

모두들 그 말에 위로를 받고 떨어지지 않는 발길을 남으로 떼어놓았다. 그렇게 한 발 두 발 걸은 것이 부산까지 피난을 간 것이다. 아버지는 명절이나 추석날 음식을 푸짐하게 차린 차례상 앞에서 제일 먼저 명순이와 은수와 옥순이를 생각하며 눈물을 흘렸다. 특히 혼자 평양에 남겨놓고 온 명순이를 몇 번이고 이름을 불러가며 슬퍼했다. 옆에서 그 모습을 바라보는 상수도 함께 눈물을 흘렸다.

상수는 나이가 들어가며 가끔 먼 북녘하늘을 바라보며 누나 명순이와 동생 은수와 옥순이를 생각하는 시간이 늘었다. 어머니가 돌아가시고 바로 일가 친척집에 맡긴 옥순이는 전쟁통에 살아남았는지? 송성에 잠깐 들렸을 때 동네마당에서 놀고 있는 옥순이를 보았을 때 복받쳐 오르던 설움이 지금도 가슴을 뜨겁게 달구고 있었다. 예쁜 이마와 통통한 볼이 복스럽던 귀여운 모습이 눈앞에 아른거렸다.

은수는 어떻게 지내는지? 외갓집도 전쟁통에 어떻게 되었는지? 순천에서 제일가는 벽돌공장을 운영하던 외할아버지가 지주계급 재판을 무사히 넘길 수 있었는지? 아마 신안주에서 아버지가 반동으로 지목되어 재산을 몰수당하고 쫓겨났던 것처럼 외갓집도 그런 화를 당하지 않았을까 등등 불길한 생각이 끊이지 않았다.

휴전이 이루어진 후 북한에서는 누나가 동생들을 만나서 함께 살려고 해도 어려웠을 것이었다. 북에서는 한 번 반동으로 낙인찍히면 평생 벗어날 수 없는 공산사회의 철저한 사상검증과정을 상수도 경험해 보았기 때문에 너무도 잘 알았다.

그러한 생각을 골똘히하다가 상수는 머리를 흔들었다.

'어떻게든 살아남아야 한다. 죽지 말고 살아만 있어다오. 언젠가는 통일이 되는 날이 있겠지.' 아버지가 살아계실 때에는 형제들에 대한 생각도 아버지에게 의지하여 자신의 일이 아닌 것처럼 생각되었으나 이제 할아버지도 아버지도 모두 돌아가시고 보니 모든 걱정과 책임이 자신에게 눌려오는 것을 느꼈다.

그 행복하던 가정이 어머니 죽음과 함께 파탄이 나고 철없는 형제들이 뿔뿔이 흩어지고 그 와중에 상수만이 아버지를 따라 남으로 피난 와서 오늘처럼 자유를 누리며 사는 이 운명이라는 것이 도대체 무엇이란 말인가? 아무리 생각해도 이해할 수가 없었다. 만약에 6·25전쟁이 일어나지 않았다면 상수도 북한에서 반동분자로서 이리저리 숨어서 도망 다니다가 어딘가에서 비참하게 죽지 않았을까? 온 민족이 겪은 비참한 전쟁이 상수에게는 오히려 북한사회를 벗어나 운명이 바뀌는 기회로 작용한 것이다. 그렇다면 명순이 누나와 은수, 옥순이에게 씌어진 운명은 무엇이란 말인가. 상수의 기억 속에 남아있는 누나와 동생들의 재능이나 똘똘하던 모습들은 자기보다 나으면 나았지 조금도 못하지 않았다.

사실 상수는 월남하여 할아버지를 만나고 아버지는 재혼하여 새로 동생들을 낳고 생활이 안정되었을 때 소학교, 중학교와 고등학교를 서울에서 다니며 신촌 모래내의 할아버지댁에서 살았다. 모래내의 할아버지댁은 허허 모래벌판에

흙벽돌을 찍어 지은 집이었다.

6·25전쟁이 휴전으로 끝난 후 5·16혁명으로 정권을 잡은 박정희대통령은 독립운동가들에게 모래내의 넓은 땅을 그들의 생활 주거지로 배정해 주었다. 서울로 환도하고 조금씩 안정됨에 따라 모래내에는 꽤 많은 독립운동가와 그 가족들이 모여들었다. 할아버지는 매일 광복회와 한중협회 등 사회운동으로 바쁘게 출퇴근하였다. 생활은 할머니가 오백여 마리의 닭을 키워서 겨우 생활은 유지하였다. 모래내의 주민들은 다른 시골 마을과는 생각의 수준이 판이하게 달랐다. 그것은 평생 망명하여 독립운동을 하며 지내온 사람들이므로 반공사상이라든가 국가발전에 대한 견해가 확실하였다. 사람들이 모이면 우국충정의 토론 등이 열띠게 일어났다.

3·1절이나 광복절 등 국경일이면 할아버지댁 마당에 모여 태극기를 게양하고 엄숙한 기념식을 거행하였다. 그런 날은 새벽부터 상수가 모래내 윗마을부터 아랫마을까지 뛰어다니며 빠지지 말고 모이도록 독촉하였다. 그래서 모래내에서 상수를 모르는 사람은 없을 지경이었다. 그러나 그런 것으로도 가난함은 어쩔 수 없었다. 상수는 고등학교 1학년 때 신문배달을 시작했다. 학업은 계속하기로 결심하였으므로 무슨 일이든 하지 않으면 안 되었던 것이다.

동네 사람들 중에는 할아버지가 독립운동을 했는데 손자

가 신문을 돌리면 어떻게 하느냐고 은근히 걱정 겸 비아냥 거리는 듯한 말을 하는 사람도 있었지만 할아버지는 오히려 상수를 격려하여 주었다. 상수는 할아버지의 격려에 힘입어 더욱 떳떳하고 자부심을 가지고 학교생활을 했다. 그의 신 문배달은 인근의 주민수가 적은 변두리와 남가좌동 일대를 전부 포함하였다. 매일 논길과 야산의 오솔길을 뛰어서 2, 3시간 정도 돌면 온몸이 땀으로 젖곤 했다.

그런 생활은 봄, 여름, 가을, 겨울은 물론 비가 오나 눈이 오나 늘 계속되었다. 그런 생활이 오히려 그의 몸을 건강하 게 만들었다. 가을에 열린 교내 마라톤 대회에서도 상위에 들었다.

대학생활은 소위 개인가정교사 등 아르바이트를 하며 졸 업하였다. 대학 3학년부터 실시된 예비역학사장교(ROTC) 과정을 이수하여 소위로 임관되었다. 육군소위임관은 그에 게 이제 가난하고 고달픈 초년은 지나갔다는 표시와 같았다.

그는 군 입대 전에 대학원에 입학하고 휴학계를 낸 후 군 복무를 하였다. 그가 전방에서 보낸 2년간의 군대생활은 그 의 인생에서 가장 화려하고 신나는 시기였다. 상수는 군대 생활이 자신의 성격에 맞는 것을 느꼈다. 규율이 엄격하고 규칙적인 군대생활을 매우 만족하게 보내고 있었다.

그때는 월남전이 한창이었고 우리나라는 미국을 도와 월 남에 파병하게 되었다. 병사들 사이에는 월남 파병군에 지원하는 것이 큰 화젯거리였다. 월남에 가서 2년만 고생하면 당시로서는 꽤 많은 월급을 받을 수 있고 젊은 시절의 패기도 발휘해볼 수 있다고 생각하였다. 첫 파병부대로서 비둘기부대, 맹호부대가 파견된 후 청룡부대와 백마부대가 가게 되었다. 그도 백마부대에 지원하여 월남으로 가려 하였으나 그의 지원소식에 놀란 할아버지가 국방부에 탄원서를 내서 그의 지원은 좌절되고 말았다.

그러나 이 사건은 상수에게 집안에서 자신이 얼마나 소중한 존재인가를 인식하게 되는 계기가 되었다. 고등학교 때는 신문을 돌리고 대학에서도 남의 집에 가정교사를 하며 자신의 가난함을 비관하기도 하고 자존감을 상실하였던 생각이 잘못되었다는 것을 깨달은 것이다. 1·4후퇴에 아버지와 함께 단둘이 천신만고하며 월남하여 할아버지를 만났을 때 할아버지는 그래도 맏손자라도 데리고 나온 것을 다행으로 여기고 아버지는 그로인해 조금은 떳떳했을 것이라는 것을 철이 들은 다음에야 비로소 알게 된 것이다.

그러나 상수 자신은 4남매 중에 혼자만이 월남하여 할아버지 아버지의 사랑을 받으며 살고 있는 것에 대해 북에 남겨진 다른 형제들에게 가슴 아프고 미안하게 생각하고 있었다. 언젠가는 그 값을 갚지 않으면 안 된다는 숙명 같은 것을 느끼면서 살았다.

군복무를 마치고 바로 대학원에 복학하였다. 대학원 생

활은 아직도 고정된 수입이 없어서 상수는 시내의 중고등학교에 시간강사로 생활비를 벌었다. 시간강사를 거쳐 전임강사가 되면서 그의 사회적 생활은 경제적으로 안정을 찾게 되었다. 생활이 안정되자 평소에 사귀던 여자대학생과 결혼을 하였다. 그리고 대학원 2학년 재학 무렵에는 벌써 지방의 대학으로부터 교수로 오라는 제안이 들어왔다. 그는 서울에서 비교적 가까운 공주의 K대학을 선택하여 부임하게 되었다.

공주는 계룡산 남쪽 금강이 둥글게 여울진 아늑한 곳에 자리 잡은 아담한 도시이다. 공주를 둘러본 상수는 공주를 둘러싸고 있는 야트막한 산들이며 금강의 백사장 등을 보고 마치 고향에 온 것 같은 친근감을 느꼈다. 마음속으로 이곳이 내가 살 곳이로구나 하는 마음이 들었다.

그는 가족을 데리고 공주로 이사하여 작은 집을 얻어 생활하면서 주말이면 공주중앙교회에 나가 공주사람들과 빨리 사귀려고 노력했다. 어느 날 그를 만나고 싶어 하는 사람이 있다고 누가 귀띔하여 만나본 사람이 정창호라는 청년이었다. 정창호는 중앙교회에 오래도록 나오며 청년부와 합창부 등을 책임지는 신앙심 깊은 청년으로 많은 사람들의 신임을 받고 있었다.

상수가 들은 바에 의하면 창호는 할머니와 살다가 최근에 할머니마저 돌아가시고 혈혈단신으로 남았다고 하였다.

그런 창호에게 뜻하지 않은 행운이 찾아왔다고 한다. 그것은 그가 어렸을 때 공주에 와있던 캐나다의 목사의 딸과 친하게 지냈고 마침내 두 사람 사이에 사랑이 싹트게 되었다고 한다. 그러나 목사가 귀국할 때 딸도 함께 캐나다로 돌아갔으나 얼마 전에 목사 딸에게서 그와 결혼하고 싶다는 연락을 받고 흔쾌히 승낙하였다고 하였다. 그는 캐나다로 떠나기 전에 공주에 있는 그의 집을 팔려고 한다는 것이었다.

그의 이야기를 듣고 상수는 정창호의 집을 물어 찾아가 보았다. 중앙교회에서 멀지않은 길가에 있는 이백 평 남짓한 마당과 텃밭을 가진 야트막한 초가집이었다. 남향으로 앉은 집은 보기에도 아늑하고 포근하여 두말없이 사고 싶었다. 가격도 정창호가 서둘러 처분하는 관계로 시세보다 싸게 구매할 수 있었다. 그야말로 상수에게는 굴러온 호박이었다.

그 집으로 이사한 이후로 상수의 일들은 술술 잘 풀려나갔다. 상수는 그런 것이 새로 산 집이 가져온 행운이 아닌가 하고 무척 흐뭇하게 생각하고 있었다. 그런 어느 날 캐나다로 갈 때 자기에게 집을 팔고 떠난 정창호로부터 국제편지한 통이 배달되어 왔다. 국제편지의 발신인이 정창호인 것을 확인한 상수는 한편 놀라고 한편 무슨 일이 있어서 나에게 편지를 보냈을까 생각하며 편지를 열어보았다.

변상수 교수님께

교수님 안녕하십니까?

저는 이곳 캐나다의 가장 동쪽 끝에 있는 노바스코샤주의 핼리팩스라는 곳으로 와서 결혼하고 생활도 안정되어 잘 지내고 있습니다. 이곳에서는 워낙 한국에서 멀리 떨어져 있어 한국 사람 만나는 일이 거의 없습니다. 제가 교수님께 서신을 보내게 된 것은 이곳에서 우연히 만난 한국인 여자와 대화를 나누면서 그 사람과 교수님이 어떤 관계가 있을 것 같은 느낌을 받았습니다.

다름이 아니오라 제가 처음 변 교수님과 인사를 나누면서 들은 바에 의하면 변 교수님은 6·25동란의 1·4후퇴 당시 평안남도 안주에서 월남하셨다는 말씀을 들은 기억이 납니다. 제가 이곳에서 만난 사람도 1·4 후퇴 당시 부모를 잃어버리고 캐나다군인에 의해 구출된 후 캐나다로 입양되어 이곳에서 살고 있는 변옥순이라는 여자입니다. 나이는 교수님보다 5살 정도 아래이고 얼굴 모습이 교수님과 너무도 닮아서 저도 첫눈에 어떤 혈연관계가 있지 않을까 하고 물었더니 자신의 큰오빠가 변상수라고 하여 저도 놀랐습니다. 변 교수님께서도 옥순 씨를 확인하고 싶으시면 일단 국제전화로 연락을 주십시오. 이곳과 공주는 정확히 12시간 차이가 납니다. 다시 말씀드리면 이곳 아침 6시는 공주에서는 저녁 6시가 됩니다. 시간을 정하여 옥순 씨와 변 교수님이 대화를 연결해보도록 하겠습니다.

기다리겠습니다.

상수는 편지를 읽다말고 손과 다리가 후들후들 떨리고 목이 메고 눈물이 앞을 가려 편지를 계속 읽을 수가 없었다. 꿈인가 생시인가 그토록 그리워하고 도저히 만나리라고 생각도 못했던 옥순이가 그 먼 캐나다에서 살고 있다니. 운명이란 자기에게만 특별히 은총을 내린 것이 아니로구나 하고 하늘의 섭리에 감동하여 뜨거운 눈물을 멈출 수 없었다.

상수는 마음을 가다듬고 차분히 생각했다. 정창호가 써보낸 편지의 내용은 너무나 정확하게 막내 동생 옥순이를 말하고 있었다. 옥순이가 1·4후퇴 때 상수가 피난 내려온 것같이 양부모와 남으로 피난했을 것이고 도중에 부모를 잃어버리고 고아가 되었다가 운이 좋아 캐나다군대에 구출되고 캐나다까지 입양되어가는 이야기는 얼마든지 가능한 이야기이다. 전쟁 중에는 부모를 잃은 고아들이 새 부모에게 입양되어 잘 자라는 경우가 얼마든지 있지 않은가.

상수는 일단 정창호에게 국제전화를 해보기로 했다. 정창호가 말한 대로라면 지금 공주가 오전 9시이니까 핼리팍스는 저녁 9시일 것이다. 우선 공주전화국으로 달려가 편지에 있는 전화번호로 전화를 걸었다. 상수는 핼리팩스에 전화를 걸면서 처음으로 지구 정반대편에 있는 사람과 통화를 해보는 경험을 했다. 국제전화 신호음이 한참 울리고 나서 저쪽에서 굵직한 남자목소리로 "여보세요." 한다. 틀림없는 정창호였다. 혹시 외국 사람이 받으면 어쩌나 가슴이 두근거렸는데 다행이라고 생각하며 반가운 마음을 표시했다.

"여보세요? 이곳은 한국의 공주입니다. 정창호 선생님이십니까? 저는 변상수라고 합니다. 선생님께서 보내신 편지를 방금 받고 너무 반가워서 기다릴 새 없이 전화를 했습니다. 제 느낌에 그 옥순 씨는 제 막내 동생일 것이라고 확신합니다. 흑~ 흑~. 내일이라도 통화를 했으면 좋겠습니다."

상수는 통화 중에 옥순이 이름을 댈 때 설움에 못 이겨 흑흑 느껴 울다가 겨우 진정하고 대화를 계속했다.

"네 저도 옥순 씨를 처음 볼 때부터 느낌이 달랐습니다. 제가 캐나다에 와서 외롭게 지내던 중 처음 만난 한국여자가 옥순 씨라니 정말로 운명은 피할 수 없는 것 같습니다. 그럼 내일 이 시간에 옥순 씨와 같이 전화를 기다리겠습니다. 오늘처럼 다시 한 번 전화를 걸어주십시오."

전화를 끊고 보니 30년 전이 다시 돌아온 것처럼 옛 추억이 새록새록 생각이 났다. 상수는 전화를 끊고 혼자 잘 가던 공산성 성문 옆 제일 높은 곳의 정자로 올라가 앉았다.

발아래로 옛 나루로 쓰이던 공산성 정자가 보이고 금강물이 아침 햇살을 받으며 그 앞을 유유히 흐르고 있었다.

강물을 바라보며 옛 추억에 잠겨 있다가 내일 옥순이와 통화할 생각을 하고 비로소 자리를 털고 일어났다. '헤어지고 나서 벌써 30년 가까이 지났으니 옥순이도 직접 만나보면 못 알아볼지도 몰라.' 하는 생각을 하면서도 하여튼 캐나다의 옥순이는 내 동생이 틀림없다는 확신이 들었다.

옥순이와 만나게 될지도 모른다는 것을 아내에게 이야기하려다가 아직 확인도 안 된 사실에 호들갑을 떠는 것이 오히려 장래의 일에 좋지 않을 것 같아 입을 꾹 다물고 아무일 없는 것처럼 지냈다. 그날 밤은 내일 옥순이와 통화한다는 흥분으로 거의 잠을 이룰 수가 없었다.

다음날 학교에 평소보다 일찍 출근해서도 일이 손에 잡히지 않아 연구실에 앉아 이런저런 생각을 하면서 약속 시간이 되기를 기다렸다. 아침 9시까지가 왜 그렇게 길고 지루하게 느껴지는지. 혹시 그 시각에 국제전화에 무슨 문제가 생기는 것은 아닐까. 전화국이 9시에 일은 시작하지 않거나 전화신청을 늦게 받으면 어떻게 하나? 앞 사람들이 너무 길게 통화를 하여 9시를 훨씬 넘겨서까지 상수의 차례가 오지 않으면 어떡하나 등등 별의별 불길한 생각이 꼬리를 잇고 그를 불안하게 만들었다. 드디어 9시가 되어 그가 신청한 국제전화의 전화벨이 울리자 그의 심장은 멈출 것처럼 뛰기 시작했다. 느리고 긴 신호음이 계속되다가 드디어 상대편에서 정 선생의 목소리가 들렸다.

"여보세요. 변 교수님이십니까?"

"네 변상수입니다. 옥순이는 와 있나요?"

"네 잠깐 기다리십시오. 옥순 씨가 지금 울고 있어서 조금 진정되면 전화를 바꾸겠습니다. (영어로)자, 옥순 씨 울지만 말고 전화를 받아요. 우선 찾고 있는 오빠인지를 확인해야 하지 않아요?"

"헬로. 저는 변옥순이라 합니다. 아엠쏘리(미안합니다). 한국말이 서툴러서요."

"여보세요. 저는 변상수라고 합니다. 정창수 선생으로 대략 말씀들었습니다. 옥순 씨는 고향이 어디입니까? 그리고 고향 떠날 때 몇 살이었습니까?"

"네. 아이워즈 파이브 웬 마더 다이드 앳 신안주.(저는 다섯 살 때 신안주에서 오마니가 돌아가셨습니다.) 송성 친척집에 양녀로 맡겨졌다가 1·4후퇴 때 피난 나왔습니다."

이 말은 정창호의 도움이 있어 가능했다.

"그럼 하나만 더 물어보겠습니다. 형제분들 이름은 다 기억하고 계십니까?"

"네. 오래되어서 잘 기억은 안 납니다만, 큰언니는 변명순, 큰오빠는 변상수, 그리고 작은오빠가 한 분 있었습니다."

옥순의 한국말은 매우 서툴렀지만 말의 핵심은 분명했

다. 상수는 옥순의 말을 듣다가 슬픔에 복받쳐 전화기를 붙들고 엉엉 소리 내어 울었다. 옆에 기다리던 사람들이 신기한 구경거리가 생긴 듯 놀란 눈으로 바라보았다. 저쪽에서는 옥순이와 정창호가 귀를 수화기에 가까이 대고 듣고 통역하기를 교대로 했다.

"그래 그래, 네가 옥순이가 맞다. 내 동생 옥순이다. 옥순아. 네가 내 막내 동생 옥순이가 맞구나. 너는 신안주에서 어머니가 돌아가시고 아버지가 너를 바로 송성의 변재형 씨에게 맡겼지. 내 말이 맞지? 1·4후퇴 때 고향 송성에서 피난 이후 서울 근처에서 캐나다군대에 구출되었다는 이야기를 정 선생으로부터 들었다. 큰오빠가 말하는 것이 모두 맞지?"

"오빠. 롸잇 롸잇(맞아요, 맞아요). 유아 마이 브라더(내 오빠가 맞아요)."

혹시나 한마디라도 놓칠세라 정창호는 전화기 옆에 바싹 귀를 대고 둘의 대화를 하나도 놓치지 않고 통역했다.

"오빠 언제 만날까요? 저는 오빠를 한시도 빨리 보고 싶어요. 죽은 줄만 알았던 오빠가 이렇게 살아 있다니 정말 꿈만 같아요. 그럼 아버지도 안녕하시지요?"

"아버지는 3년 전에 돌아가셨다. 너와 명순이 누나, 은수를 보고 싶다고 늘 말씀하시더니 그만 암으로 돌아가셨다. 같은 해에 할아버지도 돌아가셔서 지금은 나 혼자만이 남아 있다."

"아버지! 아버지! 제가 아버지를 꼭 보고 싶었는데 돌아가시다니 아이고 아버지. 우리 불쌍한 아버지 자식들을 뿔뿔이 흩어놓고 얼마나 괴로우셨을까."

그녀의 아버지 발음은 너무도 또렸했다.

"울지 마라. 울지 말고 오빠 말 들어라. 나는 현재 공주라는 곳에서 대학교수를 하고 있단다. 자세한 것은 정 선생에게 물어보면 알 것이다. 나도 네가 하루 빨리 보고 싶으니 내가 너에게로 가던지 네가 한국에를 오든지 해야겠다. 오늘은 이만 전화를 끝내고 편지든 전화든 좀 더 자세히 이야기하자."

"그래요. 오빠를 빨리 만나서 우리 명순이 언니와 은수 오빠 이야기를 하고 싶어요. 제가 오빠를 이렇게 만날 수 있는 것처럼 언니와 작은오빠도 모두 어딘가에서 살아 있을 거예요. 저랑 오빠가 만나서 머리를 짜내면 우리 형제들이 모두 모일 수 있는 방법이 나올 거예요."

"그래 그러면 늘 몸 건강히 잘 있어야 한다. 이제부터는 외로운 고아가 아니니까 늘 행복해야 한다. 오늘은 이만 끊자. 정 선생님을 바꾸거라."

"정 선생님, 정말 고맙습니다. 정 선생님을 만난 인연으로 동생을 찾았고 정 선생님이 없었으면 어떻게 확인할 수 있었겠습니까? 정말 고맙습니다."

전화를 뒤에서 기다리는 사람들도 그들의 희한한 재회

장면을 듣고 놀램과 기쁨을 나누며 참아주었다. 그렇게 옥순과의 첫 통화가 이루어졌다. 우연한 기회에 우연한 사람을 매개로 죽은 줄 알았던 동생을 전화로나마 확인하고 상수는 너무나 행복했다.

15. 명순의 결혼

홍동무가 귀국한 후 금순이와 선옥이는 가능하면 한두 달에 한 번 씩은 레나를 찾아보려고 노력하였다. 레나는 아들 조선(독일명 마르크)과 둘이 북조선인들이 모이는 자리에는 빠지지 않고 참석하여 조선말도 어느 정도 알아듣게 되었다. 레나는 북조선에 갈 수 있는 방법이나 홍동무를 다시 독일로 오게 할 수 있는 방법이 있는지에 온 신경을 다 집중하였다. 북조선 사람들도 레나의 그러한 열의에 감동하여 가능하면 작은 정보라도 전해주려고 노력하였다.

금순이와 선옥이가 예나에 가면 반드시 알베르트가 나와서 함께 했다. 알베르트는 그 사이 대학을 졸업하고 꽤 큰 의료기기 전문회사에 취직했다. 그의 회사는 독일은 물론 유럽의 여러 나라에도 지점을 두고 있을 정도로 큰 회사라고 그가 말했다. 알베르트는 홍동무가 귀국한 후에는 더욱 적극적으로 금순이를 도우려고 했다.

금순이는 차차 알베르트를 만나지 않으면 허전하고 그리워졌다. 이제는 금순이가 학교에서 잠시 틈이 생기면 알베르트에게 연락하거나 찾아가곤 했다. 어느 날 알베르트가 말했다.

"며칠 후면 우리 아버지 생신인데 금순 씨 우리집에 함께 가요."

금순이는 화들짝 놀라면서도 올 것이 왔구나 하고 침착하게 받아들였다. 그것은 이제 알베르트가 결혼 전에 금순이를 부모님과 친척들에게 소개하고 싶다는 의미일 것이었다. 폴란드 사람들은 유럽인들 중에서도 가족간의 정이 두텁기로 유명하다. 보통 일반인들은 3대가 같이 살고 형제간에도 의가 좋다고 하였다. 금순이는 차분히 대답하였다.

"알베르트 씨 집으로 초대해주어서 고마워요. 다만 제가 알베르트 씨 집에 가기 전에 확인하고 싶은 것이 있어요. 첫째는 제가 동양인이고 저와 결혼하면 알베르트 씨에게 여러 가지 사회적인 불이익이 많을 텐데 그것을 이겨 낼 마음의 준비가 되어있는 지이고, 또 한 가지는 저는 독일로 오기 전에 우리 나라에서 전쟁통에 아버지와 형제들을 잃어버렸어요. 지금은 어디에 사는지, 살아있는지 죽었는지도 몰라요. 저의 집안은 북조선에서는 사상적으로 불량해요. 저와 결혼한 후에 제가 부모와 형제들을 찾으려고 할 텐데 알베르트 씨는 그런 것에 협조해주실 수 있는지요?"

금순의 말을 다 듣고 난 알베르트는 얼굴에 가득 미소를 띄우며 가만히 금순의 손을 잡았다.

"금순 씨. 내가 처음 금순 씨를 만나려고 했을 때부터 저는 이미 결정했어요. 저는 조선이라는 나라를 좋아했고 조선에 대하여 많은 것을 알고 있어요. 조선이 비록 작은 나라이지만 동양에서 찬란한 문화를 가지고 있고, 최근에는 일본의 침략을 받아 억울하게 식민지가 되었고, 해방되자마자 전쟁에 휘말리게 된 것을 다 이해해요. 나의 조국 폴란드도 소련이나 독일 등 이웃나라의 침략을 받아 오랫동안 고생해 왔어요. 얼마 전에 나는 조선의 유명한 소설가 이미륵이 쓴 『압록강은 흐른다』를 읽고 조선이 얼마나 아름답고 높은 문화를 가지고 있는지 알았어요. 다음으로 금순 씨가 염려하는 부모와 형제를 찾는 문제는 제가 오히려 적극적으로 나서서 찾도록 노력하겠어요."

"그렇지만 형제를 찾는 문제는 간단하지가 않아요. 왜냐하면 조선은 남북으로 갈라져서 전쟁을 했어요. 나의 조국인 북조선은 소련과 중국의 지원을 받고 있지만 남조선은 미제국주의자들의 도움을 받고 있어요. 제가 보기에 저의 할아버지와 아버지 그리고 남동생은 남조선으로 도망갔어요. 할아버지는 과거 조선의 독립을 위하여 중국으로 망명하여 싸웠지만 일본이 패망한 후에 귀국했다가 남조선으로 내려가셨어요. 모두 죽지 않았으면 지금쯤은 남조선에 살아 있을 거예요. 나는 정치나 사상보다는 부모와 형제가 더 중요해요."

"그런 문제는 폴란드에서도 흔히 경험한 문제에요. 폴란드 사람들도 일차대전과 이차대전 때 외국의 침략을 받으면서 많은 젊은이들이 전쟁에 끌려갔어요. 비극적인 일은 형제가 각각 다른 나라에 끌려가 서로 싸운 것이에요. 우리 가까운 친척 중에도 첫째아들은 독일군에 끌려갔고 둘째아들은 소련군에 끌려간 것을 보았어요. 이제 전쟁이 끝났으니 서로 용서하여야지요. 조선에서도 휴전이 되었으니 금순 씨 아버지와 형제들을 만날 수 있을 거예요."

알베르트의 말은 금순에게 큰 위로가 되었다. 금순이는 그해 가을 알베르트의 고향을 방문하였다. 알베르트의 고향은 폴란드의 남부의 프와코비체라는 작은 마을이었다. 알베르트의 아버지는 60세가 넘었지만 늠름한 인품을 보이는 미소를 띠고 금순을 맞이했다. 알베르트의 어머니도 아직은 집안일을 손수 챙긴다며 조금 뚱뚱한 몸뚱이를 기운차게 흔들며 금순이를 껴안았다. 금순은 알베르트 부모와 형제들의 따뜻한 대접을 받으며 예전에 송성에 가서 큰할아버지댁에서 놀던 추억이 생각났다.

시골이란 조선이나 폴란드나 사람들이 순진하고 꾸밈이 없어서 좋았다. 키우는 농작물도 비슷하고 농토에서 나는 냄새도 고향에서 맡던 냄새처럼 조금 퀴퀴하여 오히려 정다웠다. 알베르트의 어머니는 몇 년 전에 가까운 교육기관에 북조선에서 많은 아이들이 와 있었다고 말했다. 기관에서는

각 가정에 한두 명씩 나누어 그들을 맡아 재워주고 먹여주
며 몇 년을 키우다가 1959년인가 그들을 모두 북조선으로
데려갔다고 한다.

그들 중에는 공부도 잘하고 현지에 잘 적응하고 주민들
과도 정이 들어 귀국할 때 울며 돌아가기 싫다고 떼를 쓴 아
이도 있었다며 알베르트의 어머니도 그들 중 한 아이를 이
름까지 기억하고 있었다. 그 아이는 말순이라고 불렸는데
알베르트의 어머니를 자신의 친엄마처럼 "엄마 엄마" 하고
불러 어머니도 딸 하나 얻은 것처럼 귀여워하였다고 말하며
눈에 눈물이 글썽하였다.

금순이는 이런 분이라면 시어머니로 모셔도 좋겠다고 혼
자 속으로 생각하며 얼굴을 붉혔다. 알베르트는 금순이가
자신의 가족들과 잘 적응하는 것을 보고 매우 흡족해했다.
마을에서 금순이를 위해 특별히 잔치를 베풀어 주었다. 잔
치에는 동네의 거의 모든 사람들이 다 모여 흥겹게 놀았지
만 그 중에는 북조선에서 왔던 고아들과의 인연을 못 잊어
금순이의 손을 붙잡고 눈물을 흘리는 사람들도 있었다.

폴란드는 유럽에서는 약소국에 속한다. 특히 최근에 와
서 일차대전과 이차대전을 겪으며 이웃나라들의 속국이나
식민지가 되었다가 해방된 지 얼마 되지 않아서인지 조선
사람들에 대한 동병상련의 유대감을 가지고 있었다. 특히
독일의 나치 통치를 받아 젊은 사람들은 남녀를 불문하고

군대에 끌려가거나 중노동에 고통을 받은 것은 조선과 별 차이가 없다고 했다. 금순이가 알베르트와 폴란드에서 돌아왔을 때 선옥이가 놀라운 소식을 알려주었다.

"금순아, 지금까지 너에게 말하지 않고 지내던 나의 비밀을 이젠 말하지 않을 수 없구나. 네가 알베르트의 부모님을 뵈러가는 것을 보고 나도 너에게 실토하기로 결심했다. 사실은 나는 우리 연구실의 다니엘과 사귀고 있었단다. 언니인 내가 너 몰래 연애를 하는 것을 털어놓기가 정말 부끄럽고 쑥스러웠다. 그러나 이제 우리도 모두 결혼할 나이가 지나지 않았니? 며칠 후에 다니엘을 너에게 소개시키는 자리를 만들어 보려고 한다."

"언니, 정말 깜짝 놀랄 일이네. 언니도 참 엉큼하네. 그렇지만 정말 축하해. 그렇지 않아도 내가 알베르트와 결혼하기로 결심하면서 사실은 언니에게 제일 미안했는데 이렇게 좋은 결말로 해결되니 나도 얼마나 기쁜지 몰라. 언니 다시 한 번 축하해."

즐거운 대화로 분위기가 한결 가벼워졌을 때, 선옥이는 기쁜 얼굴에 갑자기 수심어린 표정을 지으며 말했다.

"지금 말한 것은 기쁜 소식이어서 먼저 이야기했고 또 한 가지는 좋지 않은 소식이야. 네가 알베르트 고향에 가있는 동안 북조선에서 온 지 얼마 안 된 의사로부터 들은 이야기인데 김봉한 선생이 지방으로 좌천됐대."

이 얼마나 놀랍고 슬픈 소식인가. 그것은 그들을 독일로 파견하는데 보증을 서고 여러 방면으로 도와주었던 김봉한 선생이 함경도지방으로 좌천되었다는 소식이었다. 김봉한 선생같이 훌륭한 의사는 어느 사회에서나 사람들의 존경을 받고 국가에서도 필요할 것이라 생각했는데 역시 북조선에 서는 의술보다는 사상과 배경이 중요한 모양이었다. 지난번 홍동무가 강제 귀국할 때나 이후 레나가 남편을 만나기 위 해 그토록 열심히 영사관을 찾아다녀도 개인적인 열의에는 아무 반응도 없는 것에 조금 실망을 느끼게 되었다.

금순은 김 선생이 지방으로 좌천되었다는 소식에 큰 충 격을 받았다. 6·25동란에서 그렇게 많은 부상자를 치료하 였고 그런 공적을 인정받아 김일성 장군으로부터 직접 훈장 과 표창을 받는 등 누구도 따라올 수 없는 공적을 가진 선생 님이 좌천되었다면 무슨 이유일까? 남조선에서 왔다는 이 유만일까? 만일 앞의 이유 때문에 좌천되었다면 할아버지 와 아버지가 남조선으로 내려간 것이 알려지면 금순이도 무 사하지 못할 것이라는 두려움이 마음속 깊은 곳에서부터 스 멀스멀 올라왔다.

사실 독일에 파견된 것을 좋은 기회로 생각하고 파견 중 에 독일 대학에 학생으로 신분을 전환하여 의과대학에서 선 진의학을 공부한다고 한 것은 학문적인 포부도 있었지만 귀 국하는 것을 조금이나마 미루어보려는 생각도 없다고는 할 수 없었다.

이제 금순이는 알베르트와의 결혼을 미룰 이유가 없었다. 오히려 조금이라도 빨리 서둘러 결혼함으로써 귀국을 영원히 미룰 수 있는 타당한 이유를 만들 필요가 있었다. 알베르트와 결혼함으로 독일이나 폴란드의 국적을 획득하면 귀국에 대한 문제는 완전히 해결되는 것이었다. 알베르트에게는 그런 사연을 이야기하지 않았다. 이미 알베르트의 집을 방문하여 부모의 허락을 받은 입장이고 금순이는 자기부모의 동의를 받아야 하는 번거로운 절차를 생략할 수 있었다.

현실적으로 부모가 있다고 하여도 북조선에서 독일까지 오는 것은 거의 불가능했다. 더욱이 홍동무와 레나의 결혼에서 본 것처럼 홍동무는 부모의 동의를 생략한 채 결혼하였다. 금순이는 거리낌 없이 알베르트가 하자는 대로 못 이기는 척 청혼을 받아들였다. 그해 10월 유럽에도 가을이 찾아와 아름다운 단풍이 빨갛게 물드는 날을 택하여 결혼하기로 했다. 결혼식장은 아무래도 알베르트의 부모와 형제들이 있는 폴란드에서 하는 것이 자연스러웠다.

결혼식에는 선옥이와 다니엘을 비롯하여 슈미트 선생 부부와 독일에 와있는 조선인 유학생들과 의과대학의 학생 몇 명이 폴란드 시골 마을까지 와서 축복해 주었다. 선옥이는 오랫동안 감추어 두었던 보석을 꺼내보이 듯 다니엘을 데리고 나왔다. 금순이는 돌아가신 어머니와 어디 계신지 모르는 아버지 그리고 뿔뿔이 흩어진 동생들을 생각하며 눈물이 마를 틈이 없었지만 선옥이가 옆에서 위로하고 달래주어 한결 위로가 되었다. 선옥이는 이럴 때는 친언니처럼 믿음직했다.

알베르트는 금순이가 아직 공부하고 있으므로 결혼 후에도 당분간은 주말부부로 지내자고 했다. 결혼하고 금순이는 알베르트의 직장이 있는 예나로 가기도 하고 반대로 알베르트가 금순이 있는 곳으로 오기도 했다. 그렇지만 예나에는 홍동무의 가족인 레나와 그의 아들 조선이 있었으므로 그들도 찾아볼 겸 예나로 가는 날이 더 많았다.

결혼하고 얼마 되지 않아서 알베르트는 금순이를 데리고 체코의 프라하 근처의 후르비산으로 여행을 다녀왔다. 후르비산은 체코의 서북쪽에 위치한 산으로 소위 보헤미안 지방에서는 꽤 높은 산(1492m)이었다. 따라서 산이 드문 유럽 중앙의 젊은이들이 산악훈련을 하거나 알프스의 고산 등반을 준비하는 과정에서 반드시 거치는 곳이었다.

금순이는 고향에서 많은 산을 보았지만 이만큼 높은 산은 처음이었다. 더구나 산이 드문 유럽에서 수년 동안 살다 보니 산이라는 존재 자체가 신비스럽게 느껴졌다. 후르비산에서 알베르트는 많은 산악 동지들을 소개해 주었다. 금순이는 이 모임이 마음에 들었다.

대체로 산악인들은 산에 대한 애정과 존경심을 가지고

모든 관심을 산에 대해 쏟는다. 산에서 모이는 사람들 사이에는 인간사회에서 중요하게 생각하는 여러 가지 사상, 국적, 빈부, 지위, 인종, 남녀 따위의 구분보다는 산을 오르고 있다는 단순한 일체감이 더 중요했다.

따라서 산악인들이 모인 곳에서는 산에 대한 지식을 공유하고 등산에 대한 적응훈련과 상호인간적인 유대를 강화할 뿐 사회에서의 복잡한 사상 같은 것으로부터는 잠시나마 자유로울 수 있다. 금순이는 알베르트를 따라다니면서 산생활에 대한 흥미가 생겼을 뿐만 아니라 산악의 특수한 환경에서 인간이 대처하여야 할 여러 가지 의학지식이 필요함을 알게 되었다.

산에서 귀가하는 길에 금순이 일행은 프라하대학을 구경할 기회가 있었다. 프라하대학은 체코 제일의 대학임은 물론이고 그 도서관은 세계의 진귀한 서적들을 많이 소장하고 있다고 들어왔다. 금순이는 프라하대학에 들렸던 시간에 알베르트의 양해를 얻고 도서관의 고서 열람실을 찾아갔다. 특별한 책을 보려는 목적이 있는 것은 아니었지만 그 이름으로 보아서 혹시 조선 같은 아시아의 한구석에 있는 나라의 고서적이라도 보관되어있으면 구경해 보려는 것이 관심의 대상이었다.

열람실 담당자에게 간단히 자신의 관심분야를 이야기하고 그러한 서적이 있는지 알아보아 달라고 부탁하였다. 열람실에 앉아 다른 책들을 구경하며 시간을 보내고 있으려니 직원이 목록을 찾아들고 금순을 불렀다. 동양의학에 대해 알아보았으나 워낙 분야가 특이하고 이곳에서까지 보관할 정도의 책은 없는 것 같다며 다만 이런 책이 보관되어 있는데 혹시 알아볼 수 있는지 모르겠다며 낡고 조그마한 책 한 권을 내밀었다.

금순은 그 책을 보는 순간 온몸이 얼어붙는 것 같은 전율을 느꼈다. 그 책 겉봉에는 한자로 '東醫寶鑑'이라고 쓰여 있는 게 아닌가? 사실 금순이가 동의보감을 본 적은 없다. 그러나 김봉한 선생님이 언젠가 말하기를 허준이라는 유명한 조선의 한의사가 자신이 알고 있는 모든 의학지식을 총정리하여 동의보감이라는 책을 만들었는데 우리가 알고 있는 의학적 지식이 모두 이 책에 쓰여 있다고 했다. 이 책은 조선은 물론 중국의 의학자들도 한 번 보는 것이 소원이라고 할 정도로 귀하다고 하였다. 물론 조선에서도 전쟁 중이기도 하고 책이 워낙 희귀하여 구할 수가 없다고 말하는 것을 들은 적이 있었다. 금순이는 공손히 두 손으로 책을 들고 겉표지를 다시 한 번 살펴보았다.

그 책은 조선시대에 찍은 책이 틀림없었고 동의보감이라고 선명하게 찍혀 있었다. 뜻하지 않게 귀중한 발견을 한 금순이는 뛸 듯이 기뻐하며 그 책을 얼마동안 대출받을 수 있는지 물었다. 직원은 당연하다는 듯이 금순의 주소와 이름을 적어놓게 하고 두 달간 대출을 허가해 주었다. 워낙 찾는 사람이 적은 희귀한 서적이고 금순의 신분을 확인한 후 장기대출 한 것이었다. 사람이란 뜻이 있으면 언젠가는 그 길이 열린다는 옛말을 생각하며 뜻밖의 책과의 해후를 고맙게 생각했다.

실제로 금순이는 강계야전병원에서 김봉한 선생님으로부터 배웠던 기(氣)라든가 경락(經絡)이라든가 혈(穴)이라든가 하는 동양의학에서 중요시하는 한의학지식이 조금씩 쓸모 있어지는 것을 느끼기 시작했다. 그래서 늘 그러한 지식에 목말라하며 조선에서 멀리 떨어진 이곳에서 한방의료의 전문서적을 구하는 것은 불가능할 것이라며 거의 포기하고 있으면서도 머릿속에 늘 어떻게 해야 구할 수 있을까 머리를 굴리고 있었다. 그 결과가 이렇듯 생각지도 못한 곳에서 이루어지다니 믿을 수가 없었다.

금순이가 얼굴에 하나 가득 기쁨을 나타내며 나오자 알베르트도 묻지도 않고 더불어 기분이 좋아졌다. 나중에 설명해 주자 그런 귀중한 책이 프라하대학도서관에 있었느냐고 놀라마지 않았다. 집에 돌아와서 금순이는 동의보감을 끌어안다시피 하고 거의 두 달에 걸쳐 독파했다. 그녀의 한문 실력은 옛날 금순이가 네 살 때부터 그녀의 총명함에 감탄한 송성의 큰할아버지로부터 한학의 기본을 배운 것이 전부이지만 지금 그녀가 가지고 있는 서양의학과 해부학의 지식이 그녀의 부족한 한문 실력을 충분히 보충해 주었다. 그제야 비로소 눈앞에 인체의 신비에 대한 구체적 구상이 떠오르며 지금까지 공부해온 서양의학이 추구해오는 실천적인 의료행위와 동양의학이 목표로 한 치료행위가 서로 잘 어울리는 수레의 두 바퀴처럼 어울린다는 생각을 가지게 되었다.

사실은 금순이는 강계야전병원에서 일할 때에도 김 선생의 수술하는 분위기와 나중에 김일성 장군과의 대화내용을 전해들은 이후 동양의학에 신비스런 생각을 가지고 있었다. 독일에 와서 의학공부를 하면서도 늘 마음속에는 인체의 기의 흐름이라든가 경락이라는 것에 대한 탐구심을 버리지 않고 있었다. 지금 동의보감을 실제로 읽어보면서 사람을 행복하게 하는 것은 서양의학보다는 동양의학의 관점이 더 가깝지 않은가 하는 생각을 하게 되었다.

그러한 근거로 "마음이 가면 기운이 모이고, 기운이 가는 곳으로 혈이 따라 간다"고 하는 말에서 공감했다. 한마디로 사람의 몸이란 정(精), 기(氣), 신(神)으로 이루어진 생명체이다. '정(精)'은 몸뚱아리, '신(神)'은 마음(정신)이다. 여기에 '기(氣)'가 들어갈 때 생명체가 된다. 동의보감에서는 이를 '삼보(三寶)'라고 불렀다. 이 셋 중에서 특히 기라는 것은 "호흡이며 숨 쉬는 거다. 기가 막히면 병이 나고, 기가 나가버리면 몸은 시체가 되며, 정신은 귀신이 된다. 그래서 기의 작용이 무척 중요하다."라는 대목이 있다.

따라서 '건강하다'는 말의 의미는 "숨을 잘 쉬는가. 밥을 잘 먹는가. 마음이 편안한가 등 세 가지를 들었다. 그 중에 첫째는 호흡이다. 들숨과 날숨이 조화를 이루어야 한다. 둘째 음식을 먹은 만큼 잘 배설해야 하며, 셋째 마음이 긴장한 만큼 다시 이완이 돼야 한다는 것이다.

현대 사회에서 긴장 없이 살기는 어렵다. 그러나 과도한 경쟁, 지나친 욕심, 심한 스트레스 등이 계속 이어지면 병이 된다. 이완에는 여러 방법이 있다. 운동도 한 방법이다. 매사에 감사하는 마음을 가져도 좋다. 가장 높은 수준의 이완이 명상이고 참선이다."

금순이는 동의보감을 읽는 내내 중요하고 흥미로운 대목은 알베르트에게 쉽게 해석해서 들려주었다. 알베르트는 처음 듣는 동양의학에 신비스러운 표정으로 들으며 금순이보다 더 빠져드는 듯했다. 금순은 혈이라든가 경락 등을 읽어 가면서 간단한 침술도 익히게 되었다.

한 번은 알베르트가 저녁회식을 마치고 돌아와 갑자기 이마에 땀방울이 솟으며 복통을 일으킨 적이 있었다. 금순이는 평소에 책과 그림을 보면서 배웠던 침술을 그의 손가락 끝과 명치에 시술하였다. 금순이도 그 효과에 반신반의하던 침술의 효과가 몇 분도 지나지 않아 나타났다. 알베르트는 바로 속이 편해지고 스스로도 신기해했다. 이번 자신의 치료행위를 경험하면서 금순은 옛날 어릴 적 남동생 상수가 겪었던 일이 생각났다.

상수가 네 살 되던 어느 겨울 상수가 나가서 놀다 넘어져서 기절하고 심장이 멈추었다. 온 집안과 동네사람들이 놀래서 어찌할 바를 모를 때 누군가 아버지에게 악귀가 들었으니 뜸을 떠보라고 했다. 아버지는 동네에서 신비한 의술로 잘 알려진 소경(맹인)에게 아이를 구해 달라고 부탁했다. 그 소경은 상수를 보자마자 심장이 멈추었으니 심장 위에 뜸을 뜨려고 했다. 아버지와 어머니는 심장 위라면 바로 왼쪽 젖꼭지인데 그럴 수는 없다며 반대했지만 결국 소경의 의견을 받아들여 젖꼭지 위에 뜸을 떴다.

물론 남자아이이니까 젖꼭지가 꼭 필요한 것은 아니라고 생각하였다. 그런 다음 큰 북을 두드리며 주문을 외우기 시작했다. 한 시간 가량 주문을 외우며 북을 두드리자 상수가 신기하게도 눈을 뜨고 두리번거리며 일어난 것이다. 금순이는 침도 뜸도 한번 배워볼 만한 의술이라고 생각해왔다.

이런 사건을 거치면서 알베르트의 동양의학에 대한 신비감은 최고조에 달하였다. 하루는 금순에게 자신들의 산악회 모임에서 동양의학에 대한 강의를 해달라고 부탁하였다. 금순이도 동양의학에 대해 잘 모르는 유럽의 젊은이들에게 강의를 해볼 기회가 온 것을 기뻐했다. 일반적으로 유럽 사람들은 동양의학을 비과학적이며 주술적인 미신에 가깝다는 선입관을 가지고 있었다. 금순이는 "한의학의 기본인 음양사상과 인체의 신비에 대하여"라는 제목의 30분가량의 강의를 준비했다.

"인체는 참 신비롭습니다. 비우면 채워지고, 채우면 비워집니다.

사람 몸에는 '오장'과 '육부'가 있습니다. 오장(간, 심장, 폐, 비장, 신장)은 음(陰)의 장부이며 가득 채우려는 성질이 있습니다. 반면 육부(담낭, 소장, 위장, 대장, 방광, 삼초)는 양(陽)의 장부로서 비워내야 편안합니다. 육부는 채워져 있으면 오히려 병이 됩니다. 가령 위장이 차있으면 식체가 되고, 대장에 멈춰있으면 변비가 되고, 담낭에 머물러 있으면 담석증이 됩니다. 그래서 오장이 채워지면 육부가 비워지고, 육부를 비워내면 그 힘으로 오장이 채워집니다.

다음은 몸의 통증에 대하여 설명하겠습니다. 통증은 우리 몸이 말해주는 언어입니다. 다시 말하면 몸이 나에게 해주는 말이 통증입니다. '통즉불통(通卽不痛)' 기혈이 통하면 아프지 않고, 아프면 기혈이 통하지 않는다는 뜻입니다. 몸은 어딘가 막히면 통증으로 말합니다. 그래도 못 알아들으면 마비가 옵니다. 마비도 몸의 언어입니다. 그런데 가만히 보면 몸만 그런 게 아닙니다. 사람과 사람사이에도 똑같습니다. 서로 소통이 막히면 통증이 오고, 그래도 안 풀리면 마비가 온다는 것입니다."

강의가 다 끝나자 조금은 이해하는 듯도 하고 실감이 가지 않는 얼굴들을 하고 있었다. 그러자 한 사람이 일어나 질문을 했다.

　"요즘 사람들의 뜨거운 관심사는 단식이나 절식인데 거기에도 이치가 있나요?"

　"물론입니다. 식사를 적게 하여야 합니다. 자연의 원리를 보십시오. 오전 5시부터 7시까지는 내 생명의 기운이 대장으로 갑니다. 이때는 일어나서 대변을 배설하여야 합니다. 오전 7시부터 9시까지는 경맥의 순환이 위(胃)로 갑니다. 단식의 기본원리는 위장을 잠시나마 쉬게 하는 것입니다. 일상생활을 하며 단식을 하려면 아침 식사를 잘하여야 합니다. 아침을 거르면 하루 종일 허하고 기운이 없습니다. 아침을 거른 만큼 간식을 더 찾게 되고 저녁을 많이 먹게 됩니다. 저녁 식사는 오후 7시 이전에 마쳐야 합니다. 그리고 오후 9시 이후에는 일체 먹지 말아야 합니다. 이때 먹으면 음식이 장내에 축적되고 아침까지 갑니다. 결국 살이 찌고 비만이 오는 것입니다. 저녁을 7시, 아침을 8시경에 먹으면 가장 이상적인 식사습관이 됩니다."

　강의가 끝나고 휴식과 잡담의 시간이 돌아왔다. 많은 젊은이들이 다음번 산악등반계획에 대하여 말들을 하였다. 알프스 연봉 중의 하나를 등반하자는 의견과 세계의 최고봉인 에베레스트를 등반하자는 의견이 제시되었다. 당시 유럽산

악계는 최고봉을 정복하려는 계획이 경쟁적으로 추진되고 있었다. 알베르트도 등산에 의욕을 보이며 가능하면 세계최고봉을 정복하는 것이 어떠냐는 쪽으로 열을 올렸다.

한참 회원들이 왁자지껄 떠들고 있던 분위기가 갑자기 조용해지고 한 사람이 다리를 절뚝거리며 금순이 쪽으로 걸어왔다. 사람들은 금순이와 그 사람의 다리를 바라보았다. 금순이가 얼른 보니 그 사람의 한쪽 종아리가 퉁퉁 부어 있었다. 금순은 얼른 일어나 그에게로 다가가 그를 자리에 앉히고 다리를 살펴보았다. 보아하니 뼈가 부러지지는 않았고 약간 삔듯하였다.

금순은 평소에 연습 삼아 가지고 다니던 바늘 상자를 꺼내놓고 다른 쪽 다리의 바짓가랑이를 걷어 올리게 한 후 몇 군데 침을 꽂았다. 모두들 신기한 눈초리로 그 남자의 얼굴 표정을 바라보고 있었다. 금순은 침착한 태도로 침을 놓고 조금 기다렸다. 비록 현역개업의사는 아니지만 조선 전쟁 때 수많은 부상병을 치료하고 돌보아주던 관록은 이렇게 나타났다. 침을 꽂은 지 20분 정도 지난 후 침을 모두 빼고 걸어보라고 하자 그 사람은 못 믿겠다는 듯이 아직도 아픈 시늉을 하고 한 발짝 내디뎠다. 그리고는 연이어 다른 발을 교대로 디뎌보았다. 그 자신도 신기한 듯이 이번에는 마치 아무렇지도 않은 듯 걸어보았다. 구경하던 젊은 산악인들 사이에서 "와" 하는 함성소리가 터져 나왔다. 조금 전 강의를 듣고도 별 반응이 없던 사람들이 비로소 금순이를 둘러싸고 고맙다는 말을 하며 연방 고개를 끄덕였다.

오늘의 금순의 한의학 강의는 비로소 대성공을 한 것으로 나타났다. 알베르트도 금순의 손을 잡고 매우 만족한 미소를 띠었다. 믿음은 작은 일에서부터 생겨난다. 그 일이 있은 다음부터 산악부에서 등산대회나 등산여행 등의 행사가 있을 때는 반드시 금순이 내외를 참석하도록 하고 금순이는 산악부의 전담의사처럼 대접받았다.

16. 명순이와 은수의 만남

세월은 국가나 사상이나 민족과 상관없이 모두에게 골고루 흘러간다. 1980년대가 되어 은수는 북경대학을 졸업한 후 상철이 부부가 기다리는 연길로 돌아가지 않고 북경대학에서 박사과정을 밟은 후 심양대학의 교수가 되었다. 심양대학은 북경대학이나 청화대학에 버금가는 중국에서 손꼽히는 대학중 하나이다. 특히 동북지역의 조선족 사회에서는 수재라고 손꼽히는 인재들만이 입학하는 명문대학이다. 대학의 교수가 되고 신분상 안정과 함께 정숙과의 사이에 1녀를 두고 안정되고 행복한 가정을 이루었다.

딸 순희를 키우면서 느끼는 것은 커갈수록 어미보다는 고모를 닮은 면이 많다는 것을 발견하게 되었다. 누구도 고모 명순이 누나를 본 사람이 없지만 은수의 마음속에는 자기를 그다지도 사랑하였던 누나의 얼굴이며 성품을 잊을 수가 없었다. 형과 잘 놀다가도 형제끼리 다투는 일이 있는 때는 형보다는 동생인 자기를 더 편들어주고 늘 인자하던 누나를 잊어본 적이 없다. 이제 딸을 낳아 키우면서 뜻밖에도 잊었던 누나의 모습을 딸에게서 발견하게 될 줄은 상상도 못 했다. 아버지와 누나, 형은 지금은 어디서 살아계실까 아니면 전쟁통에 모두 돌아가신 것일까? 안타깝고 슬픈 추억과 그리움이 밀려올 때면 혼자 눈물을 삼키곤 했다.

이제 학문적으로나 의료기술적으로도 권위를 인정받고 심양대학 의과대학의 교수부장이 되었다. 이러한 승진은 소수민족 출신으로서는 대단히 어려운 것이었다.

중국 동북3성에 흩어져 있는 조선족은 비록 총인구가 2백만에 채 미치지 못 하지만 역사 이래로 조선족이 중국문화에 끼친 기여도는 한족들도 인정하는 것이었다. 그는 일년에 한두 번 연길을 찾아 옛날에 그가 자라던 학교와 이미 연로한 상철이 부부를 뵙고 또 아직도 연길 근처에 살고있는 형식이 형남이를 만나보곤 한다.

세월은 공평하게 흘러 은수가 옛날 자기를 외갓집에 맡기고 황망히 떠난 아버지와 같은 연배가 되어서야 그때의 아버지 마음을 이해하게 되는 것이었다. 만약 그 당시에 아버지가 아내 없이 자식 넷을 데리고 조선에 그대로 머물러 있으려고 애를 썼다면 목숨을 유지하기도 어려웠을 것이다. 그것은 생활의 어려움보다도 사상적인 면에서 조선에서는 받아들일 수 없는 계층에 속하기 때문이었을 것이다. 조선에서는 아무리 전쟁 중이라 하더라도 신분을 바꾸거나 출신을 숨길 수는 없는 사회였기 때문이었다.

연변에는 별의별 출신의 조선인들이 모여 살면서 거대한 한족이라는 이민족에 대한 방어적 심리가 작용하여 조선족들은 서로 감싸고 보호하려는 무의식적인 동질의식이 깔려 있었다. 물론 조선인 사회에서도 서로 미워하거나 속이는 작은 다툼이 없는 것은 아니지만 그래도 어려울 때는 같은 조선인에게 부탁할 수밖에 없는 일이었다.

은수가 자신의 처지나 중국에서의 사회적 경제적 위치가 안정되면서 은수의 마음속에 늘 감추어오던 아버지와 누나 그리고 형에 대한 그리움과 궁금증이 되살아나곤 했다.

혼란스럽던 문화혁명이 끝난 지도 여러 해가 지나면서 중국의 사회는 안정을 찾고 더욱이 옛 춘추시대부터 전해 내려오는 공자, 맹자 등의 고전에 대한 가치를 인정하는 사회적 분위기가 싹트기 시작했다. 한때는 봉건잔재라며 찾아 내어 파괴하던 각종 고적과 문화유산들도 다시 복원되어 제자리에 세우는 믿을 수 없는 일들이 일어났다.

중국 사람들은 그 많은 인간들이 한쪽으로 와 몰려갔다가 다시 반대쪽으로 달려가는 우스꽝스런 민족성을 가진 것 같았다. 은수는 살아오는 동안 크게는 문화혁명으로부터 작게는 공문서 한 장에 사회가 뒤집히는 것을 보아왔다. 다행스러운 것은 은수가 관심을 가지고 있는 의술분야에서는 적어도 개선과 발전이라는 한 방향만이 있을 뿐이었다.

1988년 4월의 어느 날, 은수는 의사들 연구실이 모여 있는 건물 복도에 새로운 알림장이 붙어있는 것을 보았다. 그것은 국제사회주의 의료연맹에서 주최하는 세계뇌과학자대회의 공지사항이었다. 장소는 소련의 중앙시베리아의 과학도시 아카뎀고로독, 기간은 1988년 7월 20일~29일까지로 되어 있었다. 은수는 흘려보는 듯이 지나쳤다가 다시 한번 되돌아가 자세히 장소와 날짜를 확인하였다. 아카뎀고로독이란 소련에서 유명한 과학연구센터가 있는 곳이 아닌가. 장소도 날짜도 은수에게는 특별한 지장이 없는 상태였다.

최근 은수의 연구실에서 연구하고 있는 '무의식상태의 뇌에 대한 연구'의 성과가 나타나 은근히 마음이 흥분되는 상태에 있던 차였다. 세계뇌과학자 대회에서 발표하면 반응이 좋을 것이라는 기대도 있었다. 우선 연구 초록을 정리하여 대회 주최자 측에 보내고 발표준비를 하였다. 학회 참석인원은 자신이 지도하고 있는 박사과정 학생인 곽 군만을 동행하기로 했다.

7월 16일, 은수와 곽군은 베이징에서 출발한 중국과학자들과 심양역에서 합류하였다. 만주선을 타고 북으로 올라가는 열차 내에는 중국인들 특유의 군것질거리인 해바라기씨를 먹고 버린 껍질이 열차의 통로에 수북이 쌓여있었다. 은수는 만주의 북쪽으로는 가본 적이 없다. 가도 가도 끝없이 펼쳐진 평지에 가끔 지나치는 싱그러운 농촌풍경이 모처럼 연구실에서 벗어난 마음을 상쾌하게 만들었다. 이 넓은 땅을 우리 조상들은 어찌 그대로 놓아두었다가 오랑캐들에게 모두 빼앗겨 버렸나 하는 안타까운 심정이 은수의 가슴 속에 일어났다.

열차가 출발한 지 거의 10시간이 지나 하얼빈을 지났다. 하얼빈은 10여 년 전 은수가 문화대혁명 때 하방되어 가면서 지나간 적이 있지만 역시 심양보다 조금 더 이국적인 분위기가 풍기는 도시였다. 곧 바다같이 넓은 송화강을 건너자 바로 소련영토로 들어갔다. 국경을 통과할 때 객차내로 중국의 공안과 소련의 경찰이 차례로 들어와 신분증과 비자를 검사하였지만 별 의심없이 국경을 넘었다. 다음날 새벽 시베리아열차를 갈아타기 위해 짐을 들고 치타역에 내렸다. 심양보다는 상당히 북으로 올라온 탓인지 새벽공기가 제법 싸늘하였다. 서둘러 트렁크에서 윗옷을 꺼내 입었다.

갈아탄 시베리아열차는 만주선보다는 조금 깨끗하고 안락했다. 시베리아열차는 동쪽 끝의 우라디보스톡에서부터 서쪽 끝 상트뻬떼스브르그까지 1만5천km를 평균속도 60km/h로 달린다고 했다. 은수가 탄 침대칸은 2등 칸으로 한 칸에 4명이 타며 식사가 제공되었다. 식사는 소시지, 계란프라이, 빵 한 조각과 호밀을 우유에 삶은 죽 등으로 단순하였다. 중국식사에 익숙해진 은수와 곽 군은 너무 담백하다는 느낌이 들 정도였지만 그런대로 괜찮다고 생각했다.

열차를 갈아 탄 지 6시간이 지날 무렵 열차의 안내방송으로 오른쪽에 소련인이 사랑하는 바이칼호수가 지나가고 있다고 하며 바이칼호수를 찬양하는 노래가 흘러나왔다. 지루하게 앉아있거나 졸고 있던 승객들이 창가로 몰려 바깥을 내다보면서 환성을 질렀다. 은수도 바이칼호수에 대해들은 적이 있었다. 바이칼호는 시베리아 중앙에 있는 세계 최대의 담수호이다. 면적이 북경면적보다 커서 그야말로 바다라고 착각할 정도였다. 음악을 들으며 바이칼호반을 천천히 달리는 열차에서 내다보니 호숫가의 백사장에는 한여름의 휴가를 가족과 함께 즐기는 소련사람들이 많았다.

소련사람들도 전쟁이 끝난 지 30여 년이 지나 지금은 평화스러운 태평세월을 보내고 있는 것이다. 호수를 지나자 바로 큰 도시가 나타났다. 이르크츠크 라는 도시로 시베리아에서는 가장 번화한 도시다. 바이칼호수에서 유일하게 밖으로 흘러나가는 앙카라강가에 건설되어 시베리아개발의 중심으로 발전하였다. 열차는 잠시 정차하였다가 계속 서쪽으로 달렸다.

은수 일행이 열차를 탄 지 벌써 이틀 밤을 지났다. 마침 보름달이 비추어 밤에 보는 시베리아벌판은 낮보다 더 신비스럽게 보였다. 이 밤을 다시 지내고 내일 새벽 4시경에 노보시비르스크역에 서 내려야 할 것이다.

한밤중에 노보시비르스크역에 도착하자 문이 덜컹거리고 발자국소리가 바쁘게 들리는 속에서 짐을 들고 열차에서 내리는 인파에 섞여 역 앞 광장으로 나왔다. 미리 준비하였던 겨울용 외투를 입은 것이 다행이었다. 건물유리창에는 하얗게 성에가 끼고 찬 공기가 목덜미 사이로 비집고 들어왔다. 은수 일행은 귀가 떨어지게 소리 지르는 택시 운전사들 중에 한 사람을 붙들고 흥정을 한 후 곧 택시에 나누어 탔다.

아카뎀고로독은 역에서부터 1시간 정도 가야만 한다고 하였다. 졸린 몸을 택시에 기대어 다시 잠속에 빠져들었다. 도로는 포장이 되지 않았는지 달리는 택시의 흔들림에 몸이 사정없이 이쪽저쪽으로 흔들린다. 소련 택시운전사들은 어찌나 난폭하게 달리는지 은근히 걱정이 될 정도였다. 짧은 밤은 금방 밝아지고 택시는 아침 6시경 예약된 호텔에 도착하였다. 우선 호텔에 입실하자마자 오랜만에 샤워를 하고 다시 잠자리에 들었다.

두 시간 정도를 자고 일어나니 몸도 상쾌하고 시베리아의 아침햇살이 창문으로 몰려들어와 기분이 좋았다. 호텔식당으로 내려가 우선 아침 식사를 한 다음 로비에서 등록을 마쳤다. 중국과학자들도 여러 지방에서 와서 처음 만나는 회원들이 많았다. 그 외 수많은 사회주의국가에서 온 과학자들이 이곳저곳 무더기로 몰려서서 서로 인사를 나누고 있었다. 대부분이 동유럽과 소련의 다른 지방에서 온 과학자들로 서로 안면은 없으나 이름들은 연구논문을 통해서 알고 있었다. 은수가 의외로 놀란 것은 사회주의 국가뿐만 아니라 미국을 위시한 서방의 국가에서도 상당한 과학자들이 참가한 것을 볼 수 있었다. 역시 학문에는 국경이나 사상의 차이가 없다는 것을 알 수 있었다. 오늘은 등록 날로 등록을 마친 회원들을 위해 저녁시간에 학회일정을 알리는 오리엔테이션 겸 환영만찬이 있을 예정이었다.

은수는 중국대표단들 중에 과거부터 안면이 있는 몇몇 사람들과 어울려 오후의 자유 시간에 노보시비르스크시내 관광을 나갔다. 노보시비르스크는 소련에서 학문의 중심이 되는 도시로 중심가에는 큰 백화점과 오페라 하우스 등이 있었다. 백화점에 들렀을 때 아내 정숙에게 줄 밍크목도리를 사고 딸에게 줄 곰 인형을 하나 샀다. 소련에 처음 온 사람들 중 대부분이 모두 흥미를 가지는 인형 속에 인형이 들어가는 마튜로슈카를 하나 사려고 하였으나 나중에 누군가 그것이 일본의 칠복신을 본뜬 것이라고 하여 그만두었다.

은수는 시내구경을 하면서 소련대표단과 함께 섞여 다니는 동양인들을 발견하고 소련 어느 지방에서 온 대표냐고 물어보았다. 그들은 소련의 극동지역인 사할린에서 왔다고 했다. 은수는 짚이는 것이 있어 그렇다면 조선인이냐고 물었다. 그들은 은수의 질문에 기분 나쁜 표정을 지으면서 중국인이 그런 것은 왜 물어보느냐고 핀잔을 받고 헤어졌다. 은수는 시내관광을 적당히 하고 일찍 숙소로 돌아왔다. 그날 저녁 환영회 만찬이 호텔 연회장에서 열렸다. 주최 측의 진행순서에 따라 소련의 아카데미총재를 위시하여 각국의 대표단들의 인사가 끝나고 만찬의 순서가 되었다.

워낙 회원이 많아서 만찬장은 몇 군데로 나누어져 벌어졌다. 나라별로 모이기도 하고 연구과제별로 모이기도 하여 그야말로 어디에서 누구를 만나게 될지 모르는 떠들썩한 분위기 속에서 은수는 낮에 보았던 소련대표들 속에 섞인 조선인들을 찾아갔다. 만찬 시간도 상당히 흘러 저마다 얼굴이 불콰하게 달아올라 웃음소리가 요란했다. 은수가 다가가자 낮에 만났던 사할린의 조선인들은 도리어 낯익은 은수를 반가워하였다. 그들은 최근 중국의 의학적 연구동향은 어떠하냐고 물어왔다. 은수는 중국의 의학은 전통적으로 내려오는 동양의학에 기본을 두고 최근 들어온 서양의학을 접목시키는 방향으로 발전하고 있다고 말한 후 화제를 바꿨다.

은수는 그들에게 사실 자신은 조선인으로서 중국대학의 교수를 하고 있다고 말하였다. 사할린 조선학자들은 뜻밖의 조우에 놀라움과 반가움을 표시하며 오랫동안 알고 지내던 사이인 것처럼 그들만이 모인 자리로 은수를 데리고 갔다. 그 자리에서는 소련말이나 중국말이 필요없이 조선말로 대화가 바뀌었다. 의학적 화제보다도 그곳에서 살고 있는 조선인들의 어려움을 서로 털어놓으며 오랜만에 만난 동포를 서로 환영하였다. 밤늦도록 주최 측에서는 소련의 대표술인

보드카를 무제한 공급하였으나 내일부터 시작되는 연구발표를 앞둔 연구자들은 일찌감치 자리를 떠나기도 했다.

다음날 아침부터 연구발표장은 10여 개의 분야로 나뉘어 발표가 진행되었다. 은수의 발표는 둘째 날에 끝나서 다음 날 부터는 다른 분야의 발표장을 기웃거리기도 하며 오랜만에 자유로운 시간을 보내고 있었다. 넷째 날은 멀리 떨어진 발표회장으로 발걸음을 옮겼다. 그곳에서는 심장의 혈류에 관한 발표가 진행되고 있었다.

은수가 발표회장에 들어서는 순간 독일에서 온 여성발표자가 방금 발표를 시작하였다. 은수는 여성과학자의 발표라고 하여 흥미를 가지고 어두운 좌석을 찾아 앉아 발표자를 보는 순간 무엇인가에 홀린 듯한 기분을 느꼈다. 그리 크지 않은 키에 평범한 투피스를 입고 짧은 단발머리의 중년 여자의 옆얼굴이 밝은 슬라이드 화면을 배경으로 뚜렷하게 그려졌다. 서양여자와는 다른 아담한 체격의 동양 여자의 얼굴이 잠깐씩 청중을 향하여 돌리는 순간 은수는 알 수 없는 무엇에 충격을 받았다.

아무리 시간이 지났다고는 하지만 지금 발표하고 있는 독일 국적의 여자는 그가 꿈에도 잊지 못하던 명순이 누나와 너무도 닮아 있었다. 그리고 그녀의 목소리 그것은 어린 자신을 달래고 타이르던 누나의 다정한 그 목소리였다. 독일어 악센트가 섞인 영어를 그런대로 유창하게 설명하는 것의 내용을 들을 생각은 하지 않은 채 멍하니 바라만보고 앉아 있었다. 세상에는 비슷하게 닮은 사람도 있는 법이니까 하고 침착해지려고 노력했다.

국제적으로 많은 나라 사람들이 지켜보는 가운데에 무슨 이상한 행동이라도 하면 안 된다고 하면서도 그는 정신이 몽롱해지고 어찌해야할지 모를 지경이었다. 그러면서도 자신의 눈을 의심하고 다만 비슷한 사람을 본 것일 뿐이라고 자신을 타이르고 발표가 끝나기를 기다렸다. 드디어 발표가 끝나고 불이 환하게 켜지자 은수의 눈은 더욱 크게 떠졌다. 어렸을 때 그렇게 정답게 보았던 얼굴에 살이 조금 붙고 주름살이 늘었을 뿐 그 얼굴은 누나가 분명하였다.

그러나 은수는 흥분을 억제하고 그 발표자가 자신의 자리로 돌아가기를 기다렸다가 휴식시간이 되었을 때 그 여자 쪽으로 갔다. 동료들과 발표한 내용에 대하여 이야기하면서 커피 잔을 들고 웃고 있는 여자에게 다가가 꾸뻑 고개를 숙여 인사를 했다. 그 여자는 같은 동양인이나 중국 남자가 인사하는 것으로 알고 웃는 얼굴을 은수 쪽으로 돌렸다.

"혹시 조선에서 오시지 않으셨나요?"

그 여자는 중국 사람이 조선말을 하는 것에 놀라고 조선에서 왔느냐는 물음에 더욱 놀라는 표정이었다.

"네. 저는 조선 사람입니다. 당신은 중국 사람이 아니십니까? 어떻게 조선말이 그렇게 유창하십니까?"

그녀는 조선말로 대답하면서 많은 중국과학자들 중에 이렇게 조선말이 유창한 사람이 있다는 것에 반가움을 느꼈다.

"실례지만, 조선에서 오셨다면 혹시 변명순이라는 사람을 아십니까?"

그 여자는 순간 얼굴빛이 새하얘지며 은수의 얼굴을 똑바로 쳐다보았다.

"아, 제가 변명순입니다만 가만 보자 당신은…? 너 은수 아니냐?"

순간 은수는 금순에게 와락 달려들어 끌어안으며 "누나" 하고 불렀다. 주위에 있던 사람들은 영문을 몰라 어리둥절 바라볼 뿐이었다. 둘은 서로 얼싸안고 주위의 시선에 구애받지 않고 소리내어 울었다. 한참 울다말고 금순이는 은수를 안은 채 울음을 삼키려고 애를 쓰면서 독일 동료들을 향하여 상황을 소개하였다. 설명을 들은 사람들은 놀라 떠들썩하다가 금순이와 은수를 둘러싸고 박수를 치고 더러는 엄지손을 치켜세우기도 하였다.

더욱이 금순이와 은수가 조선전쟁에서 헤어져 각각 중국과 독일에서 공부하고 국제적으로 유명한 의사가 되어 만났다는 사실은 빠르게 학회참석자들 사이에 퍼져나갔다. 그날 학회 중간에 금순이와 은수는 호텔로 돌아와 둘이서 어떻게 살아왔는지 서로의 이야기를 들려주면서 교대로 울며 웃으며 끝없이 이야기를 계속하였다. 금순이는 아버지와 형이 대동강을 건너러 나간 이후 돌아오지 않아 그 이후로 혼자 죽을 고생을 하며 강계야전병원에서 일하며 간호학을 배운 것과 동부독일 의사들을 알게 되어 독일로 가서 독일 사람과 결혼한 후 지금 아들과 딸 둘 낳고 살고 있다는 설명을 하였다.

은수는 어머니가 돌아가시고 얼마 후 아버지에 끌려 순천 외갓집에 맡겨진 후에 전쟁이 끝나고 나서 사상적으로 위험을 느낀 외삼촌 가족도 은수와 다 같이 중국으로 망명을 했다는 것, 중국에서 문화대혁명 때 의료기술원으로 훈련을 받은 것을 기회로 나중에 북경대학의학부에서 정식으로 의사가 되고 현재는 중국 심양대학의 교수가 되었으며 결혼하여 딸이 하나 있다는 이야기를 하였다.

둘은 주최 측의 허가와 호의를 받아 호텔에서 가장 넓고 호화로운 VIP방으로 옮겼다. 그날 저녁에는 이 축복 받은 오누이를 위한 만찬이 열렸다. 그것은 오누이를 위한 면도 있었지만 아직도 서로 서먹한 동서양의 친목을 증진한다는 목적도 있어 동독 측과 중국 측 대표단의 대대적인 지원을 받아 호화롭게 이루어졌다. 파티에는 노보시비르스크 방송국과 소련 중앙방송국, 그리고 동독 등 유럽 각국의 방송국에서 취재하는 기자들이 몰려들어 그야말로 학회가 언론의 주목을 받기는 처음이라고 할 만큼 성대한 파티가 되었다.

드디어 발표가 모두 끝나고 학회가 종료될 때 학회 주최 측에서는 각국의 대표들이 떠나는 열차편을 배정하여 주었다. 금순이가 속한 동독대표단이 출발하는 시각은 중국대표단보다 하루 일찍 출발하게 되었다. 금순이와 은수는 한시도 떨어지지 않으려고 꼭 붙어 다녔지만 이제 이별의 시간이 다가오고 있었다. 독일 대표단은 새벽 1시에 모스크바행 열차를 타야만 하여 금순이와 은수는 로비에서 트렁크를 앞에 놓고 마주앉아 손을 마주잡고 이별의 눈물을 주체할 수 없었다. 가지고 있던 휴지도 수건도 모두 눈물에 젖었고 눈들은 퉁퉁 부어올랐다.

죽은 줄 알았던 누나와 동생을 만났지만 이제 헤어지면 언제 다시 만나게 될지 누구도 기약할 수 없는 이별인 것이다. 기자들은 둘이 울고 있는 현장을 사진에 담고 그들의 심정을 한 가지라도 더 얻으려고 둘을 둘러싸고 떨어지지 않았다. 드디어 자정이 지나고 짐들을 트럭에 옮겨 싣고 금순이는 떠나야만 했다. 금순이와 은수는 다시는 서로 놓아줄 수 없다는 듯 딱 붙어 앉아 손을 맞잡고 울었다. 동료들이 달려들어 둘을 떼어놓아 금순이가 차에 올랐다.

중앙 시베리아 노보시비르스크의 기후에서도 특이하게 캄캄한 밤하늘에서 찬 소나기가 내리기 시작했다. 은수는 누나가 탄 버스를 따라 걸어 나가 찬비를 피할 생각도 하지 않고 맞았다. 눈물이 찬비에 섞여 얼굴을 타고 옷속으로 흘러내렸다.

은수는 멀어져가는 버스를 하염없이 바라보다 동료들의 권유에 못 이겨 호텔실내로 들어왔다. 몸은 얼음처럼 식어 그냥두면 큰 병이 생길 것 같아 주변사람들이 급하게 구해 온 보드카를 큰 컵으로 연거푸 두 잔을 마시자 비로소 몸도 온기가 돌아왔다.

그러나 은수는 아직도 명순이 누나를 만났다는 실감이 오지 않았다. 옛날 아직 학교도 들어가지 않은 코흘리개 자신을 엄마처럼 돌보아주고 옷 입는 것 밥 먹는 것을 모두 챙겨주던 누나가 이제 거의 할머니모습이라니 믿을 수가 없었다. 그 사이 벌써 학회회보에 실린 오누이 사진을 멍하니 바라보며 눈물을 흘릴 뿐이었다. 그러나 은수는 마음이 진정되자 곧 눈물을 거두었다. 누나를 만난 것은 눈물을 흘릴 일이 아니라 기쁘고 축복받을 일이라는 것을 비로소 깨달았다.

다음날, 노보시비르스크역에서 동쪽으로 가는 시베리아 열차를 타고 며칠 전에 왔던 길을 되돌아 갈 때에는 누나를 만났다는 기쁨에 지나가는 모든 경치가 훨씬 밝고 찬란하게 보였다. 바이칼 호도 그냥 지나칠 수가 없었다. 은수는 동행 하던 곽 군과 중국친구 두 명에게 자기의 계획을 설명하자 모두 찬성하였다. 그들은 이르쿠츠크역에서 하차하여 바이 칼 호 관광을 하기로 했다. 바이칼 호는 중국에서도 유명하여 한번쯤은 와보고 싶어 하는 곳이다. 관광하는 김에 칭기즈 칸이 묻혀있다는 알혼 섬도 한 바퀴 돌았다. 섬 정상에서 아득히 보이는 건너편 하안(河岸) 위의 흰 구름을 보며 뜻밖의 행운에 감사하였다.

이르쿠츠크를 떠난 후 심양역에 도착할 때까지 얼굴에 행복한 기운이 가득하여 심양역에 마중 나온 정숙이와 딸 순희는 물론 대학의 제자들이 김은수 교수의 얼굴을 보고 그에게 무슨 일이 있는지 궁금해 하다가 거의 사십 년 만에 학회장에서 전쟁 때 헤어졌던 누나를 만났다는 사실을 알고는 비로소 모두 축하해주었다. 정숙이는 남편이 평소에 그렇게 그리워하던 누나가 살아있고 그것도 독일의 의과대학 교수로 되어있다는 말을 듣고 은수 못지않게 기뻐했다.

한편 명순이는 학회가 끝나고 울부짖는 은수를 호텔에 남겨둔 채 눈물을 흘리며 노보시비르스크역까지 갔다. 역에서 서쪽으로 향하는 시베리아열차를 타고 나흘을 가야 모스크바다. 가는 동안 자신이 살아온 과거를 가만히 뒤돌아보았다. 아버지와 헤어졌을 때의 그 막막하던 절망감과 그래도 어떤 행운이 이어져 지금 까지 살아온 것이며 이번에 뜻밖에 죽은 줄 알았던 동생을 만나다니 나는 운이 좋은 팔자인가 보다고 생각했다.

중간에 우랄산맥아래 에카테린브르크라는 도시에서 이

틀을 머물며 시내관광을 했다. 이곳은 오래된 도시로 특히 마지막 황제 니콜라이 2세의 온 가족이 이곳에서 처벌되었다는 슬픈 역사를 가지고 있다. 황제의 이야기를 들으며 인생이란 완전한 불행도 행복도 없는 것이라고 느꼈다. 다시 모스크바를 거쳐 폴란드를 지날 때 지금은 돌아가신 시아버지와 시어머니를 생각했다. 젊었을 적에 자신을 환영해주시전 시어머니를 회상하다 여러 가지 지나간 일들 중에 아버지와 상수가 몹시 보고 싶어졌다.

자신도 이미 중년을 지났고 이번 학술여행에서 죽은 줄 알았던 남동생 은수를 만나지 않았는가. 그렇다면 남조선으로 떠난 아버지와 상수도 지금쯤 어디에서 살아있지 않을까 하는 가느다란 희망이 살아났다. 들리는 소식에 의하면 최근 남조선이 경제발전에 힘입어 세계올림픽을 연다고 하는데 한번 남조선을 방문해볼 기회를 만들어볼까 생각해 보았다.

집으로 돌아오니 남편 알베르트와 아이들이 학회에서 무슨 일이 일어났는지 이미 신문을 통해서 알고 있었다. 조선전쟁이 끝난 지가 이미 사십 년 가까이 됐는데 아직도 전쟁으로 헤어진 남매가 서로 어디 있는지 모르고 있다가 그것도 세계적학회의 발표장에서 만났다고 하는 극적인 이야기가 화제가 되고 있었다.

신문을 보고 강선옥이도 라이프치히로부터 달려오고 조선으로부터 유학와있던 대학생, 동료들의 축하를 받았다. 금순교수는 독일에서도 이미 저명한 심장관계질환전문의로서 명성을 쌓아 조선인들의 자부심의 중심이 되어있었다. 한동안 금순이는 언론과의 인터뷰 등으로 바쁘게 지내다 시간이 지나면서 차츰 본래대로의 조용한 생활로 돌아갔다.

아직도 시베리아에서 만났던 남동생이 실감이 나지 않았다. 알베르트는 금순으로부터 은수에 관한 이야기를 자세히 들으며 같이 기뻐하고 눈물도 흘리면서 은수와 다시 만날 기회를 만들자고 약속했다.

11. 4남매의 만남

옥순이와 상수는 정창호의 안내를 받아 한국의 공주에서
상봉하였다. 옥순이는 똑똑하기도 하였지만 스스로 모국어
를 잊지 않으려고 평소에 노력한 결과 정창호와 처음 대화
를 한 때도 한국어만으로 소통하는 데는 지장이 없었다. 옥
순이가 상수와 전화통화를 한 이후 옥순이는 더 이상 시간
을 지체할 수가 없었다. 패티에게도 이야기하여 정창호 부
부와 패티와 베티가 다 함께 한국을 방문하기로 하였다. 핼
리팩스의 한인 사회에서도 떠들썩하니 소문이 나고 캐나다
의 신문에도 기사가 실리는 등 사회적 관심이 높아졌다.

큰오빠 상수에게 연락을 취하고 다음해 5월에 공주를 방
문했다. 상수는 가족을 데리고 김포공항으로 옥순이를 마중
하러 나왔다. 아내와 아이들은 아빠가 늘 이야기하던 작은
고모가 캐나다에서 온다고 하여 까만 눈을 반짝이며 고모를
맞이하였다. 옥순이 일행 4명이 공항 로비로 나오자 소문을
듣고 나온 언론사 기자들의 프래쉬가 연방 터지고 환송객들
이 둘러보는 속에서 상수와 옥순이는 부둥켜 안고 울었다.

어머니가 돌아가신 후 헤어졌다 전쟁통에 죽지 않고 살아남은 남매의 행운에 온 국민이 기뻐해주는 자리였다.

"옥순아. 네가 정말 옥순이냐? 어디 얼굴 좀 자세히 보자. 정말 고생 많았다. 이 오빠는 한시도 우리 형제들을 잊지 않았다. 아버지는 살아계실 때 아무것도 모르는 너를 남의 집게 맡긴 것을 가장 가슴 아파하셨단다."

상수의 말은 듣는 것만으로도 뜻이 전달되었다.

"오빠. 이게 정말 오빠야? 하우머치 아이미스유(얼마나 오빠가 그리웠는지 몰라요). 아이캔 이매진(뜻밖에 이렇게 만나게 될 줄을 상상이나 했겠어요)?"

옥순이를 따라온 정창호의 부인 제니와 옥순이를 따라온 패티도 옆에서 눈물을 흘리며 두 오누이가 끌어안고 우는 것을 바라보았다. 사방에서 둘의 재회를 사진으로 담느라고 플래시들이 터졌다. 그리고 마이크를 상수에게 그리고 옥순에게 번갈아 갖다 대며 얼마나 기쁘고 감격스럽냐고 물었다. 많은 사람에 떠밀리며 옥순이는 올케되는 상수의 아내 영자에게 인사를 하고 상수의 딸과 아들을 차례로 끌어안고 볼에 뽀뽀를 하면서 둘의 얼굴을 비교하며 바라보았다.

"너희들이 복순이 복남이로구나. 어쩌면 이렇게 잘 생겼니? 너희들의 얼굴에 큰 고모의 얼굴이 다 들어있구나. 자 이것이 작은 고모가 너희들 주려고 사가지고 온 선물이다."

아이들은 쑥스러워 하면서도 고모가 준 초콜릿을 바로

입에 넣고 오물거렸다. 복잡한 인파를 피해 택시에 나누어 타고 시내의 호텔로 향했다. 그날 저녁 처음 상봉한 가족들이 참석한 만찬 자리에서 그동안의 안타까웠던 감회를 나누고 늦게 잠자리에 들었다. 상수와 옥순이는 둘만이 로비에서 두 손을 꼭 잡고 말로서 표현할 수 없는 오누이의 정을 눈물과 한숨과 그리고 아직 소식도 모르는 명순이 누나와 은수에 대한 안타까움으로 밤을 새웠다.

다음날, 정창호 부부는 옛날의 공주를 돌아보고 싶어서 상수 가족과 함께 고속버스를 타고 공주로 내려갔다. 상수는 옥순이와 패티를 집으로 초청하고 공주 근처의 갑사, 마곡사 등을 구경시켰다.

옥순이와 패티는 옛날 김포 부근의 농촌에서 부모를 잃은 계집아이가 울고 있던 장소를 찾아보려 하였으나 너무 많이 변하여 찾는 것을 포기하고 캐나다로 돌아갔다.

옥순이는 학교를 졸업한 후로 핼리팩스의 달하우지대학 부속중학교에서 생물을 가르치는 교사로 일하고 있었다. 타고난 쾌활함으로 학생들로부터 인기를 끌고 대학의 연구실에도 일주일에 한두 번씩 들러 세미나에 참석함으로서 최신 연구동향도 파악하고 연구에도 참여했다.

어느 날, 세미나가 끝나고 휴식 시간에 주임교수인 피터교수가 옥순이를 불러 최근 오빠를 만난 것을 축하하며 그가 최근에 소련의 시베리아에서 열린 학회에 참석하고 돌아온 이야기를 하였다. 이야기 끝에 재미난 뉴스가 있다며 다음과 같은 말을 하였다.

"세상에는 우연이라는 것도 마치 미리 예정되어 있던 필연처럼 일어나는 수가 있는 것 같아. 한국전쟁이 끝난 지가 40년 가까이 되어서도 베티와 오빠가 만나는 것처럼 극적인 만남이 있는 것을 또 한 번 보았지. 글쎄 국제학회에서 오누이가 각각 다른 나라의 대표로 참석하였다가 만났지 뭐야. 가만있자 그 사람들도 한국인 오누이었지. 우연치고는 정말 신기해."

들고 있던 옥순이는 무언가 느낌이 이상하여 교수에게 다시 한 번 물었다.

"교수님, 한국의 오누이가 어떻게 다른 나라 대표로 참석하여 만났습니까? 좀 더 자세히 설명해 주실 수 있겠습니까?"

"한국전쟁 당시 다른 나라로 흩어져 공부하여 의사가 되었다지. 누나는 독일에서 남동생은 중국에서 교수가 되었다고 하는데 대단했어요. 가만있자 내가 읽었던 소련사회주의 의사학술대회 보고서에 사진이 실려 있지. 내가 짐이 정리되면 찾아서 보여 줄게."

이야기를 그만큼 끝내고 다음 주에 다시 세미나에 참석하러 대학에 들렀을 때 피터 교수는 옥순에게 지난주 말했던 보고서를 내밀었다. 옥순이는 보고서 한쪽 구석에 실려 있는 사진을 보는 순간 온몸에 기운이 쭉 빠지는 것을 느꼈다. 흑백사진이었지만 그 사진에는 무언가 끌리는 특징이 있었다. 그러나 어렸을 때 기억도 희미해졌는데 그것도 중년의 모습으로 변한 언니와 오빠를 금방 알아본다는 것은 거의 불가능한 일이다. 옥순이는 얼른 사진의 설명을 읽어 보았다.

주인공들 여자의 이름은 Kumsun Becker, 그리고 남자의 이름은 Eunsoo Kim으로 되어있었다. 여자는 단발한 머리에 얼굴윤곽은 분명히 언니 명순이를 떠올리게 했으며 Eunsoo Kim도 큰오빠와 많이 닮아있었다. 다만 명순이 언니 이름이 왜 금순으로 되었는지, 은수 오빠의 성이 김씨로 되어있는 것이 조금 이상했으나 사진설명과 사진을 자세히 보면서 자신이 찾고 있던 명순이 언니와 은수 오빠일지도 모른다고 생각하였다. 정말 기적 같은 일이 두 번이나 일어나고 있는 것이다.

지난번 정창호라는 사람을 뜻하지 않은 곳에서 만나 큰오빠를 만나게 된 일을 경험한 옥순이는 좋은 일도 나쁜 일도 줄줄이 찾아온다는 느낌을 가졌다. 사진에서 본 사람들은 거의 큰언니와 작은오빠가 틀림없다는 확신을 가졌다. 사진을 들고 의자에 주저앉아 경련을 일으키듯이 부들부들 떨며 눈물을 흘리는 것을 바라보던 피터교수가 이상하게 느껴 물었다.

"왜 무슨 잘못된 것이 있나? 그 사람들을 알고 있나?"

"교수님. 이 사진의 두 사람은 한국전쟁에서 헤어진 저의 언니와 오빠가 분명합니다."

"베티, 오빠는 얼마 전에 만나지 않았나? 언니와 오빠가 또 있나?"

"네, 사실은 저는 4남매 중 막내입니다. 맨 위로 언니가, 그 다음이 큰오빠와 작은오빠가 있습니다. 지난 번 만난 사람은 큰오빠입니다. 교수님 그분들에게 연락할 수 있게 주소를 알려주십시오."

그렇게 옥순이는 뜻하지 않게 언니와 작은오빠도 만날 가능성이 보이자 서둘러 독일 드레스덴대학의 금순벡켈 교수와 중국 심양대학의 김은수 교수 앞으로 전화를 걸었다.

금순벡켈 교수는 옥순의 전화를 받고 도저히 믿을 수 없어 한참을 생각하고 머릿속을 더듬은 끝에 비로소 옥순이를 알아보고 둘이는 전화기를 붙들고 목 놓아 울었다. 송성에서 애처롭게 헤어진 이후로 서로 죽은 줄만 알았던 동생을 이렇게 사십 년 가까이 되어서 연락이 되다니 거의 기적과 같은 일이 연달아 일어난 것에 하나님께 감사하고 또 감사했다.

1988년은 남조선에게는 특별한 해였다. 88세계올림픽으로 세계의 모든 나라에 텔레비전방송으로 서울의 발전상이 잘 알려졌다. 특히 중국과 소련 등 공산주의 국가에 살고 있는 조선족과 고려인들이 받은 충격은 상상을 초월한 것이었다. 소수민족으로 숨죽이고 살고 있던 조선족과 고려인들의 2세와 3세들은 자신들의 위치를 비관하거나 신분을 속이고 살아오다 88올림픽중계를 통해 대한민국의 발전상을 보고 한민족인 것을 자랑으로 여기게 되었다. 조선족과 고려인들의 사회에는 조선말과 한국말을 배우려는 젊은이들이 넘쳐나고 부모들은 자랑스럽게 자식들을 대할 수가 있게 되었다. 중국에서 자리가 잡힌 은수도 심양대학에서 중국인 동료들의 자신을 대하는 눈빛이 달라지는 것을 실감하고 있던 중이었다.

가을의 어느 날, 심양대학에 국제전화가 걸려왔다. 은수는 교환원의 전화를 받고 캐나다에서 자기에게 전화를 할 사람이 누구일까 의아해하며 전화기에 귀를 대고 기다렸다. 전화기 저쪽 편에서 여성이 영어로 물어왔다.

"여보세요?… 김은수 교수와 통화를 하고 싶은데요."

은수도 웬만한 영어는 가능하여 천천히 대답하였다.

"제가 김은수 교수입니다만 누구신가요?"

"실례합니다. 혹시 김은수 교수의 성함은 본래 변은수가 아니신가요?"

은수는 가슴이 철렁하였다. 캐나다에서 전화가 온 것도

이상하지만 첫마디가 자신의 본래 성을 어떻게 알고 따져 묻는 것인가? 그렇다면 자신의 신분을 자세히 조사한 사람이므로 차라리 숨길 것도 없을 것이라고 생각했다.

"사실은 제 이름은 변은수 입니다. 그런데 그것은 어떻게 알았으며 왜 그것을 물으십니까?"

"그러시다면 고향은 북조선의 신안주 송성이십니까?"

심문하듯 차근차근 물어오는 여자의 목소리가 가느다랗게 떨리는 것을 알 수 있었다.

"네. 맞습니다. 그런데 당신은 누구십니까?"

"오빠. 오빠. 저 옥순이야요. 막내동생 옥순이란 말이야요. 흑흑 오빠를 이제야 만나다니. 얼마나 오빠를 보고 싶었는데. 흑흑!"

"왓? 유아 옥순이냐? 내 동생 옥순이란 말이야? 이게 어떻게 된 일인가?"

옥순이는 울면서 전화를 걸게 된 자초지종을 영어와 조선말을 섞어가며 이야기 했다. 한국전쟁 때 캐나다군에 구출되어 지금은 캐나다에서 살고 있으며 금년 여름 시베리아 학회에서 명순이 언니와 오빠가 만난 장면을 학회지에서 보고 연락처를 알았다고 했다.

자기는 현재 캐나다에 살고 있으며 몇 달 전에 서울로 가 큰오빠도 만났다고 했다. 큰오빠는 한국 공주의 대학교수가 되었으며, 아버지는 몇 년 전에 암으로 돌아가셨다는 이야기도 했다. 은수는 전화로 들려온 아버지의 사망소식을 듣고 통곡하였다. 평생 마음속에 아버지를 얼마나 그리워했던가. 한참 울며 전화통을 붙들고 있다가 물었다.

"아버지가 벌써 돌아가시다니 믿을 수 없구나. 평생 고생만 하시고 우리들을 얼마나 보고 싶어 하셨겠니? 아이고 아버지 아버지 이젠 영원히 볼 수도 없게 되었구나. 그럼 형은 건강하시더냐? 아버지 돌아가신 것이 슬프고 가슴 아프지만 형을 만난 것은 기쁘기 한이 없구나. 형의 주소와 전화번호를 불러다오."

이렇게 옥순이가 은수와의 연락을 취하고 명순이 누나와도 연락이 되어 꿈같은 4남매의 재회가 가능하게 되었다.

옥순이는 공주에 있는 상수오빠에게도 급히 연락을 취했다. 언니가 독일대학의 교수가 되어 독일에 살고 있으며 작은오빠는 중국 심양대학의 교수로 금년 여름에 있었던 소련 아카데미에서 열렸던 국제학술회의에서 극적으로 만난 기사가 신문에 사진과 함께 실려 있다고 전화와 팩스로 알렸다.

옥순이로부터 명순이 누나와 은수의 소식을 전해들은 상수는 거의 기절할 뻔했다. 옥순이가 캐나다에 간 건도 기적이지만 어떻게 명순이 누나까지, 아니 은수까지 한 번에 연락이 되는 것일까. 잠시 후 흥분을 가라앉히고 생각을 해보

니 그렇게 간단히 믿을 수가 없었다. 아버지와 자신이 떠
나온 그 당시의 평양은 중공군과 인민군에 의해 점령되면
서 남아있던 대부분의 사람들이 사상적으로 위험하다고 하
여 오지로 추방되었다는 소문을 들은 적이 있을 뿐만 아니
라 명순이처럼 반동분자집안으로 확실한 사람은 아무리 재
주가 좋다고 하더라도 살아남는 것은 물론 사회적으로 활동
할 수 없다고 알고 있었다. 그런데 어떻게 독일까지 가서 하
물며 그 유명한 독일대학의 의과대학교수가 되었단 말인가.
은수의 경우도 아무리 상상하고 설명하려 하여도 그 우여곡
절을 이해할 수는 없었다.

옥순의 전화를 받은 이후로 상수는 제정신이 아니었다.
대포소리와 포탄이 공기를 뚫고 지나가는 소리가 귀를 찢는
상태에서 누나를 남겨둔 것도 모른 채 아버지의 손을 잡고
나가는 것만을 즐거워하며 아버지 손에 매달려 깡충깡충 뛰
며 나갔던 철없던 자기가 아닌가. 누나는 그 때 왜 함께 가
자고 따라 나오지 않았을까? 늘 자기를 엄마처럼 돌보아주
고 자신이 떼쓰던 것을 다 받아주던 누나. 지금 만나면 어떤
모습으로 변했을까? 보고 싶은 누나, 생각만하여도 눈물이
났다.

아버지와 내가 떠난 다음에 누나는 도대체 어떻게 살아
남았을까? 자기가 아버지와 함께 전투기의 기총소사를 피
하고 죽은 시체들을 밟으며 넘어왔다고는 하지만 누나가

342

북한에서 살아남기 위해 겪어야 했던 고생은 상상할 수가 없었다. 그런데도 어떻게 독일 같은 먼 나라에 갔으며 거기서 그 어려운 의사가 되고 더욱이 대학의 교수가 되었을까? 누나가 머리가 좋고 남달리 뛰어난 능력을 가지고 있었던 것은 어렸을 적부터 상수도 이미 알고 있었지만 북한의 촘촘한 사상의 그물망을 뚫는다는 것은 사실상 불가능했을텐데.

이런 복잡한 생각을 하면서 상수의 마음속에는 옥순이가 알려온 사실이 점점 더 의심이 갔다. 옥순이는 송성에 맡겨질 때 다섯 살밖에 되지 않았고 따라서 옥순이가 기억하고 있는 사실들을 전적으로 믿기는 어려울 것이다. 이것에는 무슨 곡절이 있거나 다른 사람을 명순이 누나로 잘못 알게 됐을 수도 있다고 생각할 수밖에 없었다. 그렇더라도 일단 옥순이가 명순이 누나와 은수라고 알려온 것을 무시할 수도 없고 무시하고 싶은 생각도 없었다. 더욱 의심이 가는 것은 독일이름이 명순이가 아니라 금순이고 은수는 성이 김씨라고 하지 않나. 자신이 직접 만나 자세한 이야기를 듣기 전에는 도저히 믿을 수 없었다.

그렇다면 직접 독일로 가서 만나보고 이야기를 들어보는 것이 가장 빠르고 쉬운 방법이라는 결론에 도달하였다. 상수는 독일로 갈 계획을 세우고 우선 아내에게 의논했다. 아내도 찬성하고 독일에 갈 때 동행할 것을 기꺼이 약속했다.

다음에는 이남의 동생들에게 자신의 계획을 말하고 독일에 다녀오겠다고 했다. 모두들 이미 그 정도로 확인이 됐다면 가는 것이 당연하다며 둘째 동생이 함께 가자고 했다. 상수는 이제 누나를 만나는 일로 마음이 들떠 다른 일을 할 수 없을 정도였다. 사람의 운명이란 참으로 알 수 없는 것이다.

상수는 아내와 동생과 셋이 함께 독일로 향했다. 떠나기 전에 드레스덴대학의 금순베켈 교수에게 전화를 하여 한국에서 상수가 누나를 직접 만나러 간다고 했다.

금순이는 상수가 자신을 만나러 직접 독일로 온다는 전화를 받고 놀라고 믿기지가 않았다. 그리고 가만히 침착해야지 하며 흥분을 가라앉혔다. 평생을 그리워하던 남동생 상수를 조금 있으면 만나게 된다니 현실감이 들지 않았다. 꿈인가 생시인가. 독일에 내리면 내가 공항으로 마중 나가야지. 남편 알베르트도 아이들도 함께 나가야지. 상수는 어떻게 변했을까? 내가 이처럼 중노인이 되었으니 상수도 늙었겠지. 아니야, 상수는 나보다 세 살 아래니까 그렇게 늙지는 않았을 거야. 옛날 내가 논 뜰 가운데 교회로 예배 보러 갔을 때 밖에서 기다려주던 사랑하는 동생 상수. 사십 년 만에 만나는데 나도 너무 나이 들어 보이지 않게 해야지. 내가 늙어 보이면 상수가 얼마나 실망할까?

금순이는 온갖 잡다한 생각을 하며 프랑크푸르트공항으

로 차를 몰았다. 운전하는 알베르트에게 너무 서두르지 말라고 주의하며 뒤에 탄 아들 딸 폴과 안나에게 너무 흥분된 것을 보이지 않으려고 애썼다. 그렇지만 마음속은 슬픔과 기쁨이 교차되어 무어라고 표현할 수 없는 기분이었다. 누구라도 톡 건드리면 금방 울음이 터질 것 같은 것을 억지로 참고 앉아있었다.

금순이는 어머니가 돌아가신 후 북조선이나 독일에서 살면서 한 번도 하나님이 보호해 준다고 느낀 적이 없었다. 그러나 지금 상수를 만나게 되는 이 시점에 이러한 해후가 하나님의 뜻이 아니라고 어떻게 부정한단 말인가?

드레스덴에서 프랑크푸르트까지는 아우토반 고속도로로 세 시간이 걸리는 거리다. 상수의 비행기가 도착하는 시간보다 한시간전에 공항로비에 도착하였다. 아이들과 남편이 가만히 의자에 앉아 있으라고 하여도 금순이는 아무 말도 없이 로비를 왔다 갔다 했다. 이제 한 시간만 있으면 상수가 저 문으로 나올 것이다. 나는 도저히 그냥 상수를 만날 수 없을 것이다. 그의 얼굴도 쳐다보지도 못할 것이다.

상수는 서울에서 비행기를 타고 오는 12시간 내내 눈을 감고 앉아있었다. 옆에 아내와 동생이 있었지만 한마디도 말을 건네지 않았다. 그렇다고 잠을 자는 것도 아니었다. 가슴이 뛰었다. 위스키를 주문하여 세잔을 마셨지만 가슴 뛰는 것은 가라앉지 못했다. 드디어 착륙을 알리는 안내가 나왔다. 아내와 동생은 형이 혹시 너무 긴장하여 무슨 일이 일어나지 않을까 은근히 걱정하는 눈치였다. 비행기에서 내려 입국수속도 마치고 공항로비로 나가는 문에 도달할 때 상수는 마음을 단단히 먹어야한다고 다짐했다.

이 문을 나서면 어쩌면 전혀 모르는 사람을 만날 수도 있을 것이다. 그 사람이 자신이 바라던 누나가 아니라면 나는 얼마나 실망할까? 제발 그런 일이 일어나지 않고 평생 그리워하던 누나가 서있기를! 한 발 두 발 드디어 문이 열렸다. 저쪽에서는 또 다른 많은 사람들이 이쪽을 주시하고 있었고 그 사이에 단발의 동양 여자가 서있는 것이 눈에 들어왔다. 그것은 첫눈에 알 수없는 친근감을 통해 상수의 마음을 끌어당겼다. 상수는 순간 발이 꼬이는 느낌을 받으면서 앞으로 쓰러졌다. 아내와 동생이 재빨리 쓰러지는 상수를 부축했다. 동양 여자가 달려와 상수와 부둥켜안았다. 서로 말로 확인할 것이 없었다. 비록 사십 년의 세월이 흘렀지만 상수와 금순이 아니 명순이는 서로 거침없이 불렀다.

"상수야!"

"누나!"

꿈에 그리던 오누이는 울음인지 웃음인지 모를 흐느낌 소리를 내며 부둥켜안고 울고 또 울었다. 더 이상 어떤 말도 필요가 없었다.

이 기적적인 만남은 금순이와 은수가 이번 노보시비르스크 학술회의에 참가한 것이 만남의 계기가 되었다. 어머니의 죽음과 전쟁을 겪으면서 여기저기 뿔뿔이 흩어져 갖은 고생을 하고 생사를 알 수 없었던 형제들이 모두 만나게 되고 그 소식은 의학계는 물론 전 세계에 행복한 뉴스로 알려져 일약 유명한 4남매가 되었다.

그사이 독일도 통일이 되고 중국도 국내외 여행이 자유화 되었다. 북한을 제외한 모든 나라가 국경을 열어놓고 서로 교류하는 시대가 되었다.

세월이 많이 흘렀다. 4남매는 2020년에는 뜻 깊은 행사를 가지기로 약속했다. 꿈에 그리던 고향 신안주와 송성을 방문하는 것은 아직 어렵지만 할아버지와 아버지가 잠들어 계신 한국을 방문하여 할아버지와 아버지 묘소를 찾아뵙기로 하였다. 더불어 월남한 후 아버지가 재혼한 새어머니와 사이에서 태어난 동생들과도 만나기로 하였다.

상수의 말에 의하면 아버지가 한국에서 결혼하여 태어난 이복동생이 2남 2녀이며, 그들이 결혼한 이후에도 명절은 물론 평소에도 수시로 만나 형제의 정을 나누고 있다고 했다. 상수가 6·25전쟁 당시 북한에서 헤어진 형제들을 찾았다는 소식을 전해주자 형제들이 모두 기뻐하며 아버지가 안

계신 것을 애석해 한다고 하는 말을 명순이 누나와 은수와 옥순에게 전했다.

마침 2020년은 어머니 돌아가신 지 71년이 되며 6·25 전쟁이 일어난 지 70년이 되는 해이다. 4남매는 대한민국 서울에 모여서 자신들의 기구하지만 행복한 운명을 축하하기로 했다. 다행히 4형제가 모두 건강하여 큰누나 명순이가 82세, 상수가 79세, 은수가 77세, 옥순이가 75세가 되었다. 명순이는 남편 알베르트와 사이에 아들 둘, 딸 하나 그 아래에 손자와 손녀가 다시 5명, 상수는 딸 복순이와 아들 복남이와 손자가 4명, 은수는 아내 정순이와 딸 순희, 그리고 외손자가 1명, 옥순이는 그동안 재미 동포와 결혼하여 아들만 둘을 낳았다.

식구들이 모두 모이면 형제 8명, 자식이 17명, 손자가 30명의 대식구가 되었다. 할아버지는 독립운동하신 애국지사로서 국립현충원에 안장되었으며 아버지와 새어머니는 시내에 가까운 절에 모셨다. 그분들을 찾아 다함께 웃으며 인사를 드리기로 했다.

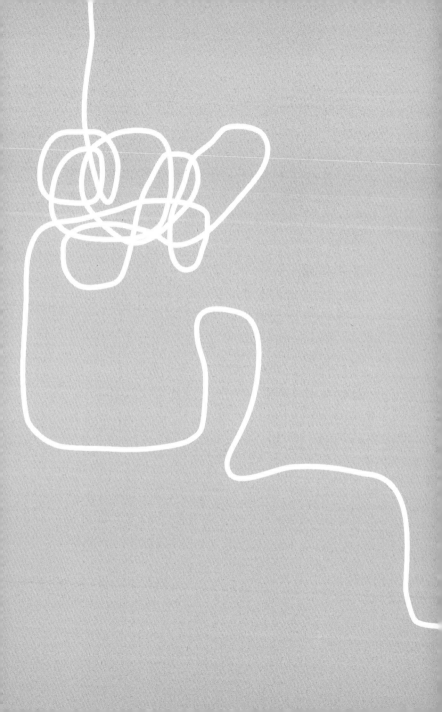

에필로그

2019년 10월에 나는 이 글을 완성했다. 2018년 9월 24일 추석날에 내 자신에게 약속했던 일정을 지킨 것이다. 평생 그리워하던 형제들에 대한 마음을 글로써 나마 남겨놓아야겠다는 생각을 실천한 것이다. 스스로도 좋은 생각이라는 데에 고무되어 부지런히 써내려갔다. 처음부터 어떤 구상이 있었던 것도 아니다. 확실한 것은 우리 불쌍한 형제들이 허구 속에서나마 잘 살아남아서 기쁘게 만나는 줄거리로 써야겠다는 기본 생각만이 있었을 뿐이다. 시작한 지 만 1년이 되어서 소설 같은 이야기 한 편을 마칠 수 있었다.

소설 쓸 때 필요한 3대 요소가 첫째 창의성, 둘째 전문성, 셋째 끈질김이라는 말을 실감했다. 그러나 일단 글을 시작하고 나서 전문성의 부족을 절감하며 멈추고 싶은 적이 많았다. 결국 내가 쓰는 글은 내 수준을 벗어날 수 없다는 것을 알게 되었다. 그러나 어쩌랴. 이제 와서 내가 무슨 수로 전문성을 높이겠는가. 다만 이 글을 마치면서 나의 마음은 차분해지고 나를 일생동안 억누르던 형제들에게 미안한 무거운 돌멩이가 사라진 것을 느끼게 되었다.

소설 속에 등장하는 장소와 인물들이 현실처럼 마음속에 남아있다. 참 신기한 일이다.

2020년 5월 봄날에

운명의 길

안희수 지음

발 행 처 · 도서출판 청어
발 행 인 · 이영철
영 업 · 이동호
홍 보 · 천성래
기 획 · 남기환
편 집 · 방세화
디 자 인 · 이수빈 | 김영은
제작이사 · 공병한
인 쇄 · 두리터

등 록 · 1999년 5월 3일(제1999-00063호)

1판 1쇄 발행 · 2020년 6월 25일

주소 · 서울특별시 서초구 남부순환로 364길 8-15 동일빌딩 2층
대표전화 · 02-586-0477
팩시밀리 · 0303-0942-0478

홈페이지 · www.chungeobook.com
E-mail · ppi20@hanmail.net
ISBN · 979-11-5860-854-5(03810)

이 도서의 국립중앙도서관 출판시도서목록(CIP)은 서지정보유통지원시스템 홈페이지
(http://seoji.nl.go.kr)와 국가자료공동목록시스템(http://www.nl.go.kr/kolisnet)
에서 이용하실 수 있습니다.(CIP제어번호: CIP2020021928)